ATELIER

NADJA BUCHER

Rosa gegen die Verschwendung der Welt

ROMAN

ATELIER

EDITION ATELIER WIEN

Ein Grund, warum man sich für ein Leben mit einem sich beschleunigenden Klimawandel entscheiden wird, ist die Tatsache, dass er Wirtschaftswachstum erzeugt.

Jørgen Randers
2052 – Der neue Bericht an den Club of Rome (2012)

1

Trotz steigender Durchschnittstemperaturen erinnerte der Januartag bei zwei Grad und graunassem, frontalem Wind an typische Wiener Winter. Rosa Steininger fuhr auf ihrem alten Waffenrad, eingemummt in Wollmütze, Schal und Schurwolljacke, vom Margaretenplatz die Pilgramgasse hinunter. Am Radstreifen. In den vergangenen Jahren hatte sich in der Stadt einiges ereignet. Radwege zum Beispiel. Nachdem Rosa bergauf gefahren und ihr warm geworden war, hielt sie an der roten Ampel Ecke Gumpendorfer Straße, zog Mütze und Handschuhe aus und stopfte sie in ihren Stoffrucksack. Ein Auto stank im Standgas neben ihr. Rosa drehte den Kopf zum SUV. Sie schaute in Radkappen. Geländegängige Stadtautos hießen die Privatpanzer, die nach der Pandemie mehr als die Hälfte der Neuzulassungen ausmachten.

Im Inneren des Panzers sah Rosa die Lenkerin über das Display eines Internetfons wischen. Dahinter saß ein Kind mit Sturzhelm in einem Sicherheitssitz. Die Ampel sprang auf Grün. Der SUV bog rechts vor Rosa ein und schnitt ihr den Weg ab. Die Insassen hätten einen Zusammenstoß nicht bemerkt. Doppelt verstärkte Streben boten erhöhten Schutz auf Kosten beschränkter Sicht. Suvival of the Fittest. Wird euch auch nichts nützen, dachte Rosa.

Sie fuhr durch die Begegnungszone der Otto-Bauer-Gasse, bog in die Fußgängerzone der Mariahilfer Straße, radelte zur Begegnungszone Neubaugasse. In den vergangenen Jahren hatte sich etwas getan. Verkehrsberuhigung beispielsweise. Viele Autolenker*innen verwirrte das, etliche ignorierten es. Sie fuhren und parkten ungeniert, wo sie nicht durften. Anwesende Polizei war mit Radfahrer*innen beschäftigt. Rosa wurde angehalten und zur Alkoholkontrolle gebeten.

»Es ist neun Uhr morgens«, sagte sie, bevor sie in das Mundstück des Messgeräts blies.

»Sie haben ja keine Ahnung, wie viele Radler mit Restalkohol zur Arbeit fahren«, erklärte der Polizist, der währenddessen Bremsen, Reflektoren und Beleuchtung ihres Waffenrads kontrollierte.

»Wie viele?«, fragte sie und retournierte das Gerät.

Der Polizist antwortete nicht, sondern berechtigte sie zur Weiterfahrt.

Welche Veränderungen sich auch zugetragen haben mochten, Herr Novotny öffnete seine Wohnungstür in altbekanntem beigen Langarmhemd, Pullunder und Anzughose. Seine Füße steckten in alten Lederpantoffeln. Nachhaltig, dachte Rosa.

»Kommen S' nur rein, Fräulein Rosa«, begrüßte er sie aufgekratzt. Seine Wohnung, einschließlich Spielzimmer mit Modelleisenbahn und Glasvitrinen voller Zinnsoldaten, hatte alle weltgeschichtlichen Umwälzungen überdauert.

»Kommen Sie weiter«, drängte er Rosa ins Wohnzimmer. Sie schlüpfte aus ihren Stiefeln. Er wedelte unangenehm hinter ihr her.

»Setzen Sie sich.« Er deutete zur Ledercouch. Rosa war irritiert. Für gewöhnlich ließ er sie in Ruhe, verzog sich rücksichtsvoll, damit sie sich mit dem stromfressenden Staubsauger über seine Teppiche hermachen konnte.

»Bitte«, sagte er mit Nachdruck, ging zur Sitzgarnitur und wartete, dass sie endlich Platz nahm. Es war offensichtlich, er wünschte, Dringliches anzubringen. Rosa setzte sich mit geradem Rücken auf die Kante des Sofas und starrte auf den gläsernen Couchtisch. Grässlich, dachte sie, nie sauber zu bekommen.

»Fräulein Rosa«, begann Novotny. Er schien passende Worte in seinen aufeinandergepressten Handflächen zu suchen. »Sie wissen von meinem Ruhestand. Ich habe Ihnen mitgeteilt, über mein Studium ... ich habe Sie bezüglich Studienrichtung und entsprechende Interessen in Kenntnis gesetzt. – Die Kunst, Fräulein Rosa, in all ihren Erscheinungsformen, sie ist mir ein Anliegen.«

Rosa schaute ihn überrascht an. Die Kunst, in welcher Ausprägung auch immer, war ihr in diesen Räumlichkeiten noch nie begegnet, außer Novotny schloss Zinnsoldaten und Modelleisenbahnen in seinen umfänglichen Kunstbegriff mit ein. Aber es stimmte, er hatte ihr von seinem Studium erzählt. Seither grübelte sie darüber nach, ob Kunsthistoriker nicht Sinn für Ästhetik aufweisen sollten. Oder hatte Novotnys ursprünglich vorhandene Stilsicherheit in den Dekaden als Ministerialbeamter und Sektionschef grobe Eintrübungen erfahren?

Er atmete, als beschwerte ihm sein Gesuch die Lungenflügel.

»Sehen Sie, mein Leben«, sagte er und stockte auch schon wieder. »Ich habe die schönen Dinge des Lebens vergessen. Nein, nicht vergessen, eher hintangestellt. Die Arbeit ging vor. Und plötzlich bin ich im Ruhestand und erfasse all die Jahre, die unwiederbringlich dahin sind.« Er knetete erneut seine Hände. »Fräulein Rosa, ich möchte daher eine Bitte, zugleich Anfrage an Sie richten. Würden Sie mit mir, würden Sie mich, also, mein Vorhaben betrifft kommenden Sommer und die Frage lautet, ob Sie mich begleiten würden, also, ob Sie das wollen. Ihre Zeit mit mir ...«

Während Herr Novotny umständlich versuchte, eine Aussage in seine Worte hineinzukneten, dachte Rosa an ihre Kundinnen und Kunden, von denen sie sich bislang verabschiedet hatte. Die sechsköpfige Familie Bitterfels-Weidinger, deren jüngste Tochter bereits so erwachsen geworden war, dass sie keine elterliche Intensivbetreuung mehr benötigte und folglich Rosas Dienste überflüssig waren. Etwas wehmütig hatte sie Holzkübel und Naturborstenbürste eingepackt und die kinderreiche Chaoswohnung final verlassen. Weniger betrübt, ja mit allergrößter Erleichterung, hatte sie sich von den Gulmbrichs getrennt. Frau Gulmbrich hatte zwar mit den Tränen gerungen über den Verlust ihrer einzigen Verbündeten im Kampf gegen Verwahrlosung und Staubbefall, doch Rosa hatte sich gegen eine Fortsetzung ihrer Reinigungsagenden in der von Zierkissen und Nippes dominierten Mietwohnung entschieden. Aufgrund unüberwindlicher Unverträglichkeiten hatte sie auch dem Hause Bräuner ihre Zuwendung entzogen. Herr Bräuner, der geschäftsreisende Viel- und Überflieger, war im Burnout und auf seinem Wohnzimmersofa gelandet. Was einerseits seine Frau, die selbst ernannte Durchcheckerin, noch unausstehlicher werden ließ und Justin, den adoleszenten Sohn, ins Internat vertrieb. Somit sah Rosa keine Notwendigkeit für weitere Leistungen in Bräuner'schen Gefilden. Als Frau Bräuner mit ihrem neuen Dienstwagen ankam – einem Privatpanzer mit vier Auspuffen –, war die Grenze des Erduldbaren überschritten. Erleichtert retournierte Rosa die Wohnungsschlüssel in Frau Bräuners ausgestreckte Hand, während diese via Internetfon mit einer Arbeitskollegin skypte.

Ja, und dann war da noch Frau Helmberger gewesen.

»Also kurz und gut, meine Frage an Sie, Fräulein Rosa: Wollen Sie mich kommenden Juli zu den Salzburger Festspielen begleiten?«, endete Novotny seine Suche nach Inhalt und Form. Er klatschte die Handflächen zufrieden auf seine Oberschenkel und lächelte Rosa erwartungsvoll mit hochgezogenen Augenbrauen an.

Folgende Gedanken gingen Rosa gleichzeitig durch den Kopf: Welcher Dämon hat von ihm Besitz ergriffen, dass er mir diesen Vorschlag macht? Kennt ein Sektionschef a.D. niemand anderen für sein schändliches Unterfangen? Was glaubt der von mir? Der sieht mich nie wieder!

»Hören Sie, es reicht. Allein der Plastikmüll Ihrer Fertiggerichte und der Stromverbrauch Ihrer Mikrowelle sind unverzeihliche Verbrechen gegen die Menschheit. Und außerdem, ich bin zweiundfünfzig Jahre alt und heiße Rosa Steininger, nicht Fräulein!« Das hätte sie sagen können. Doch Rosa war geübt darin, die Verbalisierung ihrer Gedanken zu unterlassen. Sie stand auf, ging ins Vorzimmer und zog ihre Stiefel an. Novotny hastete hinterher.

»Fräulein Rosa, sollte ich Sie mit meiner Anfrage überrollt haben, tut es mir leid. Bitte, gönnen Sie sich Bedenkzeit. Beachten Sie allerdings, dass Opern- und Konzertkarten ehestbaldig bestellt werden sollten.«

Rosa warf noch rasch ihre Jacke über und nickte ihm grußlos zu. Novotny hatte ihr nie seine Schlüssel überantwortet. Ein Vertrauensvorbehalt, der ihr nun eine Aushändigung ersparte. Ihre Putzutensilien überließ sie ihm generös. Sie hatte dafür keine weitere Verwendung. Herr Novotny war ihr letzter Kunde.

Keine Klingel ertönte, als Rosa Bertrams Bioladen betrat, weil es keine Klingel mehr gab und keine Tür, die geöffnet werden konnte. Denn Bertrams Bioladen hatte jetzt eine automatische Schiebetür. Die verursachte achtzig Gramm CO_2 pro Öffnung. Aber Rosa zählte mittlerweile weder Kilowattstunden noch Kohlendioxid, sie hatte das Wissen über Ausmaß und Auswirkung allgegenwärtiger Verschwendung verinnerlicht.

Bertrams Laden hatte eine Vergrößerung, ein Ausstattungsupgrade und eine Vervielfältigung durchgemacht. Aus dem schäbigen, von einem fleckigen Leintuch bedeckten Tapeziertisch war ein maßgefertigter Verkaufstresen geworden. Statt alten Obststeigen zierten ansprechende Holzregale die Wände. Wühlkisten aus hochwertigen heimischen Hölzern gliederten die Verkaufsfläche. Der dafür verantwortliche Tischler war bekannt für exklusives Design sowie nachhaltige Rohstoffgewinnung. Einzig Bertrams Wandgemälde war von seinem ursprünglichen Bioladen übrig geblieben. Der böse Traktor mit massiven Rädern und überdimensionierter Baggerschaufel, die ihre reißenden Zähne in ausgebeutete Ackerfurchen grub. Dieses Bild, dereinst von Bertram eigenhändig an die raue Wand seines Erdgeschosslokals gemalt, war zum Markenzeichen seiner Bioladenkette geworden. Es prangte hinter dem Verkaufstresen sowie auf den gläsernen Eingangstüren und den Stofftragetaschen, die käuflich zu erwerben waren. Nicht nur im Stammhaus am Margaretenplatz, sondern auch in jeder seiner zwei Filialen, wo biologisch achtsame Kund*innen regionale Nahrungsmittel, Kosmetika und Haushaltsartikel ohne Kunststoffverpackung erstehen konnten. Trotz gestylter Umgebung sollte der Traktor alle Konsument*innen an den Zusammenhang von industrieller Landwirtschaft, chemischer Industrie, Kapitalismus und planmäßiger Ausbeutung von Mensch und Biosphäre erinnern.

»Hey Rosa!«, begrüßte Bertram sie. Rosa stand neben einem Edelstahlkanister und füllte Rohmilch in ihre Kanne. »Schön, dass ich dich noch treffe«, sagte er und schaute gehetzt im Laden umher. Seine ehemals struppigen Haare hatten sich zu blonden Locken gemausert, die ihm neckisch in die Stirn hingen. Dreckige blaue Arbeitshose, russisches Bauernhemd samt Schweinsledergürtel und Gummistiefel hatte er gegen Jeans, weißes tailliertes Hemd, knöchelhohe Budapester und Dreitagebart eingetauscht.

»Ich muss unbedingt mit dir reden. Un-be-dingt. Aber jetzt muss ich schnell noch rüber zum anderen Standort. Wann wäre es dir recht?«, fragte er, aber noch ehe Rosa über ihre neue Situation mit viel Tagesfreizeit nachdenken konnte, rief Bertram eine seiner studentischen Mitarbeiterinnen heran.

»Hey Tina, kümmerst du dich bitte um Rosa, ja? Sei so gut und hilf ihr bei allem, was sie braucht. Okay?«

Als Chef schenkte er seiner Angestellten ein motivierendes Lächeln, das genauso viel Freude am Kundendienst wie Vertrauen in die Leistungsbereitschaft seiner Mitarbeiterin vermittelte.

»Selbstverständlich, Bertram, mach ich doch gern für dich.« Sofort stand das gertenschlanke Mädchen neben Rosa. Tinas natürliche Schönheit strahlte über gesunden Teint und makellose Zahnreihen aus wachen Augen. Ihre glatten, langen Haare legten sich gepflegt um ihre Schultern.

»Bis dann, Rosa«, sagte Bertram, berührte sie kurz am Oberarm und war aus dem Laden.

»Danke, aber ich brauche keine Hilfe«, sagte Rosa und verschloss ihre Milchkanne.

»Gut«, sagte Tina, wobei das Strahlen aus ihrem Gesicht fiel. Sie machte auf den Absätzen ihrer Doc Martens kehrt und ging hinter den Tresen, zu ihrer ebenso jungen wie schönen Kollegin. Rosa befüllte ihre Rexgläser mit Emmerreis, Maisgrieß und Linsen. Sie legte eine Rote Rübe, drei mehlige Erdäpfel und einige Birnen in ihren Stoffrucksack.

Dann fiel ihr Frau Hartman vom fünften Stock ein, und sie packte noch drei Äpfel dazu.

Rosa befeuerte ihren Tischherd und stellte Wasser im großen Emailtopf auf. Nachdem sie Birnen und Äpfel geschält und zugestellt hatte, rührte sie Haferflocken an. Langsam verbreitete sich dampfende Wärme in der Küche. Sie leerte den brodelnden Inhalt des Wassertopfs in ihre Holzwanne. Ein ehemaliges Weinfass, über dem unteren Drittel abgeschnitten und mit breitem Holzrahmen neu gefasst, füllte sich nach und nach mit Badewasser. Das dauerte, aber da der Ofen ohnehin beheizt werden musste, war das kochende Wasser für ihr bevorstehendes Vollbad ein Nebenprodukt.

Sie richtete eine Portion Haferbrei mit Birne-Apfel-Kompott zu, setzte einen weiteren Topf Wasser auf und brachte das Abendessen in den fünften Stock zu Frau Hartman.

»Rosa, das ist aber nett von Ihnen«, sagte die Neunzigjährige gleich nach dem Öffnen. »Danke!« Sie nahm den Teller entgegen und trug ihn ins Speisezimmer, wo sie sich an den für eine Alleinstehende viel zu großen Esstisch setzte.

»Wenn ich meinem Geruchssinn noch trauen darf, dann befinden sich darin einige Ingredienzien, die einen durchaus erheblichen ökologischen Fußabdruck haben, meine Liebe.« Dabei hielt sie ihre Nase über den Teller. Ihre Nasenflügel flatterten, als wollten sie auf den betörenden Duftwolken davonziehen. »Zimtstange, Gewürznelken, wenn mich nicht alles täuscht, Vanilleschote und – ich kann es kaum glauben – Vollrohrzucker?« Sie schaute Rosa vorwurfsvoll an.

»Zuckerrübe«, korrigierte Rosa.

Frau Hartman aß einen Bissen.

»Dafür nehme ich den Fußabdruck gerne in Kauf«, sagte sie und zwinkerte ihr zu.

»Ist schon in Ordnung. Die Rosinen sind aus Wien«, sagte Rosa. »Morgen werde ich das Stiegenhaus putzen, soll ich danach zu Ihnen kommen?«, fragte Rosa. Frau Hartman schüttelte den Kopf.

»Nein danke, Rosa, ist nicht nötig.«

Rosa nickte, wünschte guten Appetit und ließ die Frau wieder allein.

Zurück in ihrer Wohnung kochte das Wasser auf dem Herd. Rosa leerte es in die Badewanne, fügte eine Handvoll Lavendelblüten und einen Schuss Rapsöl hinzu. Ihre Schüssel mit dem Abendessen stellte sie auf den Beistelltisch neben die Wanne. Dann zog sie sich aus.

Rosa hatte noch nie zur Fettleibigkeit geneigt, doch die letzten Jahre hatten aus ihrem dünnen Körper Sehnen und Muskeln herauspräpariert. Wirbel, Schulterblätter und Beckenknochen zeichneten sich deutlich unter ihrer Haut ab, die faltig anlag, als wäre sie vakuumiert. Ihre selbst geschnittenen Haare standen angegraut vom Kopf ab. Unter der amazonenhaften Brust spannten sich Bauchmuskeln. Was nicht existierte, konnte auch nicht hängen. Achsel- und Schamhaare waren, wie die gesamte Körperbehaarung, vernachlässigbar. Rosas Nackenlinie war von ungebrochener Schönheit. In der Gleichförmigkeit ihres Kappenmuskels ruhte eine seltsam erhabene Eleganz, wie bei Audrey Hepburn.

Rosa stieg ins heiße Wasser. Sie hielt eine kleine Menge Salz in ihrer Handfläche, beträufelte sie mit etwas Wasser und verrieb das Peeling auf Gesicht und Oberkörper. Danach tauchte sie in ihr dunkles, rundes Weinfass ein, wusch das Salz ab, roch den Duft des Lavendels, fühlte den sanften Ölfilm auf ihrer glatten Haut. Sie ließ den Kopf nach hinten ins Wasser sinken. Mit nassem Haar kam sie wieder hoch, lehnte ihren Nacken gegen den Wannenrand und entspannte in der flüssigen Hitze, die langsam in ihr Inneres einzog.

Keine Arbeit, kam ihr in den Sinn. Sie hatte nun nichts zu tun und kein Einkommen. Sie tauchte unter, kam wieder hoch, griff sich ihr Abendessen vom Beistelltisch. Ihre Einnahmen waren mit jeder Familie, von der sie sich getrennt hatte, geschrumpft. Das, was sie bei Novotny verdient hatte, hatte ohnehin nicht mehr ausgereicht. Schon zur Deckung ihrer geringen Fixkosten musste sie immer wieder auf Frau Helmbergers Geschenk zurückgreifen.

Frau Helmberger hatte Rosa wie so oft vom Putzen abgehalten, um lieber gemeinsam in Fotoalben zu blättern. Tee mit aromatisiertem Rum und Zitrone stand in goldrandigem Service am Tisch. Rosa thematisierte weder fehlendes Fairtrade-Siegel des Schwarztees noch die CO_2-Bilanz der Zitrusfrucht. Sie saß neben ihrer alten Kundin, der das offene Fotoalbum auf dem Schoß lag, und hörte sich zu jedem Bild Geschichten an. An jenem Nachmittag war Frau Helmberger jedoch ungewöhnlich schweigsam. Sie tippte auf ein Foto, auf dem sie und ihr Mann zu sehen waren. Beide kaum zwanzig Jahre alt. Die junge Frau Helmberger steckte in einem Reisekostüm, der Jüngling neben ihr trug Anzug und Hemd. Die beiden blickten in die Kamera und schienen gewappnet für eine Zukunft, die gar nicht anders als steil aufwärts gehen konnte. Die alte Frau Helmberger seufzte.

»Allein hat das keinen Sinn«, sagte sie statt einer Geschichte, klappte das Album zu und tätschelte Rosas Handrücken. Die erwiderte den Händedruck und versuchte zu lächeln. Sofern Frau Helmberger nichts weiter benötige, müsse sie jetzt los, sagte Rosa. Die Frau schüttelte den Kopf, alles sei in bester Ordnung, Rosa solle ruhig gehen.

Eine Woche darauf klopfte Rosa an Helmbergers Wohnungstür. Eine Frau mit ähnlichen, aber jüngeren Gesichtszügen öffnete. Helmbergers Tochter informierte Rosa über Ableben sowie bevorstehende Beerdigung ihrer langjährigen Kundin. Zudem überreichte sie Rosa ein Kuvert und verabschiedete sich. Erst zu Hause öffnete Rosa den Umschlag. Darin befanden sich ein Brief, eine Fotografie und ein Sparbuch.

Werte Rosa,

ich weiß, Sie mochten weder meinen russischen Tee noch den Bohnenkaffee oder die Bonbonnieren, die ich Ihnen so gerne geschenkt habe. Danke, dass Sie meinen Erinnerungen gelauscht und mir nach dem Tod meines Mannes Beistand geleistet haben. Liebe Rosa, Sie sind ein seltsamer, aber guter Mensch. Erfreuen Sie sich Ihres Lebens, so lange Sie können.

Gedenken Sie meiner
Annemarie Helmberger

PS: Das Losungswort lautet Glück!

Die Fotografie zeigte Helmberger als Mädchen in Knickerbockern, kariertem Hemd, genagelten Bergschuhen, Kniestrümpfen. Rosa saß an ihrem Holztisch in der Küche und betrachtete das Foto. Dann legte sie es beiseite und klappte das Sparbuch auf. Sie sprang hoch, lief kurz in ihrer Küche auf und ab, bis sie ihre Jacke überzog und mit dem Brief in der Hand zu Bertram in den Laden rannte. Er stand inmitten seiner studentischen Aushilfen. Als er Rosas verheulte Augen registrierte, entschuldigte er sich bei seiner Crew und schob Rosa in sein Büro.

»Was ist passiert?«, fragte er. Rosa sagte nichts, hielt ihm nur den Brief hin. Er überflog ihn und sagte: »Na und?«

»Sie hat mir zwanzigtausend Euro vererbt«, schluchzte Rosa.

»Hey Rosa, super! Das freut mich total für dich. – Und?«

Plötzlich fiel sie ihm um den Hals, vergrub ihr Gesicht an seiner Brust und heulte bitterlich.

»Was ist denn los?«, fragte er.

Rosa drückte ihn so fest, dass seine Rippen knacksten und er kaum Luft bekam. Er hoffte, sie würde reden, bevor er in Ohnmacht fiel. Sie schüttelte den Kopf und wollte nicht aus ihrer Deckung hervor.

»Rosa?«, hauchte er flach.

»Aber es stimmt nicht, ich bin kein guter Mensch«, schluchzte sie.

Kommentarlos hielt er sie fest. Lange. Irgendwann beruhigte sie sich und atmete wieder regelmäßiger, aber blieb an seine Brust gepresst. Dann zog sie den Rotz hoch, löste sich von ihm, trocknete ihre Augen.

»Entschuldige«, sagte sie leise. »Ich hab dir da einen Fleck ...«

Sie wischte mit ihrem Ärmel auf seinem Hemd herum.

»Macht nichts, lass nur«, sagte er und betrachtete die Stelle, an der sie sich ausgeweint hatte. »Das schneide ich aus und rahme es mir ein. Zum Beweis, dass du zu menschlichen Regungen fähig bist.«

Sie stieß ihn gegen die Rippen, die immer noch etwas schmerzten.

»Au!«, schrie er auf. »Weinend warst du mir lieber.«

Liebevoll nahm er sie in den Schwitzkasten und küsste sie auf den Scheitel.

Rosa aß ihren Haferbrei mitsamt Kompott auf, stellte den leeren Teller weg und ließ sich ins Bad sinken. Ihr Gesicht ragte aus dem Wasser wie eine Südseeinsel. Sie schloss die Augen. Für einige Momente genoss sie die völlige Absenz von Kälte in ihrem Körper, dann klopfte es an der Tür. Sie zuckte zusammen, versuchte das Klopfen, das einem Hämmern glich, zu ignorieren und hoffte, es würde aufhören.

Gleichzeitig wusste sie von der Aussichtslosigkeit ihres Wunsches. Der um Einlass Pochende würde nie aufgeben. Er verstärkte die Wucht seiner Schläge, um seinem Entschluss gebührenden Nachdruck zu verleihen.

»Rosa!«, rief es vor der Tür. Sie schnaufte und stieg aus der Wanne. Schnell wickelte sie ein Badetuch um, trippelte auf Zehenspitzen zur Tür und öffnete einen Spalt breit.

»Hey Rosa«, rief Bertram, aufrichtig erstaunt, dass sie ihn gehört hatte. Er schaute an ihr hinunter. »Spitzenidee!«, sagte er und drängte herein. Rosa fror und machte die Tür rasch zu. Auf Bertrams lockigem Blondschopf saß eine Tweedkappe, um seinen Hals hing ein gestreifter Wollschal. Er trug Jackett, Hemd, Jeans, maßgefertigte Stiefeletten. Noch bevor er die Mitte der Küche erreichte, hatte er sich seiner Schuhe entledigt. Kurz vor dem Weinfass war er bereits nackt. Seine appetitliche Rückenansicht, als er seinen Fuß ins Wasser setzte, entlockte Rosa eine hochgezogene Augenbraue.

»Uh, ziemlich heiß«, sagte er mit beiden Beinen in der Wanne. »Können wir ein bissel kaltes Wasser dazutun?«

Rosa warf ihr Tuch über den Sessel und setzte sich wortlos ins Weinfass.

»Okay.« Er gab es auf, eine niedrigere Wassertemperatur zu reklamieren und kauerte sich vorsichtig nieder. Sie lehnte ihren Kopf an den Wannenrand, schloss die Augen und überhörte seine spitzen Schmerzensschreie. Bertrams Haut färbte sich rot. Kaum hatte er es geschafft sich auszustrecken, sprang er schon wieder auf.

»Hätt ich fast vergessen«, meinte er und stieg aus der Wanne. Tropfend und triefend lief er zu seinen Kleidern, unter denen eine Stofftasche lag. Unbekümmert hinterließ er Wasserflecken am Fußboden. Er zog eine Flasche Biosekt Rosé seines derzeitigen Lieblingswinzers hervor und hielt sie Rosa entgegen.

»Gläser?«, fragte er.

»Schlafzimmer, Holztruhe«, sagte sie und tauchte unter. Er ging in den Nebenraum. Als sie hochkam, hielt ihr der nackte Bertram zwei geschliffene Bleikristallgläser vors Gesicht.

»Ich dachte, die sind giftig?«, sagte er.

»Familienerbstücke«, sagte sie. »Besser als neue kaufen.«

Er verzog das Gesicht, als hätte er sie bei einer faulen Ausrede ertappt. Und schon war es ihm wieder egal. Er ließ den Korken aus der Flasche knallen, der irgendwo in Rosas Küche landete, nachdem er gegen irgendetwas – glücklicherweise nicht die Fensterscheibe – gedonnert war. Der ausschießende Sekt floss ins Badewasser und in die Gläser.

Endlich setzte er sich Rosa gegenüber in die Wanne und prostete ihr zu.

»Es ist nämlich so, ich muss mit dir reden, ernsthaft, über Geschäftliches.«

Er stutzte. Da war etwas. Nicht Rosas rote, der Hitze geschuldete Wangen. Es war die Stille, die von Rosa ausging. Quasi eine noch stummere Stille als gewöhnlich.

»Hey Rosa, bist du krank?«, fragte er. Sie schüttelte den Kopf. »Was ist es dann?« Er nahm einen Schluck. »Irgendwas stimmt doch nicht mit dir.«

Sie war überrascht, wie aufmerksam er war und wie geradezu widernatürlich diszipliniert er sich zurückhielt. Denn normalerweise gestatteten seine Angelegenheiten keinerlei Aufschub.

»Ich habe heute dem Novotny gekündigt. Ich bin jetzt – genau genommen – arbeitslos.«

»Wunderbar!«, rief er. »Hey Rosa, das ist absolut großartig. Da sind wir gleich beim Thema!« Er war sichtlich erleichtert, endlich wieder freiheraus sprechen zu dürfen. »Ich möchte dich nämlich bitten, mir zu helfen.«

Er stieß sein Glas an ihres, als besiegelten sie bereits den Geschäftsvertrag.

»Helfen?«, fragte Rosa.

»Ja, klar. Ich hab drei Läden und jede Menge Arbeit. Trifft sich doch super, dass du jetzt Zeit hast.«

»Und wie helfen? Als Verkäuferin?«

Rosa sah sich neben den studentischen Schönheiten in Bertrams schickem Laden stehen, wie sie einen gestressten Vater anstarrte, der für sein quengelndes Kind unbedingt das Biofruchtmus in der praktischen Verbundstoffverpackung finden musste. Aber sofort, sonst würden er, das hochbegabte Kind und der Rest der Welt zusammenbrechen.

»Nein, also, Verkäuferin ist eher nichts für dich, glaube ich«, sagte Bertram. Kurz lachte er bei der Vorstellung von Rosa im Kundenservice. »Ich bitte dich, mich bei der Administration zu unterstützen. Du weißt schon, Bestellungen, Retouren, Buchhaltung. All der Kram ist kontinuierlich mehr geworden und jetzt steht er mir bis hier.« Wobei er mit der Hand über seine Locken deutete. »Ich meine, alles gut und schön, ich will mich keinesfalls beklagen. Es ist großartig, dass die Geschäfte gut laufen, aber dieses Kaufmännische, also da könnte ich echt Support gebrauchen.«

Rosa nippte vom Sekt und schwieg.

»Probier's doch mal für ein paar Stunden, und wenn's dir gefällt, stockst du auf, ganz wie du willst. Bitte sag ja!«

Bertram kräuselte seine Stirn, als ginge er in unerledigten Rechnungen unter. Rosa trank zügig ihr Glas leer.

»Ich glaube, ich werde mich beim AMS melden«, sagte sie.

Das Grundverhalten des Weltsystems ist das Übersteigen
von Grenzwerten bis hin zum Zusammenbruch.

Dennis Meadows: *Die Grenzen des Wachstums. Bericht des Club of Rome zur Lage der Menschheit* (1972)

2

Wegen der Architektur hätte sie nicht herkommen müssen. Das Erscheinungsbild der Donauplatte dominierten einfallslose Bürotürme aus Stahlbeton und Glas in den Farben Grau bis Anthrazit, allesamt ohne autarke Gebäudeenergie. Rosa hielt vor einem Hochhaus, wo sogenannte Felgenkiller darauf warteten, den Vorderreifen ihres Waffenrads einzuklemmen. Sie verweigerten eine sichere Verwahrung, schließlich waren sie keine Radbügel. Die Felgenkiller schienen zu sagen: »Selbst schuld, wenn du mit dem Rad fährst. Komm doch mit dem Auto, dann kriegst du einen schönen trockenen Garagenplatz in einem der drei Untergeschosse.«

Rosa überging die Verhöhnung, schloss ihr Waffenrad ab und wünschte etwaigen Dieb*innen viel Spaß mit dem fünfundzwanzig Kilo schweren Teil.

Im Eingangsbereich staute sich ein Pulk Menschen vor den Aufzügen. Unnötiger Stromverbrauch, der zusätzlich körperliche Betätigung verhinderte. Rosa ging zu Fuß in den zehnten Stock. Ein fensterloser Korridor war mit grauem Teppichboden ausgelegt. Sie entdeckte ihren Kursraum, öffnete eine Glastür und glaubte, sich in einem Aquarium mit defekter Luftpumpe zu befinden. In dem kleinen Zimmer, bestehend aus einer durchgehenden Fensterfront, zwei Rigipswänden und einer Trennwand aus Plexiglas zum Flur hin, standen drei Tisch- und Stuhlreihen mit fünfzehn Computern. Auf Sauerstoff war vergessen worden.

Sie wählte einen Platz in der ersten Reihe neben dem Fenster und riss es auf. Der Aluminiumrahmen vermisste adäquate Isolierung. Kalte Februarluft ging effizient gegen die Muffigkeit im Raum vor. Unterhalb des Fensters arbeitete ein Heizkörper auf Hochtouren. Dank zentral gesteuerter, unintelligenter Gebäudetechnik konnte man ihn nicht abdrehen. Thermischer Megagau, dachte Rosa. Sie war nicht nur über den großzügigen Wärmeverlust schockiert, sondern wunderte sich, dass im zehnten Stockwerk eines Gebäudes mit AMS-Kursen und Menschen in womöglich instabilen Gemütslagen derart sorglos Gelegenheit für den freien Fall geboten wurde. Rosa reckte ihren Kopf aus dem Fenster und genoss den eiskalten Wind. Unten sah sie die achtspurige, dicht bestandene Reichsbrücke. Autokolonnen zwischen Bürotürmen.

In der Reihe hinter Rosa räumte eine etwa vierzigjährige Frau den Inhalt ihrer Tasche aus. Sie erinnerte Rosa an einen Eisbären, der bereits massiv an den Folgen der Klimaerwärmung litt, einsam auf einer Eisscholle trieb und seine Fellpflege vernachlässigte. Alles an der Frau war zottelig. Ihre Haare, ihre Kleidung, ihre Bewegungen, selbst die Dinge, die sie um sich anordnete. Löskaffeedose, Tasse, Stifte. Rosa erkannte den Typus der Einzelgängerin, selbst wenn er sich weniger Mühe gemacht hätte, seine Schrulligkeiten zu demonstrieren. Diese Eisbärin bleibt bis zum völligen Abschmelzen ihrer Scholle allein, schätzte Rosa, obwohl die penetrant zur Schau gestellte Behaglichkeit sich nichts sehnlicher wünschte als Gefolgschaft.

»Morgen!«, kam ein Mann Mitte dreißig ins Zimmer. Seltsamerweise trug er eine dunkle Sonnenbrille. Er grinste in die Runde, die aus Rosa, der Eisbärin und zwei Typen in der letzten Reihe bestand. Er quetschte sich an den beiden vorbei, die trotz ihrer Jugend zwei Figuren aus der Muppet Show ähnelten. Die Sonnenbrille setzte sich hinter die Eisbärin, schaute zu Rosa vor dem offenen Fenster und hob den Daumen, um die Frischluftzufuhr zu befürworten. Seine gegelten Haare in Kombination mit der Brille erweckten einen für Ort und Zeit unpassenden Eindruck.

»Ich bin lichtempfindlich, speziell am Morgen«, sagte er, als hätte er Rosas skeptischen Blick bemerkt. Er nahm einen Schluck Kaffee aus einem Pappbecher, schaltete den Computer ein, zog einen Laptop aus seinem Rucksack, fuhr ihn hoch, legte sein Internetfon auf den Tisch. Dabei stieß er den Pappbecher um, worauf sich Kaffee über den grauen Teppich ergoss. Man sah dem Bodenbelag die Jahre und hohe Anzahl von ungeschickten Kursteilnehmer*innen an.

»Scheiße«, rief die Sonnenbrille und wischte mit einem Taschentuch über die Tischfläche. »Ich bin übrigens Tom«, sagte er wie zur Entschuldigung.

»Ich finde, es reicht jetzt mit dem Lüften. Mir ist kalt«, meldete sich die Eisbärin zu Wort. Laut prustend wickelte sie sich einen zweiten Schal um ihre Schultern.

»Das Zimmer verträgt schon noch ein bissel Sauerstoff«, grinste Tom. »Außerdem muss ich gleich dazusagen, dass mir generell immer heiß ist.«

»Und ich kriege totale Nackenverspannungen«, konterte die Eisbärin und setzte sich ihre Wollhaube auf, von der zwei verfilzte Bommel herabhingen. Die Muppets Waldorf und Statler stießen einander an und tuschelten schadenfroh.

Rosa kannte die divergierenden Vorlieben im Bereich Frischluftbedarf aus ihrer Zeit im Großraumbüro, auch wenn sie ihre Erinnerungen sorgfältig verdrängt hatte.

Schon bei einem läppischen, vermeintlich überschaubaren Thema wie Zimmertemperatur gingen Ansichten und Forderungen derart vielfältig auseinander, dass eine Einigung auf Mikroebene genauso erfolglos blieb wie bei internationalen Klimakonferenzen.

»Dann leben wir in den nächsten Monaten eben acht Stunden täglich anaerob«, sagte eine junge Frau, die soeben den Glaskubus betrat und die Stimmung sofort erfasste. Sie hielt eine Aluminiumdose mit Energydrink in der Hand. Ihre dunklen, gelockten Haare hatte sie schlampig hochgesteckt, was den Blick auf ein schwarzes Halstattoo bot. Eine zarte Weinranke schlängelte sich vom Mantelkragen nach oben hinters Ohr.

»Guten Morgen«, lächelte sie bestens gelaunt, als gäbe es für diesen Februartag keine schönere Verwendung, als sich innerhalb beengter Wände mit fremden Menschen zu treffen. »Ich bin Mila.«

Tom grüßte zurück. Waldorf und Statler flüsterten miteinander.

Wieder ging die Glastür auf und ein weiterer Kursteilnehmer kam herein. Er grüßte nicht, sondern wählte einen Sitzplatz, der der Tür am nächsten war, als wollte er sich einen raschen Fluchtweg sichern. Schnell drückte er den Einschaltknopf des PCs, verschränkte seine Arme und schaukelte wortlos. Er musste um die sechzig sein und war offensichtlich nicht an Interaktion interessiert.

»Jetzt reicht's mir aber!«, meldete sich die Eisbärin erneut zu Wort. Doch auch diesmal fand sie kein Gehör. Rosa stand noch immer als Wächterin der Sauerstoffzirkulation vor dem Fenster.

»Einen wunderschönen guten Morgen!« Eine Frau kam ins Aquarium, die dank der Mappe unter ihrem Arm als Vortragende auszumachen war.

»Wie gut die kühle Luft tut«, meinte sie und ging beschwingt zu dem Tisch, der in schulischem Kontext Lehrertisch genannt worden wäre. Rosa schloss das Fenster und setzte sich. Natürlich schaltete sie ihren Computer nicht ein. Das würde sie erst tun, wenn es unvermeidbar wäre.

Kurz nach der Trainerin kam ein Teilnehmer ins Zimmer gelaufen, der sich neben Rosa in die erste Reihe setzte. Er grüßte gehetzt, entschuldigte sich für seine Verspätung, drückte den Power-Knopf des PCs und holte sein Handy aus der Hosentasche.

Die Trainerin begrüßte alle herzlich, stellte sich der Gruppe vor und teilte bunte Kärtchen aus, auf die die Teilnehmer*innen ihre Namen schreiben sollten. Sie erzählte vom Ablauf des Kurses, dem Unterrichtsziel und den Bedingungen für einen erfolgreichen Abschluss. Es galt, entweder eine Prüfung über die Lehrinhalte abzulegen oder ein frei wählbares Projekt aus dem weiten Feld des Social-Media-Marketings vorzustellen.

»Diesbezüglich noch Fragen?«

Die Trainerin schaute in die stumme Runde. Ein weiteres Mal ging die Glastür auf und eine blonde Frau mit entrücktem Lächeln trat ein. Weder grüßte sie noch begründete sie ihr verspätetes Erscheinen. Sie glitt an Mila und der Eisbärin vorbei, um sich in die zweite Reihe hinter Rosa zu setzen. Dort versank sie hinter ihrem Bildschirm, um für die gesamte Dauer der Ausbildung verborgen zu bleiben.

Höflich erinnerte die Vortragende an die vorgeschriebenen Kurszeiten, welche unbedingt einzuhalten seien, sonst drohe ein Kursausschluss. Auf einem Flipchart listete sie die Programmpunkte des ersten Tages auf. Ganz oben stand die Erarbeitung gemeinsamer Umgangsregeln, danach sollte die allgemeine Vorstellungsrunde folgen.

Rosa nützte die Gelegenheit für einen sehnsüchtigen Blick aus dem Fenster. Unter dem Hochnebel sah sie die beiden Bahnen des Donaustroms bis zum Kahlen- und Leopoldsberg fließen. Lieber wäre sie dort gewesen als hier, in diesem Aquarium. Das Gefühl der Gefangenschaft, geläufig aus Schulzeit und ihren Berufsjahren in der Versicherung, war so sehr in Vergessenheit geraten, dass sie es kaum wiedererkannte, als es nun in ihr hochstieg. Es war ungewohnt für sie, nicht frei über ihre Zeit verfügen zu können. Bevormundung, dachte Rosa.

Aus reflexhafter Abwehr fing sie ein Objekt, das sich bedrohlich schnell ihrem Gesicht genähert hatte. Sie hielt ein rotes Wollknäuel in Händen, aus dem sich ein Faden zu ihrem Sitznachbarn und von ihm zur Trainerin spannte. Die schien etwas von ihr zu erwarten. Rosa musste wohl länger aus dem Fenster geschaut haben.

»Bitte, Frau ... Steininger«, las die Vortragende von Rosas Namenskärtchen ab. »Welche Eckdaten aus Ihrem Leben wollen Sie mit uns teilen?«

Rosa versuchte sich an die Worte ihres Nachbarn zu erinnern, die in ihre abtrünnigen Gedanken eingesickert waren. Er hatte sich als Mike, fünffacher Familienvater in dritter Ehe und Systemadministrator beschrieben. Eigentlich hieß er Michael, aber Mike wäre cooler und peppiger, was auch seiner Lebenseinstellung eher entspräche, wie er fand.

»Frau Steininger?«, lächelte die Trainerin aufmunternd.

»Ich bin zweiundfünfzig, alleinstehend, kinderlos«, sagte Rosa und spürte, wie sich Betroffenheit im Raum ausbreitete. Als sie »Putzfrau« hinzufügte, wusste sie, dass sie im sozialen Gruppenranking am hierarchischen Bodensatz angekommen war.

»Interessant«, sagte die Trainerin. »Das zeigt, dass heutige Erwerbsbiografien nicht mehr linear verlaufen, sondern sich durch viele Brüche und Unterbrechungen auszeichnen. Chancen. Man kann das auch als Chancen betrachten. – Wollen Sie uns noch etwas über Ihre Hobbys verraten, Frau Steininger?«

Rosa schüttelte den Kopf. Sie blieb stumm und fühlte sich an ihren AMS-Termin erinnert.

Sie war im Büro einer korpulenten, sichtlich gut durchbluteten Frau gewesen. Kalendersprüche und Gruppenfotos fanden sich an jedem freien Platz. Ein Bürotisch stand zwischen Rosa und AMS-Beraterin, darauf ein Bildschirm, hinter dem sich die Beraterin zeitweilig verschanzte, um in Rosas elektronischer Akte zu lesen.

»Zweiundfünfzig, Putzfrau«, subsumierte die Beraterin, ohne aufzusehen. Rosa schwieg.

»Fassadenreinigung? Desinfektionsspezialistin? Gebäudereinigung?«, fragte die Beraterin nach möglichen Zusatzqualifikationen. Rosa schüttelte den Kopf.

Die Beraterin schaute über ihre Brille hinweg genauer auf ihre Kundin. Sie waren beide im selben Lebensabschnitt, der den Titel Menopause trug, obwohl die Menstruation nicht pausierte, sondern endgültig versiegt war. Während Rosa dabei zunehmend eintrocknete, schien die Beraterin an den Symptomen am anderen Ende der Skala für Wechselbeschwerden zu laborieren.

Die AMS-Angestellte stand von ihrem Schreibtisch auf, um das Fenster zu öffnen. Sie trug ein schwarzes, kurzärmeliges T-Shirt und stonewashed Stretch-Jeans. Rosa setzte sich eine Wollmütze auf. Kühler Wind fiel ins Zimmer und schien der Beraterin Erleichterung zu verschaffen. Schnaufend ließ sie sich auf ihren wippenden Bürosessel nieder. Wieder schaute sie in den Computer.

»Also, ich hätte da eine Zwanzigstundenstelle als Raumpflegerin bei einer Leasingfirma«, sagte sie, klickte zweimal mit der Maus, schon ratterte der Drucker und schob das dreiseitige Jobangebot hervor.

»Nein«, sagte Rosa.

»Wie bitte?« Die Beraterin schaute über ihre Brillengläser zu Rosa, um eine Einordnung ihrer Kundin anzugehen.

»Ich will nicht mehr als Putzfrau arbeiten«, sagte Rosa.

»Als was dann?«

Rosa zuckte mit den Schultern.

»Keine Ahnung. Ich will irgendwas machen, das sinnvoll ist, keinen Schaden anrichtet und meine Miete bezahlt.«

Die Beraterin nahm ihre Brille ab, kniff die Augen zusammen, rückte näher an ihre Kundin heran. Sie war geneigt, für den vorliegenden Fall die Kategorie *ahnungslose Querulantin* zu wählen. Vom Fenster kam ein eisiger Windhauch, der ihre Härchen im Nacken aufstellte.

»Schauen Sie, ich will ehrlich mit Ihnen sein. Zweiundfünfzig, keine Qualifikationen. Ich sag's mal so, viele Firmen warten nicht auf Sie.«

Beide schauten einander tief in die Augen. Der Beraterin stand die innere Hitze ins Gesicht geschrieben. Bald steigt Dampf von ihr auf, wie nach einem Saunagang, dachte Rosa und zog ihre Schurwolljacke enger um sich. Sie hielt dem Blick der Beraterin stand, bis diese sich wieder ihrem Bildschirm zuwandte.

»Ich lese hier HAK-Matura und fünfzehn Jahre im Marketing einer Versicherung? Ist zwar schon länger her, aber immerhin.«

Sie schaute fragend, mit der vagen Hoffnung, die Querulantin doch noch loszuwerden. Rosa nickte.

»Computerkenntnisse?«

»MS Office«, sagte Rosa.

»Also Grundkenntnisse«, sagte die Beraterin, tippte in die Tastatur, wobei ihre langen Acrylnägel klickten, scrollte das Rädchen der Maus hoch und runter.

»Hobbys?«, fragte sie weiter.

Hobbys, dachte Rosa und erinnerte sich an die gähnend leeren Linien in den Freundschaftsbüchern ihrer Volksschulzeit. Kleine Formulare als Vorbereitung auf große Bürokratie. Schon damals wusste sie nichts hinzuschreiben. Sie hatte noch nie etwas in ihrem Leben getan, was dem Begriff *Hobby* gerecht geworden wäre.

»Lesen«, sagte Rosa.

»Lesen?«, wiederholte die Beraterin. »Lesen ist an sich immer gut.«

Sie schob Rosas Antragsformular über den Tisch.

»Dann haben Sie es wohl *über*lesen und deshalb bei Telefon, E-Mail und Kontonummer nichts ausgefüllt?«

Rosa schüttelte den Kopf.

»Habe ich alles nicht«, sagte sie.

»Was? Sie haben kein Handy?«

Rosa befand sich auf dem besten Weg, zum Problemfall zu werden. Aber die Beraterin war provokante Kund*innen gewohnt. Immer wieder versuchten sie ihre Daten zu verheimlichen. Beispielsweise die Lebensgefährtin im gemeinsamen Haushalt, den Führerschein oder das Auto. Sie erhofften sich dadurch Vorteile, zumindest weniger Bewerbungsaufforderungen. Kategorie *superschlau*. Bis ihnen der Erhebungsdienst einen Besuch abstattete, sie stolz mit dem neuen PKW vorfuhren oder sie von einem missgünstigen Verwandten denunziert wurden, der von Nebenverdienst und Auslandsaufenthalt wusste. Die Beraterin kannte alle Tricks, aber ließ sich ungern schikanieren.

»Und wie treffen Sie dann Ihre Freunde?«, fragte sie. Rosa wartete mit ihrer Antwort etwas zu lange. »Haben Sie auch nicht, oder?«, schnaufte die Beraterin und stellte sich wieder vor das offene Fenster. Sie hob die Arme seitlich vom Körper ab, während sie vorne am T-Shirt zupfte. Rosa wurde ein wenig neidisch auf die inwendige Heizung, die diese Frau zu befeuern schien. Ihr selbst zitterten bereits die blauen Lippen.

»Schauen Sie, mir kann's ja wurscht sein.« Die Beraterin setzte sich wieder. »Unsere Stellenangebote bekommen Sie mit der Post, genau wie Ihr Geld.«

»Geld?«, fragte Rosa. Kurz zuvor hatte ihr ein anderer Mitarbeiter mitgeteilt, dass sie keinen Anspruch auf Arbeitslosengeld hätte.

»Nein, Arbeitslosengeld bekommen Sie keines, Frau Steininger. Auf was hinauf? So wie's ausschaut haben Sie die letzten Jahre schwarz gearbeitet und nichts in die Sozialversicherung eingezahlt.«

Rosa war verwirrt. Was denn nun?

»Sie waren ja nicht einmal krankenversichert! Mussten Sie nie zum Arzt?«, fragte die Beraterin.

Rosa schüttelte den Kopf. Seit ihrem unrühmlichen Abgang von der Versicherung war sie nie krank gewesen, abgesehen von gelegentlichen Verkühlungen, die sie durch mehrtägige Aufenthalte im Bett und Tee mit Honig auskurierte. Wovon sollte sie auch krank werden? Sie lebte gesund, aß vegetarisch, schlief und ruhte nach Bedarf, bewegte sich ausreichend und tat überwiegend, wozu sie Lust hatte.

»Und überhaupt, wie machen Sie das?«, fragte die Beraterin. »Sie sind mein Jahrgang, Sie müssen doch auch im Wechsel sein. Wie können Sie so dünn bleiben? Essen Sie nichts? Ich brauch's nur anschauen und hab's an den Hüften.«

Rosa wusste nicht, was sie darauf antworten sollte. War das noch ein normales Beratungsgespräch oder schon übergriffig? Die AMS-Mitarbeiterin schnaufte und stand wieder vor dem Fenster.

»Das ist ungerecht. Warum haben Sie keine Wallungen? Ich könnt' umkommen! Wie machen Sie das?«

Rosa hatte das Gefühl, keine einzige Frage richtig beantworten zu können.

»Ich habe kein Telefon, kein Handy, kein Internetfon, weil es unvertretbar ist, für Gespräche wertvolle Ressourcen wie Lithium oder andere seltene Erden zu verschwenden. Ich telefoniere nicht. Ich rede persönlich mit Menschen oder schreibe Briefe. Beides kommt selten vor. Ich habe kein Konto, weil ich jegliche Beteiligung an intransparenten Investments ablehne. Oder wissen Sie, was Ihre Bank mit Ihrem Geld macht? Spekuliert sie mit fossilen Rohstoffen, Nahrungsmitteln oder finanziert sie Waffenproduzenten? Ich habe keine E-Mail-Adresse, weil ich keinen Computer habe und keinen brauche. Schon allein dessen Produktionsbedingungen sind kriminell, von der ökologischen Schadschöpfung ganz zu schweigen. Im Grunde ist jedes digitale Gerät ein Verbrechen an Umwelt, Menschheit und Zukunft.«

Rosa bezweifelte, dass diese Erklärung zum besseren Verständnis ihrer Person beigetragen hätte, weshalb sie darauf verzichtete. Die Beraterin schloss das Fenster, lehnte sich in ihrem wippenden Schreibtischsessel zurück und betrachtete ihre schweigende Kundin der Gattung *harmloser Freak.*

»Ich will ehrlich mit Ihnen sein«, sagte sie nach einiger Zeit, »schließlich müssen Frauen über fünfzig zusammenhalten. Wir sind weder am Arbeitsmarkt noch sonst wo rasend gefragt, stimmt's?« Sie schob sich hinter ihren Computer, scrollte, klickte, und erneut quietschte der Drucker. »Wenn Sie gern lesen, können Sie sicher auch schreiben, oder?« Sie erwartete keine Antwort. »Ich glaube, das ist was für Sie. Social Media, das brauchen jetzt alle Firmen. Während der dreimonatigen Maßnahme bekommen Sie Deckung des Lebensunterhalts – so heißt die Geldleistung während eines Kurses. Zusätzlich sind Sie pensions- und krankenversichert. Kann in Ihrem Alter zur Abwechslung nicht schaden.«

Die Beraterin fragte sich insgeheim, wie man so leben konnte. Eine Frage, die sie sich aufgrund ausbleibender Klärung im Laufe ihrer Karriere eigentlich verboten hatte. Doch Rosa Steininger lockte sie hervor und reizte die Beraterin zu ungewöhnlicher Anteilnahme. Vielleicht wegen desselben Geburtsjahres.

»Wenn Sie den Kurs nicht antreten oder den Kurserfolg vereiteln, werden Sie sofort abgemeldet. Sie verlieren den Anspruch auf Geld- sowie auf Versicherungsleistung. Arbeitswillig heißt das Zauberwort. Verstehen Sie? – Ich hoffe, Sie finden in den nächsten drei Monaten einen Job und wir sehen uns nie wieder«, sagte sie, stand auf und drückte Rosa die Kurszubuchung in die Hand. Damit war der Termin beendet. Noch bevor Rosa aus dem Zimmer war, riss die Beraterin erneut das Fenster auf und wachelte sich Luft zu.

»Wissen Sie, wir beim AMS haben einen schlechten Ruf«, sagte sie plötzlich. »Obwohl es oft leichter ist, Kundin zu sein, als hier zu arbeiten, das sag ich Ihnen. – Ich wünsche viel Erfolg, Frau Steininger!«

»Ihre Hobbys?«, wiederholte die Trainerin ihre Frage.

»Lesen«, sagte Rosa.

»Aha, und was?«

Die Kursgruppe hörte mit gesteigerter Wachsamkeit zu.

»Bücher.«

Waldorf und Statler kicherten.

»Aha, und welche? Krimis? Liebesromane?«, fragte die Trainerin und bemerkte die Unruhe im Aquarium.

»Sachbücher über alternative Wirtschaftstheorien und Ökologie.«

»Oh, ungewöhnlich«, sagte die Vortragende und lächelte professionell. »Und ihre Arbeitssuche geht ebenfalls in diese Richtung? Umweltberaterin, oder so?«

Rosa schüttelte vehement den Kopf.

»Nein, ich will irgendwas Sinnvolles tun, das keinen Schaden anrichtet.«

»Interessant«, sagte die Vortragende und fasste den Entschluss, die stockende Vorstellung von Rosa Steininger mit einer letzten Frage zu beenden.

»Und Ihre derzeitige Stimmung von 0 bis 10?«

Rosa starrte sie verständnislos an.

»Gut, Frau Steininger, lassen wir es dabei bewenden. Wenn Sie bitte das Wollknäuel der oder dem Nächsten zuwerfen? Danke!«

»Frau Hartman, was machen Sie denn da?«, fragte Rosa, als sie am Abend das Haustor aufsperrte und die alte Frau auf den Stiegen sitzen sah.

»Ich geh einkaufen«, sagte Hartman.

»Schaut aber nicht so aus«, meinte Rosa.

Frau Hartmans Einkaufstasche lag gemeinsam mit ihrem Gehstock am Fuß der Treppe. Die Sachen mussten ihr aus der Hand gefallen sein.

»Na, kommen Sie!« Rosa wollte ihr unter die Arme greifen und beim Aufstehen helfen.

»Nein, bleiben wir noch ein Weilchen«, sagte Hartman, als säße sie im Café und orderte die nächste Runde. Rosa schlüpfte aus ihren Fäustlingen, legte sie als Sitzunterlage auf die Stufe und setzte sich neben Hartman, obwohl ihr der Magen knurrte.

»Soll ich einkaufen gehen und für uns beide kochen? Ich habe seit dem Frühstück nichts gegessen«, sagte sie. Ihr war schon schwindlig vor Hunger. Die nahrungsmitteltechnische Versorgungslage im Kurs war verheerend. Bisher war sie gewohnt gewesen, mittags zu Hause zu kochen. Doch im Büroturm gab es keine Möglichkeit, sich etwas aufzuwärmen. Die Imbissbuden und Kantinen auf der Donauplatte boten ohnehin keine Option. Von fragwürdigen Inhaltsstoffen und zweifelhafter Herkunft abgesehen, waren die Speisen mehrfach in Aluminium, Plastik, Styropor verpackt, also völlig inakzeptabel. Sie würde ihr Mittagessen vorkochen müssen, sonst verhungerte sie in den kommenden drei Monaten mit Sicherheit oder starb an Skorbut. Kein Wunder, dass die arbeitende Bevölkerung unbedingt krankenversichert sein muss, dachte Rosa, bei *der* Ernährung!

»Das machen wir gemeinsam.« Frau Hartman tätschelte Rosas Knie. »Ich werde Sie heute zu dem Bioladen begleiten, aus dem Sie mir immer dieses köstliche, aber völlig überteuerte Grünzeug bringen. Der Besitzer des Ladens soll ansehnlich sein, habe ich gehört. Bertram heißt er, oder?«

»Ja«, sagte Rosa und nichts weiter.

»Sind Sie mit ihm zusammen?«, fragte Hartman. »Das geht mich freilich überhaupt nichts an, aber zu den Vorteilen meines hohen Alters gehört, Narrenfreiheit zu haben.«

»Frau Hartman!«

»Freundschaft plus?«, ließ sie nicht locker.

»Woher kennen Sie das denn?«

»Aus dem Nachmittagsfernsehen.«

Rosa schwieg. Hartman wurde es langweilig.

»Und, wie war Ihr erster Kurstag?«

»Frau Hartman, wollen wir das nicht alles in meiner Wohnung besprechen? Ich heize ein, gehe einkaufen, und wenn ich zurück bin, koche ich uns was.«

»Jetzt hetzen Sie mich nicht so. Gefällt's Ihnen im Kurs?«

»Wir lernen unsere Namen«, stöhnte Rosa.

»Die eigenen?«

»Frau Hartman!«

»War nur ein Witz. Ich weiß genau, wie das abläuft. Sieht man doch andauernd im Fernsehen. Sie werfen sich bunte Bälle zu, stimmt's?«

»Schlimmer. Wollknäuel!«

Hartman gefiel das.

»Und die anderen Arbeitslosen, wie sind die so? Erzählen Sie schon! Lassen Sie sich nicht alles aus der Nase ziehen. So viel Zeit, wie Sie glauben, habe ich nicht mehr.«

»Frau Hartman! Wir sind nicht arbeitslos, sondern arbeitssuchend. Zumindest wird das im Kurs behauptet.«

»Blödsinn«, sagte Hartman.

Im oberen Stockwerk fiel eine Tür ins Schloss. Hartman schaute neugierig am Treppengeländer hoch. Sie konnte zwar niemanden sehen, aber sie hörte Schritte.

»Rodriguez, bist du's?«, rief sie.

»Ja-a«, sagte Rosas Nachbar und kam die Stiege zu ihnen hinunter.

»Wohin des Weges?«

»Ich muss noch rasch ein paar Besorgungen machen, no?«, sagte Rodriguez, dessen mexikanischer Akzent jeder Aussage einen Hauch von Unglaubwürdigkeit beimengte.

»Pass nur auf! Als ich das letzte Mal so spät im Supermarkt war, hat mir ein Flegel den Einkaufswagen gegen die Achillessehne gerammt. Er meinte, ich hätte den ganzen Tag Zeit und sollte nicht kurz vor Ladenschluss im vollen Geschäft herumstehen. So eine Frechheit! Aber der Bengel kommt auch noch in meine Gasse! Deshalb Obacht, Rodriguez! Du bist zwar keine alte Frau, aber vielleicht hat der Typ was gegen Mexikaner oder Studenten oder Schwule oder grundsätzlich gegen alle Menschen. Bei solchen Leuten weiß man nie.«

»Oh, alles nicht so schlimm, Señora. Damit komme ich schon zurecht, no? Buenas tardes!«

Rodriguez zwängte sich umständlich an ihnen vorbei und verließ das Haus. Kurz hing Hartman ihren Gedanken zu abendlichen Einkäufen nach, dann dauerte ihr die Pause schon wieder zu lange.

»Was ist jetzt mit dem Kurs? Erzählen Sie doch endlich!«, fuhr sie Rosa an, und diese berichtete.

Von der Eisbärin, die Ilse hieß und gelernte Grafikerin war. Von Tom, dem jungen Mann mit Sonnenbrille, gegeltem Haar und konstant erhöhter Körpertemperatur, der ehemals Leiter der Presseabteilung eines staatsnahen Instituts gewesen war. Weshalb er seine Anstellung verloren hatte, hatte er nicht verraten und niemand hatte danach gefragt. Die Gruppe behandelte Jobverlust wie eine schwere Krankheit, von der alle bald kuriert zu werden hofften. Rosa hatte den Eindruck, dass neugierige Erkundigungen als pietätlos galten. Eher wurde die Vertreibung aus den Reihen der Werktätigen als Schicksalsschlag angesehen, unerklärlich und mysteriös wie das Leben selbst. Jeder in der Gruppe schien sein dunkles Geheimnis für sich behalten zu wollen.

Sie erzählte von Goran, der mit Anfang sechzig der Älteste im Kurs war und sich vom Gedanken eines Wiedereinstiegs in den Arbeitsmarkt längst verabschiedet hatte. Doch da es manchmal für AMS-interne Statistiken notwendig war, tat er seinem Berater den Gefallen und saß für eine vorgegebene Zeit eine Kursmaßnahme ab. Er schaukelte mit verschränkten Armen in der letzten Reihe und tat dies so unauffällig, dass niemand im Raum bemerkte, wenn er sich vorzeitig davonmachte.

Waldorf und Statler hatten erst im Kurs zueinander gefunden, um ihren Hang zu zwangloser Kritik auszuleben. Beide waren tendenziell ruhige Gesellen, doch in unmittelbarer Nähe zueinander legte sich ihr permanentes Getuschel wie der Motorenlärm einer Formel-1-Übertragung über den Kursraum.

Über ihren Sitznachbarn Michael alias Mike konnte Rosa nichts erzählen. Außer von seinen digitalen Familienfotos und seiner Entschlossenheit, bald eine neue Stelle als Vertriebsleiter zu finden, vor allem weil der finanzielle Druck durch die bevorstehende Geburt seines sechsten Kindes enorm war.

Kira, die Schläferin im Schutz des Monitors eine Reihe hinter Rosa, erwähnte sie nur kurz. Mila mit schwarzem Weinrankentattoo war die Jüngste der Gruppe. Sie hatte Anthropologie studiert und stand am Beginn ihres Berufslebens, von dem sie auf Abstand gehalten wurde.

»Na, da haben Sie sich eh mehr als die Namen gemerkt«, sagte Hartman zufrieden über Rosas Berichterstattung.

»Schön, dass Ihnen mein Leid gefällt, aber ich muss jetzt dringend essen«, sagte Rosa und bemerkte ihren Unterzucker.

»Dann gehen wir doch endlich!«, sagte Hartman, als wäre es Rosas Schuld, dass sie hier im kalten Stiegenhaus sitzen mussten. Rosa half ihr aufzustehen. Hartmans Knochen forderten ausreichend Zeit ein, um sich wieder an den aufrechten Gang zu gewöhnen. Gerade als Rosa sich von Hartmans sicherem Halt am Stiegengeländer überzeugte, kam die Postbotin zur Tür herein.

»Sie sind heute aber spät dran!«, sagte Hartman. Am Gehsteig vor dem offenen Haustor stand der Handwagen, der die Ausmaße einer Postkutsche hatte.

»Sie sehen eh, was ich ausliefern muss, das wird ja täglich mehr«, sagte die Postbotin mit einem Stoß Kuverts und kleineren Päckchen im Arm.

»Sie haben recht, werte Frau«, sagte Hartman. »Früher haben die Postler eine winzige Umhängetasche von einem Tratsch zum nächsten Schnapserl getragen. Aber was sie heute schleppen müssen, ist ja eine Zumutung.«

Sie wartete auf den Handlauf gestützt, dass ihre Beine ein Bereitschaftssignal aussandten. Die Postbotin sortierte währenddessen Wurfsendungen in die Schlitze der Briefkästen ein und beklagte steigenden Internethandel. Rosa sammelte Hartmans Gehstock und Einkaufstasche auf.

»Gemma!«, gab Hartman ihr Kommando zum Aufbruch und hakte sich bei Rosa unter. Gemeinsam stiegen sie Stufe für Stufe hinunter zum Ausgang.

»Wiedersehen!«, verabschiedete sich Hartman von der Postbotin. »Sehen Sie«, sagte sie zu Rosa und schnaufte bei jedem Schritt, »es ist doch immer wieder nett, ein wenig Zeit im Haus zu verbringen. Da kommt man so schön mit den Leuten ins Gespräch.«

»Hey Rosa, fein dich zu sehen!« Bertram schlang seine Arme um sie.

»Junger Mann«, protestierte Frau Hartman, weil er Rosa für sich beanspruchte und ihr damit ihre Stütze entzog. Durch seine überschwängliche Begrüßung in der Gemüseabteilung sah sie sich doch tatsächlich genötigt, ihren Stock zu benützen.

»Verzeihung!«, sagte Bertram, ließ sofort von Rosa ab und verbeugte sich vor Frau Hartman. »Oft bin ich zu ungestüm und verkenne die Prioritäten.« Er küsste ihr die Hand. »Sind Sie erstmals in meinem bescheidenen Geschäft? Darf ich Sie herumführen oder Ihnen sonst wie behilflich sein?«

Er schenkte ihr ein Lächeln, das nur noch einen blinkenden Schneidezahn vermissen ließ. Hartman war sofort von seinen guten Manieren entzückt. Rosa wunderte sich, wann er die entwickelt hatte. Früher, im alten winzigen Bioladen, hatten sich seine Kund*innen glücklich schätzen können, wenn sie von ihm nicht beschimpft wurden. Ihr verachtenswertes Konsumverhalten, ihre Kapitalismushörigkeit hatte er ihnen nicht nur einmal um die Ohren geschleudert. Und jetzt umgarnte er Frau Hartman, die daraufhin ganz vergaß, ihn wegen seiner angeblichen Wucherpreise zu schelten. Sie flirtete stattdessen wie ein junges Mädchen, meinte, er solle keine Umstände machen, sie sei mit Rosa hier, die sich bestens mit dem Biozeug auskenne. Er lächelte, verneigte sich nochmals vor ihr, dann wandte er sich Rosa zu.

»Lies und Lena haben uns eingeladen«, sagte er.

»Uns?«, fragte Rosa und merkte, wie die studentischen Mitarbeiterinnen ihre feinfühligen Antennen auf das Geschehen rund um ihren Chef ausrichteten.

»Ja, uns und alle, die auf das Frühlingsfest an den Hof kommen wollen. Willst du?«

»Ich hab die Einladung bekommen.«

»Und?«

»Ja, ich werde hinradeln.«

»Super Rosa, spitze, das freut mich total!« Wieder umarmte er sie, diesmal so fest, dass er sie ein Stückchen vom Boden abhob. »Ich sag ihnen gleich, dass wir zwei dabei sind.«

Noch ehe Rosa entgegnen konnte, dass bis zum Fest noch reichlich Zeit wäre, drückte er ihr ein Bockshörndl in die Hand, verabschiedete sich mit Handkuss von Hartman und lief davon. Obwohl Johannisbrot aus dem Mittelmeerraum stammte und folglich nicht Rosas Kriterien des regionalen Anbaus entsprach, biss sie von der Trockenfrucht ab und kaute hungrig darauf herum.

»Ein stürmischer junger Mann, aber äußerst sympathisch«, schwärmte Hartman. »Kann ich auch auf das Frühlingsfest mitkommen?«, fragte sie.

Rosa schaute Frau Hartman von der Seite an.

»Aber sicher, nur sollten wir schleunigst unseren Einkauf erledigen, sonst überlebe ich den heutigen Abend womöglich nicht mehr.«

Frau Hartman saß an Rosas Küchentisch und aß Brokkolipalatschinken.

»Da schmeckt man die Qualität«, sagte sie. Ein plumper Versuch, ihre bisherige Nörgelei über Bertrams Lebensmittelpreise und Rosas »Biofraß« zu relativieren. Rosa stand vor dem Herd und legte Schupfnudeln in siedendes Wasser. Als die Nudeln an die Oberfläche stiegen, wurden sie von Rosa mit der Schaumkelle abgeschöpft und auf zwei Dessertteller verteilt. Sie streute gemahlenen Mohn darüber und übergoss alles mit zerlassener Butter.

»Da fehlt der Staubzucker«, meldete Hartman.

»Nein, ich süße mit Honig«, sagte Rosa und drehte sich kurz zu Hartman um, die skeptisch ihren Mund verzog.

»Na, ob das schmecken kann? Mohnnudeln mit Honig?«

»Frau Hartman!«, sagte Rosa. Es war immer das Gleiche, zuerst stänkerte sie, dann aß sie begeistert auf. Rosa hörte gar nicht mehr richtig hin.

»Können wir nicht endlich das Licht andrehen?«, fragte Hartman. Sie spielte an der Stumpenkerze aus Bienenwachs herum, die sie von der Mitte des Tischs näher zu sich herangezogen hatte.

»Sie wissen, dass es keine Glühbirnen in meiner Wohnung gibt. Nehmen Sie noch eine Kerze aus der Tischlade, wenn es Ihnen zu dunkel ist«, sagte Rosa.

»Ihr Sparwahn ist extrem. Kein Strom, kein Licht, kein Radio. Das ist ja ärger als im Krieg!«, beschwerte sich Hartman, zog aber die Lade auf und stellte noch eine Kerze auf den Tisch.

»Das ist nicht Krieg, das ist freiwillig«, sagte Rosa. Kurz verzog Hartman das Gesicht, dann wollte sie Rosa auf ein anderes Thema bringen.

»Ein fescher Kerl, dieser Bertram, und so freundlich.«

Rosa setzte sich mit den Mohnnudeltellern an den Tisch.

»Haben Sie die jungen Dinger hinter der Budel gesehen?«, fragte Frau Hartman.

»Sicher«, sagte Rosa.

»Glauben Sie, er hat was mit denen?«

»Sicher.«

»Oder spart er sich für Sie auf?«

Rosa prustete los.

»Sicher nicht!«

»Tun Sie nicht, als wären Sie nicht eifersüchtig«, sagte Hartman. Sie spießte eine Mohnnudel auf die Gabel, steckte sie in den Mund und schloss die Augen, um den Genuss auszukosten.

»Worauf sollte ich denn eifersüchtig sein? Bertram und ich sind Freunde. Sehr gute Freunde. Verstehen Sie? Und ich bin unabhängig und glücklich.«

»Jaja«, sagte Hartman und aß ihre Portion mit sichtlichem Appetit. Durch das Feuer im Herd war es angenehm warm in der Küche geworden. Die Fenster beschlugen, das Holz knisterte. Rosa überlegte, ihr zweites Paar Wollsocken auszuziehen.

»Außerdem gibt es wichtigere Themen«, sagte sie. »Beispielsweise meine Sorge um Sie. Irgendwann geht das mit Ihnen im fünften Stock nicht mehr. Was machen Sie, wenn Ihre Beine schlechter werden? Ich bin zwar die letzte, die für einen Lift ist, aber er würde Ihnen das Leben erleichtern.«

»Bis der in Betrieb ist, bin ich schon lang unter der Erde«, sagte Hartman mit vollem Mund.

»Und wenn Sie Ihre Wohnung mit einer im Erdgeschoss tauschen? Oder in ein barrierefreies Haus ziehen?«

»Du meine Güte! Ich wohne schon mein ganzes Leben unter diesem Dach, da zieh ich doch jetzt nicht um, nur weil ich nicht mehr laufen kann.«

Hartman putzte Mohnreste vom Teller, schleckte die Gabel ab, schob den Teller von sich und tupfte sich manierlich mit einer Stoffserviette die Mundwinkel sauber. Danach legte sie ihre Hände in den Schoß und schaute Rosa ruhig an.

»Kindchen, ich sage Ihnen jetzt was, machen Sie sich meinetwegen bitte keine Gedanken. Dafür findet sich eine Lösung. Und jetzt kein Wort mehr davon. Versprochen?«

Nach dem Abendessen brachte Rosa Frau Hartman zurück in ihre Wohnung. Es dauerte eine kleine Ewigkeit, bis die beiden das Dachgeschoss erreichten. Frau Hartman schnaufte bei jeder Stufe, als wäre es ihre letzte. Aber sie schaffte es. Den Rückweg legte Rosa ohne Gangbeleuchtung zurück. Schließlich kannte sie den Weg. Sie machte noch einen kurzen Abstecher zum Briefkasten, wo ein Schreiben auf sie wartete. Vor dem Herd, in dem langsam das letzte Scheit herunterbrannte, öffnete sie den Briefumschlag und las im Schein der Kerze.

Sehr geehrte Frau Steininger,
ich habe nachgedacht. Auf irgendeine Art und Weise muss ich Sie vor den Kopf gestoßen und gekränkt haben. Dafür möchte ich mich in aller Form bei Ihnen entschuldigen. Es war niemals meine Absicht, Sie zu verletzen. Sollte es mir dennoch gelungen sein, bitte ich Sie inständig um Verzeihung. Meine Anfrage um Begleitung zu den Salzburger Festspielen ist Ausdruck meiner größten Wertschätzung Ihnen gegenüber. Mit Ihrem kritischen Geist an meiner Seite könnte der durchaus als korrumpiert zu nennenden Veranstaltung Niveau und moralischer Mehrwert entlockt werden. Einzig diese Überlegung steckt hinter meiner Einladung. Für mich sind Sie inspirierend, jemand, dessen Analysefähigkeit ich bewundere.

Ich hoffe, Sie verstehen mein Anliegen nun besser und überdenken Ihre Antwort. Noch ist es nicht zu spät. Sie würden mir eine große Freude bereiten.

Hochachtungsvoll
Dr. Gunnar Novotny

Schon nach wenigen Tagen hatte sich Routine eingestellt. Es klopfte an Rosas Tür, sie schreckte hoch und hörte im Halbschlaf, wie sich Rodriguez' Schritte auf dem Flur entfernten. Sie hörte seine Wohnungstür ins Schloss fallen. Beinahe fielen ihr wieder die Augen zu. Es konnte sich nur um einen Irrtum handeln, dachte sie, irgendwo in ihrem Leben musste sie falsch abgebogen sein, sonst müsste sie nicht um diese nächtliche Uhrzeit aufstehen. Sie öffnete die Augen. Es blieben kleine Schlitze. Vom Fenster bis an ihr Bett stand stockfinstere Nacht. Es war unmenschlich, so früh aufzumüssen. Ihre Hand tapste zum Nachtkästchen, fand Streichhölzer, entzündete die Kerze, worauf sanfter Schein das Zimmer beleuchtete. Rosa sank zurück auf ihren Kopfpolster und starrte an den Plafond.

Da sie keinen Wecker besaß und nicht gewillt war, einen zu kaufen, hatte sie mit ihrem Nachbarn einen Deal vereinbart. Um sein Studium zu finanzieren, arbeitete Rodriguez bei einem kleinen exquisiten Bäcker in der Nähe. Um sechs Uhr kam er von der Morgenschicht nach Hause. Wochentags sollte er im Vorbeigehen an Rosas Tür klopfen, im Gegenzug dafür würde Rosa die Fenster seiner Zweier-WG putzen.

Draußen bremsten Autos und fuhren wieder an. Die Stadt schlief noch, aber die Verbrennungsmotoren waren wach. Rosa warf ihre Decke zurück und erkannte sofort den Fehler. Es war viel zu kalt, um aus dem Bett zu steigen. Ihr Körper stemmte sich gegen ihr Vorhaben, wehrte sich mit der Vortäuschung eines Erfrierungstodes. Doch sie widerstand dem Wunsch, liegen zu bleiben und zwang ihre Füße in Filzpatschen, die vor ihrem Bett auf sie warteten. Sie schlurfte in die Küche, wo sie am Vorabend Holz in die Brennlade des Herds geschlichtet hatte. Jetzt musste sie lediglich ein Zündholz daranhalten und vor dem Feuer ausharren, bis die Raumtemperatur ein erträgliches Mindestmaß erreicht hatte. Dabei gähnte sie ausführlich, rieb sich mehrmals die Augen und zweifelte wiederholt an der Sinnhaftigkeit früher Morgenstunden.

Sobald sie dazu in der Lage war, stellte sie Teewasser auf und ließ Haferflocken quellen. Sie wusch ihr Gesicht mit kaltem Wasser, putzte sich die Zähne mit Holzzahnbürste und Salz. Abschließend gurgelte sie mit Distelöl, das mit Minzblättern versetzt war. Das Teewasser kochte, sie überbrühte damit Brennnesselblätter und grünen Hafer. Während der Tee zog, schleppte sie sich ins Schlafzimmer. Dort schlüpfte sie in warme Merinounterwäsche, zog ihren Blaumann und dicke Wollsocken an. Wieder zurück in der Küche hörte sie das zweimalige Läuten der Kirchturmuhr. Es war 6.30 Uhr.

Rosa schnitt Kletzen, Äpfel, Dörrzwetschken in den Haferbrei, tat Rosinen und einen Löffel Honig dazu. Sie setzte sich mit Schüssel und Teehäferl an den Tisch, aß und starrte vor sich hin. Kurz vor sieben war sie so weit, das leere Geschirr in die Spüle zu stellen und mit dem Rest des heißen Wassers zu übergießen. Das Geschirr würde, bis sie abends vom Kurs zurückkommen würde, einweichen, was den Abwasch erleichterte.

Am Vorabend hatte sie Gemüserisotto gekocht und in ein Rexglas gefüllt – ihr heutiges Mittagessen. Zusammen mit einem Apfel und einer Trinkflasche aus Glas packte sie es in ihren Rucksack. Zwar war das schlechter Ersatz für eine frische warme Mahlzeit, aber Rosa würde damit bis zum Abendessen durchkommen.

Noch immer schlaftrunken radelte sie los. Erst beim Donaukanal war ihre Müdigkeit abgeschüttelt. Die Straßen waren belebt. Autos, Fußgänger*innen, öffentliche Verkehrsmittel, dazwischen E-Roller. Es schien, als wollte alles genau ans gegenüberliegende Ende der Stadt von wo auch immer, und zwar zur selben Zeit. Auf der Aspernbrücke schaute Rosa nach links zur Kirche Maria am Gestade, rechts sah sie

Urania und Riesenrad. In der Praterstraße staute sich Autoverkehr, beidseitig, täglich. Vor der Reichsbrücke wechselte sie die Straßenseite, was ihr zwar den Blick nach Klosterneuburg nahm, dafür aber freie Sicht auf den Sonnenaufgang bot. Sie hielt auf halber Strecke auf der Brücke. Spätestens jetzt war sie munter und konnte nicht leugnen, dass ihr die fantastische Sicht auf die Donau ohne den Zwang des frühen Aufstehens entgangen wäre. Oberhalb der leicht gekräuselten Wasseroberfläche, auf der einige Schwäne und Enten schwammen, hingen zartrosa Nebelschleier, von aufsteigender, roter Sonne beschienen. Rosa lehnte am Brückengeländer, das Fahrrad zwischen den Beinen. Sie sah zum Horizont. Möwen flogen durch die Morgenstimmung. Es lag unbestreitbar Schönheit und Frieden in diesem Moment.

Eine U-Bahn fuhr mit lautem Tosen ein. Die Ruhe war vorbei. Eine Unmenge Leute quoll aus dem Stationsgebäude und drängte auf die Brücke. Rosa erkannte einige aus dem Kurs. Darunter auch Mila, die vor dem Geländer stehen blieb, ihr Internetfon zückte und Fotos machte. Andere taten es ihr gleich. Alles muss dokumentiert werden, nichts darf einfach sein und vorübergehen, dachte Rosa, schüttelte den Kopf, stieg auf ihr Rad und fuhr die letzten Meter zum Büroturm an den anderen vorbei.

Sie setzte sich an ihren Platz beim Fenster und schlug ihr Buch über die Wechselwirkungen von Artensterben, Klimanotstand und Pandemien auf. Der Unterricht würde erst in einer Stunde beginnen, dennoch hatten die Kursteilnehmer*innen bereits um acht Uhr anwesend zu sein, um ihre Bewerbungsunterlagen vorzubereiten. Neben ihr arbeitete Familienvater Michael alias Mike der Vertriebsleiter an der optischen Verbesserung seines Lebenslaufs.

»Was sagst du dazu?«, fragte er Rosa unvermittelt. Er drehte ihr seinen Bildschirm zu. »Ich habe mein Foto rechts oben vergrößert. Gefällt's dir? Es hält Augenkontakt mit dem Betrachter, aber wendet den Blick nicht vom Text ab. So eines sollten wir doch verwenden, oder? Hier mein Kompetenzprofil in drei Sätzen. Berufserfahrung, Ausbildung, Zusatzqualifikationen, tabellarisch in zwei Spalten aufgelistet und so lange gekürzt, bis mein ganzes Leben auf eine Seite passt. Wie findest du's?«

Dieser deprimierenden Aussage wollte Rosa nichts hinzufügen, doch wertete sie es als nette Geste, dass Mike ihr Qualitätsurteil einholte. Freilich hatte sie keine Ahnung, ob sein Lebenslauf den Anforderungen eines Personalverantwortlichen mit der Aufmerksamkeitsspanne eines ADHS-kranken Kindes entsprach. Jedenfalls hatte Rosa in den vergangenen Tagen gelernt, dass ein Lebenslauf innerhalb von zehn Sekunden Interesse wecken müsse, sonst würde die Bewerbung in der Menge untergehen.

»Übersichtlich«, sagte Rosa.

Mike hatte es geschafft, den bisherigen Lernstoff eins zu eins grafisch umzusetzen. Anwenderkenntnisse diverser EDV-Programme waren in Balkendiagrammen abgebildet, bunte Kreisdiagramme symbolisierten seine Fremdsprachenkenntnisse. Rosa war beeindruckt. Sie konnte nicht einmal ein Foto vorweisen noch wusste sie, wie man Grafiken in einen Text einfügte. Von den Programmiersprachen, die Mike in seinem CV erwähnte, hatte sie noch nie gehört. Sie kam sich ungenügend vor. Wenn er das alles konnte und dennoch im Aquarium als Arbeitssuchender saß, wie würde es da mit ihrer Verwertbarkeit und gewinnbringenden Nutzung am Arbeitsmarkt aussehen? Diese Frage hatte sie sich bisher noch nie gestellt. Vor Schreck hielt sie sich an ihrem Buch fest und starrte Mike an. Er war zufrieden mit ihrem Kommentar und rückte den Bildschirm wieder gerade, um weiter am Erscheinungsbild seines Lebens zu tüfteln. Wie schön, dass er auch für seine Frau und die fünfeinhalb Kinder am unteren Eck des A4-Blatts Platz gefunden hatte, gleich neben seinen Soft Skills.

In der zweiten Reihe raschelte Ilse die Eisbärin mit ihrem Schreibblock. Sie unterstrich und highlightete ihre Stenonotizen, parallel dazu hantierte sie an ihrem Computer. Goran schaukelte auf seinem Fluchtplatz mit verschränkten Armen und las Onlinezeitung. Hinter Rosa döste Kira in sicherer Deckung. Waldorf und Statler schauten kommentarlos in ihre Computer. Mila kam ins Zimmer, zog in einer fließenden Bewegung ihr Internetfon aus der Manteltasche, ihre Kopfhörer aus den Ohren, ihren Mantel von den Schultern, schaltete den PC ein, stellte ihren Energydrink auf den Tisch, grüßte fröhlich in die Runde und setzte sich. Rosa öffnete das Fenster, weil Sauerstoff das war, was diesem Raum fehlte.

»Morgen!« Tom kam mit Sonnenbrille und gegelten Haaren herein. Auch seinen Bewegungen war Routine abzulesen: Telefon aus der Gesäßtasche, Stöpsel aus den Ohren, Knopfdruck auf den Computer, Laptop aus dem Rucksack, aufgeklappt und hochgefahren. Dann schaltete er seinen Tischventilator ein, den er sich wegen innerer Hitze und äußerer Stickigkeit angeschafft hatte.

»Das ist mir jetzt aber zu viel«, raunzte Ilse, zog ihre Wollhaube mit den zwei Bommeln an und wickelte einen Fransenschal um ihren Hals, bis nur noch ihre Nasenspitze herausschaute.

»Ich hab schon einen entzündeten Rückennerv von dem Zug. Meine ganze halbe Seite ist gelähmt«, lamentierte sie und fuchtelte mit den Armen, um ihren partiellen Stupor zu verdeutlichen. Waldorf und Statler rempelten sich gegenseitig an und freuten sich über den täglichen Konflikt. Kira erwachte hinter dem Bildschirm aus ihrem Dämmerzustand, ergriff ihr Handy und ging auf den Korridor.

»Tut mir leid, mir ist es zu heiß, ich halte das nicht aus«, sagte Tom und justierte den Ventilator passgenauer auf sein Gesicht. Rosa stand vor dem offenen Fenster, streckte den Kopf hinaus und ließ sich kalten, feuchten Wind um die Nase wehen. Sie hörte, wie Ilse etwas von Beschwerde bei der Trainerin sagte, denn es könne nicht angehen, dass sie mit körperlichen Schäden aus dieser Fortbildung käme. Rosa atmete tief durch, dachte an die Lächerlichkeit menschlicher Befindlichkeiten in Anbetracht von 1 300 Gigatonnen Kohlenstoff, die als fossile Pflanzen- und Tierreste in Permafrostböden gebunden waren und dank menschenverursachter Erderwärmung bald die Chance bekommen würden, in die Atmosphäre zu entweichen. Sie hoffte, den Tag zu überstehen.

»Also ich an deiner Stelle«, sagte Milas raue Stimme laut und deutlich, worauf Rosa ihren Kopf einzog und sich wieder der Situation im Aquarium stellte, »ich an deiner Stelle würde einfach rausgehen, so lange wir lüften.«

Mila lächelte Ilse an, worauf die verstummte. Rosa erkannte die Front gegen die Eisbärin und schloss das Fenster.

Nachdem der Vortragende die Anwesenheit im Glaskubus wie bei einer Schulklasse überprüft hatte, startete er seinen Computer und schaltete mit der Fernbedienung den Beamer ein. Ein Schriftzug erschien an der weißen Wand: *Präsentationstechniken und Soziale Netzwerke.*

Ilse stenografierte sofort mit. Goran schaukelte desinteressiert. Tom grinste kühl die Rotorblätter seines Ventilators an. Kira verschanzte sich hinter ihrem Monitor und bereitete sich auf die nächste Tiefschlafphase vor. Mike hörte mit einem Ohr zu, konzentrierte sich aber hauptsächlich auf seinen CV. Rosa beobachtete den Vortragenden, der sich mehr als Coach denn als Lehrender verstand. Trotz seiner Jugend war er erfahren in Personalführung und setzte auf Motivation. Er bewegte sich wie auf einer gut beleuchteten Stadionbühne. Plötzlich fühlte sich Rosa an eine Szene in ihrem früheren Leben erinnert. Der Coach drehte sich mit auf Bauchhöhe angewinkelten Armen zur Powerpoint-Präsentation, streckte seine Hand aus, um mit dem Laserpointer eine Überschrift zu markieren, und Rosa blickte in ihre Vergangenheit.

Sie sah sich mit Ende zwanzig. Dunkelblaues Businesskostüm, lange Haare, von einem Hauch von Naturkosmetik umgeben. Schon damals war sie umweltbewusst gewesen, aber noch in einem frühen, unterentwickelten Stadium. Sie stand in einem Konferenzsaal, vor ihr ein Besprechungstisch, an dem der Vorstand mit einer ausländischen Delegation und etlichen Wirtschaftsinteressenten saßen. Wegen Rosas ausgeprägtem Sinn für Nachhaltigkeit hatte sie der CEO mit dem prestigeträchtigen Ilisu-Staudamm-Projekt betraut. Global Player am internationalen Finanzmarkt. Investitionsvolumen im zweistelligen Milliardenbereich. Ihr Unternehmen sollte die Umweltrisiken abschätzen, bewerten, absichern. Exportkreditversicherung.

»Wer, wenn nicht Sie«, hatte Rosas Vorgesetzter nach einigen übergangenen Beförderungen zu ihr gesagt und sie damit beauftragt. Sie war gepflegt, seriös und gut vorbereitet. Sie hatte monatelang recherchiert, Zahlen, Daten, Fakten auswendig gelernt. Sie wollte alle Fragen kompetent beantworten. Überzeugend musste sie sein. Dafür brauchte sie der CEO. Eine junge Frau, der man Aufrichtigkeit und ökologisches Gewissen schon an der reinen Haut und den klaren Augen ansah. Wenn diese Frau von Unbedenklichkeitsstudien zum Großbau, von sauberer Stromerzeugung und Umweltverträglichkeit sprach, während es um Flutungen und Absiedlungen ging; wenn eine solche Frau sachlich fundiert von Nachhaltigkeit und ressourcenschonender Energiegewinnung sprach, konnte dem Milliardendeal nichts im Weg stehen.

Sie hielt mit jedem am Konferenztisch professionellen Blickkontakt. Mit freundlicher, modulierter Stimme ging sie geduldig auf jede Frage ein. Aufrechte Haltung, offene Körpersprache, die Hände unterstützten ihre Aussagen durch ruhige Bewegungen. Ihre Folien waren gut gegliedert, nur die wichtigsten Kennzahlen aufbereitet. Touch, turn, talk – and smile. Sie kannte ihr Handbuch für Präsentationstechniken.

Rosa erinnerte sich gut an die junge Frau im Businesskostüm. Sie konnte die Aufregung von damals spüren, das Lampenfieber, die geschäftige Wichtigkeit. Dieses Projekt musste erfolgreich sein. Es war ihre Aufgabe, dafür Sorge zu tragen. Sie spürte den knappen Sitz des Kostüms, die Nylonstrümpfe an ihren Beinen, ihre Zehen in den Pumps, die an den Fersen drückten. Sie roch den zarten Duft ihres Biodeos und ihrer veganen Schminke ohne Tierversuche. Sie fühlte die Handbewegung, mit der sie sich während des Vortrags ihre langen Haare hinter das Ohr strich. Sie spürte die Loyalität, die sie ihrem Chef und dem Unternehmen gegenüber aufbrachte. Sie fühlte den Kampfgeist, der sie für das Projekt erfüllte.

Sie erinnerte sich an den Schock, als ihre von Anfang an nagenden Bedenken plötzlich auf unwiderlegbare Beweise stießen. Der Staudamm war eine verheerende Umweltzerstörung und Menschenrechtsverletzung. Ihre Aufgabe nichts als Greenwashing. Sie fühlte ihre bodenlose Wut. Darüber, hinters Licht geführt und benutzt worden zu sein. So dumm gewesen zu sein, sich hinters Licht führen und benutzen zu lassen. Sie erinnerte sich an den kurzen Moment befriedigender Rache, als sie ihrem Chef mit einem gestreckten rechten Haken das Nasenbein brach.

»Frau Steininger, wollen Sie es vielleicht versuchen?«, riss der Coach sie aus ihrer Vergangenheit. Er lächelte wie ein Turnlehrer, der zum Sprung vom Zehnmeterbrett animierte. »Es kann nichts passieren! Probieren Sie es einfach aus. Präsentieren Sie sich anhand ihres Lebenslaufs oder erzählen Sie von Ihren beruflichen Plänen. Welche Position streben Sie an und auf welchen sozialen Kanälen nutzen Sie Ihr Netzwerk?«, bot der Coach mehrere Ansätze.

Weshalb immer ich, dachte Rosa, in dem Zimmer gab es doch andere, Freiwillige. Sie merkte, wie alle ihre Wachsamkeit steigerten, sobald sie angesprochen wurde. Die Muppets kicherten hörbar.

»Nein«, sagte sie und lehnte sich zurück. Der Coach wartete. Vielleicht würde sein aufmunternder Blick Rosa zur Mitarbeit erweichen.

»Schade«, sagte er nach einiger Zeit, weil er nicht nur versierter Personaler war, sondern auch pädagogische Kompetenz aufwies. »Wäre eine gute Übung für Sie gewesen.«

Der Coach wählte stattdessen Mike, der bereit war, alles zu geben, um seine Qualifikationen bestmöglich unter Beweis zu stellen.

Rosa schaute auf der Suche nach einem Ausweg aus ihrem wachsenden Unwohlsein nach draußen. Doch im Nebel zwischen den Glastürmen fand sie ihn nicht. Stattdessen hielt ihr der Coach einen Fragebogen vor die Nase, wie er auch bei Assessments üblich war. Sie solle den Test beantworten, zur Bestimmung ihres Teamtyps. Rosa schaute ihn an, als trüge er Satan im Leib. Teamtyp? Sie? Rosa nahm den Fragebogen entgegen. Sie solle spontan antworten, denn es gebe keine richtigen oder falschen Antworten, meinte der Coach.

Charakteristisch für meine Art zu arbeiten ist ...?
Was ich zu einem Team beitragen kann ...?

Wenn ich in einer Gruppe arbeite, kämpfe ich mit folgenden Problemen ...?

Übelkeit, kam Rosa in den Sinn, völlig spontan, wie es die Vorgabe war. Gemeinsam mit der Frage, ob auch Diktatoren, Kleptokraten, Broker oder Vorstandsvorsitzende börsennotierter Energieunternehmen sich jemals solchen Psychotests unterziehen mussten. Leute, die mit fossilen Brennstoffen, Wasser, Pensionsfonds spekulierten oder für die Fortsetzung von Atomenergie lobbyierten. Welche Typen waren das? Gesellschaftlich hoch angesehene, geld- und machtgierige Psychopathen.

Rosa fand für sich keine passende Multiple-Choice-Antwort auf dem Fragebogen. Sie wusste, sie war Einzelgängerin.

Das hatte sie erstmals begriffen, als sie nach dem tätlichen Angriff auf ihren Chef wegen Körperverletzung verurteilt worden war und einige Zeit in der geschlossenen Psychiatrie einsitzen musste. Erst durch die Freundschaft mit einer Reinigungskraft auf der Station war ihr die Idee gekommen, als Putzfrau zu arbeiten. Sie würde damit Geld verdienen, wäre weitestgehend unabhängig und könnte ihrem Anspruch auf geringen ökologischen Fußabdruck gerecht werden.

Nach dem Kurs radelte sie stadteinwärts über die Reichsbrücke. Rosa sah den Donaustrom bis Klosterneuburg unter hellblauem bis gelb-orangem Himmel. Eine dünne Mondsichel glänzte im dunklen Teil des Firmaments mit einigen Sternen um die Wette. Sie nahm die kitschig schöne Abendstimmung durchaus wahr, konnte sie allerdings nicht genießen. Sie wollte nur nach Hause, ins Bett, bei einem Buch über die aktuell letale Welt- und Wirtschaftsordnung den Gefühlsballast des Tages loswerden. Vorerst musste sie jedoch den Heimweg überleben, um in Bertrams Laden Abendessen zu kaufen.

»Hey Rosa, schön dich zu sehen!« Bertram begrüßte sie schon vor seinem 1er-Laden. »Leider habe ich grad keine Zeit, ich muss schnell noch wohin.«

Sie hatte es unverletzt durch den Stadtverkehr geschafft, stieg müde, hungrig und erschöpft vom Rad. Bertram hielt seinen Schlüsselbund in der Hand. In der Nähe blinkten vier gelbe Lichter an einem weißen SUV auf.

»Das kann jetzt aber nicht dein Ernst sein, nicht wirklich!« Entsetzt ließ Rosa ihren Stoffrucksack auf den Gehsteig fallen. Das leere Rexglas darin schlug dumpf auf.

»Was kann nicht sein?«, fragte er. »Dass ich mich über dich freue oder keine Zeit habe?« Er beugte sich über das Schloss seines Lastenfahrrads. »Wir können aber gerne heute Abend sprechen. Komm später zu mir, ich koche!« Er ließ die schwere Kette in den Lastenkorb zu den Holzsteigen mit Wiener Artischocken fallen.

»Ich hab schon befürchtet, du hättest dir einen ...«, sagte Rosa und griff sich ans Herz. Ein Typ mit knapp sitzendem Anzug und zurückgekämmten Haaren öffnete die Beifahrertür des geländegängigen Stadtautos. Er stellte Einkaufstaschen mit dem Logo von Bertrams Laden auf den Vordersitz. Dann ging er zur Fahrerseite und stieg ein, nicht ohne sich zuvor vom perfekten Sitz seiner Frisur überzeugt zu haben. Rosa schüttelte den Kopf. Verrückt, dachte sie, alle vollkommen verrückt.

»Was, Rosa? Was ist?«, fragte Bertram. Plötzlich hatte er doch Zeit.

»Ich dachte schon, das wäre deiner ..., aber nein, ich bin einfach erledigt. Vergiss es, alles gut«, stammelte sie erleichtert.

»Wie geht's im Kurs?«, fragte er. »Was machst du denn den ganzen Tag?«

Er winkte kurz einem Kunden, der sich geehrt fühlte, vom Chef persönlich wahrgenommen zu werden.

»Ich lerne Selbstvermarktung. Unter anderem«, sagte Rosa. Zwei hübsche, langhaarige Mitarbeiterinnen kamen nach draußen und befüllten Wühlkisten mit Fenchel und Schwarzwurzel. Sie richteten ihre Peilsender unauffällig auf Bertram und Rosa aus.

»Ist das nicht Zeitverschwendung?«, fragte Bertram in einer Lautstärke, die seinen Mitarbeiterinnen das Mithören erleichterte.

»Ich muss einen Lebenslauf schreiben, aber ich habe Lücken in meiner Erwerbsbiografie«, wiederholte Rosa Worte, die sie jüngst gelernt hatte. »Ich soll ein Label und eine Marke werden. Ich soll mich branden.«

»Wie Maggi?«, fragte Bertram.

»Nein, nicht wie Maggi, mehr so wie einzigartig, unverwechselbar, eine Persönlichkeit mit Profil und Wiedererkennungswert.«

»Hey Rosa, das ist großartig, das kannst du voll gut gebrauchen für dein weiteres Leben«, rief Bertram. Er schaute ernst, um kurz darauf loszulachen. Die studentischen Schönheiten vergaßen auf Fenchel und Schwarzwurzel und lauschten unverhohlen. Bertram fasste Rosa an ihren Oberarmen und schüttelte sie amüsiert.

»Was ist denn los mit dir? Du bist schon einzigartig! Ich kenne jedenfalls keine Zweite wie dich. Lass den Blödsinn. Komm zu mir und hilf mir bei der Arbeit. Du weißt, dass du mir einen großen Gefallen tun würdest.«

Die studentischen Mitarbeiterinnen gingen wieder in den Laden.

»Ich brauche ein Porträtfoto. Keine Ahnung, wo ich das herkriege«, sagte Rosa.

»Rosa, jetzt mal easy. Du musst gar nichts, okay?« Er umarmte sie und drückte ihr irgendwo zwischen Wollmütze und Stirn einen Kuss auf. »Ich muss jetzt weg, aber komm zum Abendessen zu mir, abgemacht? Dann kannst du mir von dem Wahnsinn erzählen, in den du offensichtlich hineingeraten bist.« Er lächelte sie an, seine perfekten Zähne blinkten. Sie erinnerte sich, dass die früher noch eine Fehlstellung aufgewiesen hatten. Seit wann und wie war die abhanden gekommen?

»Danke, aber heute nicht. Ich bin wirklich sehr müde«, sagte sie.

»Gut, du meldest dich, okay? Die Einladung steht. Ich muss jetzt«, sagte er, stieg auf sein Lastenfahrrad und winkte im Wegfahren.

Es klopft an der Tür, Rosa schreckt hoch und hört, wie sich Rodriguez' Schritte am Flur entfernen. Sie hört, wie seine Wohnungstür ins Schloss fällt. Dunkle Nacht steht im Zimmer. Sie weiß, dass sie aufstehen muss. Sie will schlafen. Sie steigt aus dem warmen Bett und schleppt sich zu ihrem Schrank. Sie macht die Türen auf. Der Schrank ist leer. Nur eine alte Arbeitshose hängt am Haken. Rosa friert. Sie schaut an sich herunter. Sie ist nackt. Oben trägt sie eine weiße Bluse und ein blaues Jackett. Sie hat keine Ahnung, woher das kommt, aber sie weiß, sie muss einen passenden Rock dazu finden. Schnellstens. Sie läuft durchs Zimmer auf der Suche nach einem blauen Business-Rock. Sie sucht in der Holztruhe, in ihrer Kommode, nochmals im Schrank. Alles ist leer. Sie wird panisch, sie braucht unbedingt einen Kostümrock. Gleich hat sie ein Vorstellungsgespräch, da kann sie nicht in ihrer Arbeitshose hin. Sie braucht ein Kostüm, eine Strumpfhose und Pumps. Mit ihren gefütterten Lederstiefeln kann sie nicht zum Jobinterview. Immer hysterischer rennt sie durch die Wohnung. Sie muss ordentlich aussehen. Wenn sie keinen adretten Eindruck macht, hat sie keine Chance. Sie muss in den ersten drei Sekunden überzeugen. Sonst bleibt sie draußen. Arbeitslos. Einkommenslos. Sie friert. Sie schaut ihre nackten Beine an. Die sind dicht behaart. Du meine Güte, denkt sie. Woher kommt das jetzt? Ist das der Wechsel? Die Hormone? Sie hatte doch noch nie Körperbehaarung! Das kann keine Strumpfhose der Welt verbergen. Und Rasierer hat sie auch keinen. So kann sie nicht zum Vorstellungstermin. Ohne Rock, ohne Strümpfe, ohne Schuhe, mit behaarten Beinen. So hat das keinen Sinn. So kann sie niemanden von ihrem einzigartigen Wert überzeugen. Ihre Handflächen schwitzen. Sie spürt kalte Schweißflecke in den Achseln. Ihr Herz rast. Sie weiß, sie wird es nicht schaffen. Sie läuft erneut zum offenen Schrank. Darin baumelt ihr Blaumann wie ein Erhängter im Wind.

Nach einer grauenvollen Nacht saß sie mit bleierner Müdigkeit vor dem Computer. Neben ihr zeigte das Fenster auf eine nebelverhangene Umgebung, die nichts als Straßen und Bürostümpfe zuließ. Darüber hinaus schien die Welt inexistent. Schlaflosigkeit und frühes Aufstehen hatten bereits nach wenigen Wochen etwas Ferngesteuertes aus Rosa gemacht. Sie versuchte den Anweisungen der Vortragenden zu folgen und tippte hilflos auf die Tastatur ihres Computers ein. Die Eingabemaske sollte längst Angaben zu ihrer Person aufweisen. Sie schaute an die Wand, wohin der Beamer den Desktop der Trainerin projizierte. Rosa hinkte etliche Arbeitsschritte hinterher. Sie hatte keine Ahnung, wie sie aufschließen sollte. Die Trainerin pries die Tools Sozialer Netzwerke für Geschäftskontakte als Must-haves. Konzerne rekrutierten mittlerweile ausschließlich digital, glichen Jobprofile ab, kontaktierten bei einem Match direkt über den Account. Rosa schaute zu Mike. Ihr Sitznachbar hatte nicht nur jedes Eingabefeld ausgefüllt, sondern bereits unzählige Fotos hochgeladen und sein Profil mit Dienstzeugnissen, bunten Grafiken und namhaften Referenzen ausgestaltet. Soeben versuchte er seine Kontakte mit dem Businessnetzwerk zu verlinken, um ihm als Empfehlung zu dienen. Der Cursor seiner Maus huschte beeindruckend schnell über seine Benutzeroberfläche. Rosa drehte sich zu den anderen um. Anscheinend wussten alle im Aquarium, was sie tun sollten. Sogar die sonst schlafende Kira gestaltete ihre Unterlagen mittels eines professionellen Grafikprogramms.

Zaghaft bewegte Rosa ihre Maus, um herauszufinden, wo sich der Cursor befand. Doch der Pfeil versteckte sich irgendwo. Die Trainerin erklärte etwas, das Rosa nicht verstand. Wie durch Zauberhand öffneten sich an der Wand so viele Fenster, dass sie ineinander übergingen, wie bei einem Daumenkino.

»Definiert SMART-Ziele für eure Kampagne. Konkret, positiv, messbar«, riet die Vortragende.

Rosa fühlte Schwindel. Sie schloss kurz die Augen und atmete durch. Sie musste sich sammeln. Sie wollte aufzeigen, die Trainerin um Hilfe bitten, um wieder zur Gruppe aufzuschließen. Draußen tobte ein Sturm. Eine Böe drückte gegen die Fensterscheiben. Das Aquarium vibrierte. Rosa presste ihre Augen fester zusammen, um sich zu beruhigen. Das Gebäude schien durch den Sturm leicht ins Wanken zu geraten. Es pfiff und dröhnte. Die Trainerin erwähnte Logo, Personal Branding, Corporate Design, USP. Rosa hörte klickende Tastaturen.

»So, jetzt bitte aufpassen, das Folgende ist ganz wichtig«, sagte die Vortragende.

Rosa schaute auf. Ihr Bildschirm war weg. Verschwunden. Zusammen mit ihrem Computer. Vom Erdboden verschluckt. Nur ihr Buch lag aufgeklappt vor ihr. Sie wischte über die Buchseiten, versuchte einzelne Buchstaben anzutippen. Rosa wusste, dass sie damit nicht ins Internet kam. Sie blätterte um, suchte nach einer Seite, die dem Bild an der Wand entsprach. Sie versuchte, bei Mike Unterstützung einzuholen. Doch der war in seine Arbeit vertieft und beachtete sie nicht. Der Sturm brachte das Hochhaus immer heftiger ins Schwanken. Niemanden außer Rosa kümmerte das. Sie spürte einen Ruck. Panisch schaute sie aus dem Fenster. Draußen sah alles wie immer aus. Dichter Kolonnenverkehr auf mehrspurigen Straßen zwischen Glastürmen. Es gab weitere Erschütterungen. Rosa krallte sich an ihren Tisch. Der Boden unter ihren Füßen rüttelte. Die Trainerin zeigte mit einem Laserpointer an die Wand. Rosa verstand kein Wort. Als spielte die Trainerin eine Schallplatte in ihrem Mund rückwärts ab. Alle hingen an ihren Lippen und folgten ihren Anweisungen. Das geschäftige Klappern der Tastaturen wurde lauter. Plötzlich brach der Boden unter Rosas Sessel auf. Ein Riss spannte sich quer durchs Zimmer und verbreiterte sich rasend schnell. Rosa schrie. Der Teil des Gebäudes, in dem sie saß, wurde abgesprengt. Ein klaffender Abgrund tat sich zwischen ihr und der Gruppe auf. Widersinnig klammerte sie sich an ihren Sessel. Der Boden unter ihr gab nach, riss den abgespaltenen Teil mit sich. Rosa stürzte. Im Fallen sah sie die anderen im intakten Teil des Zimmers konzentriert an ihren Computern arbeiten.

»Frau Steininger?«, fragte die Trainerin und rüttelte an Rosas Schulter. »Ist Ihnen nicht gut? Brauchen Sie Wasser? – Macht mal bitte jemand ein Fenster auf? Es ist viel zu stickig hier drin.«

Rosa lag über die Tischplatte gebeugt, den Kopf auf den verschränkten Unterarmen. Ihr Bildschirmschoner zeigte eine unberührte Flusslandschaft. Rosa blinzelte und setzte sich auf. Die Trainerin hielt ihr eine eisgekühlte Plastikflasche aus dem Getränkeautomaten hin. Rosa zögerte. Seit wie vielen Jahren hatte sie nicht aus einer PET-Flasche getrunken? Wie viele Tonnen Mikroplastik schwammen im Meer? Wie viele Strände waren verdreckt? Wie oft hatte Rosa gegen Produktion und Vertrieb von Einwegflaschen demonstriert? Wie viele Petitionen für ein Verbot von Polymer-Verpackungen, wie viele für den Ausbau von Pfandglassystemen unterschrieben? Was hatte es genützt? Pfand auf Einweggetränkeverpackungen war in Österreich erst 2025 geplant. Geplant! Und jährlich gelangen zehn Millionen Tonnen Kunststoffabfall ins Meer. Jährlich mehr. Jahrzehntelange Bemühungen völlig umsonst.

»Trinken Sie«, forderte die Trainerin auf.

Rosa konnte nicht klar denken, aber musste raus hier. Sie murmelte eine Entschuldigung, die Übelkeit und Frischluftbedarf beinhaltete und torkelte aus dem Glaskubus.

Als sie das Bürogebäude verließ, verstieß sie eindeutig gegen Kursrichtlinien, doch sie fühlte sich schon beim ersten Schritt ins Freie erleichtert, wie einer Gefängnisstrafe entkommen. Nicht unweit des Hochhauses befand sich ein kleiner Seitenarm der Alten Donau. An dessen Ufer setzte sie sich auf eine Holzbank und streckte die Beine von sich. Der Ort war das letzte unverbaute Stück Natur auf der Donauplatte, eingekesselt von Beton und mehrspurigen Fahrbahnen.

Schilf und Enten verbreiteten die Illusion eines vergessenen Idylls. Eine Trauerweide schwang ihre Äste träge und synchron zu den Schilfhalmen im Wind. Es war februarkalt. Rosa zog ihre Jacke enger um sich. Eine Ente quakte, eine andere tauchte am flachen Ufer nach Moos und reckte ihr Hinterteil in die Höhe. Rosas Blick glitt vom Teich hoch zu den Wolkenkratzern. Sie standen dicht an dicht. Wie viele Menschen mochten ihre Lebenszeit darin verbringen? Befanden sich gerade jetzt in Meetings, Videocalls oder standen vor Kaffeeautomaten? Wie viele von ihnen unterwarfen sich freiwillig künstlicher Beleuchtung, gefilterter Luft und mühsamen Kolleg*innen? Von der Mitte des Teichs gingen konzentrische Kreise aus. Eine Gruppe von Enten schwamm gemächlich den Schilfgürtel entlang.

Waren es Existenz- und Versagensängste, die sie vorhin gespürt hatte? Was sonst sollte zäh wie bunte Lavalampenflüssigkeit in ihr aufgestiegen sein? War die Mischung aus Brechreiz, Atemnot und sofortige Auflösung eine Panikattacke gewesen? Wieso, fragte sie sich. Sie könnte den Kurs doch jederzeit hinschmeißen. Sie könnte bei Bertram arbeiten. Ein paar Stunden die Woche Rechnungen für ihn ordnen. Sie musste sich dieses Gerede von Selbstvermarktung und Erfolgsdruck nicht antun. Niemand zwang sie dazu. Das machte sie freiwillig.

Eine Ente watschelte an Land, ließ sich in Ufernähe nieder und steckte ihren Schnabel unter den Flügel. Ihre kleinen Augen schlossen sich immer häufiger und länger. Rosa wurde kalt. Sie spürte, wie sie sich langsam beruhigte, wie ihre Beklemmung verebbte. Sie würde sich den Nachmittag krank melden, beschloss sie. Und nein, für Bertram zu arbeiten war keine Option. Es wäre nur ein Wechsel der Gefängniszelle.

Am Abend klopfte sie an Frau Hartmans Tür. Es dauerte, bis sie zappelige Schritte näher kommen hörte. Hartman öffnete und schaute wie ein verschlafenes Käuzchen zum Türspalt hinaus.

»Alles in Ordnung bei Ihnen?«, fragte Rosa. Hartman nickte.

»Bin wohl kurz eingenickt«, sagte sie und bemerkte den Holzkübel zu Rosas Füßen. »Ist schon wieder eine Woche um? Wie schnell die Zeit vergeht.«

»Brauchen Sie etwas, Frau Hartman? Soll ich für Sie einkaufen gehen? Oder etwas kochen? Sind Sie hungrig?«

Die alte Frau schüttelte den Kopf.

»Nein, danke, ich habe alles«, sagte Hartman, aber blieb an der Tür. Rosa wartete, ob sich ihre Meinung änderte und ihr doch noch eine dringende Besorgung einfiel. Hartman stierte vor sich hin. Ihre Gesichtszüge wirkten müde, als könnten sie sich der Schwerkraft nicht länger entgegenstemmen.

»Frau Hartman? Wenn Sie nichts brauchen, mach ich dann weiter, gut?«, fragte Rosa.

»Jaja, machen Sie nur. Danke dafür«, sagte Hartman, wackelte mit dem Kopf und schloss die Tür.

Rosa tauchte ein altes T-Shirt in einen Holzkübel mit warmem Essigwasser. Sie wrang den Putzfetzen aus, legte ihn über die Holzbürste und wischte den Gang auf. Von einem Ende zum anderen. Die Gleichmäßigkeit ihrer Bewegungen erzeugte einen Rhythmus, der ihrem inneren Tempo entsprach und den freien Lauf ihrer Gedanken unterstützte. Rosa erinnerte sich an die Wohnungen ihrer Kundinnen und Kunden. Wie sie im monotonen Gleichklang von einem Zimmer zum nächsten gezogen war, um Spuren fremden Lebens zu beseitigen, bis sich die Wohnungen in unberührter Perfektion präsentiert hatten. Befreit von allem Unliebsamen. Es waren jene poetischen Momente, die sie an ihrer Tätigkeit als Putzfrau geschätzt hatte. Als könnte sie Ge- und Verbrauchsspuren anderer bereinigen.

Sie arbeitete sich vom Dachgeschoss hinunter zum Hauseingang und merkte, wie das Saubermachen sie beruhigte. Als sie im Parterre ankam, war es bereits dunkel, doch sie verzichtete darauf, Licht zu machen. Durch das Etagenfenster fiel genügend Helligkeit von der Straßenbeleuchtung ins Stiegenhaus.

Am nächsten Tag stellte der Coach ein Stativ in die Mitte des Aquariums, was die Aufmerksamkeit der Gruppe schon zu früher Morgenstunde erregte. Als er die Digitalkamera montierte, erwähnte er den Begriff »Elevator Pitch« und erklärte Form, Aufbau und Sinn desselben. Den etwa dreißigsekündigen Kurzfilm verglich er mit einer Liftfahrt, während der man einer wichtigen Person ein Anliegen, ein Projekt oder sich selbst bestmöglich präsentierte.

»Wer will es versuchen?«, fragte er.

»Dreißig Sekunden sind wenig für eine umfassende Darstellung«, meinte Ilse die Eisbärin. Sie highlightete dabei Stellen in ihrer Mitschrift.

»Nein, nicht umfassend. Einprägsam! Worum geht's? Was ist deine Botschaft? Wähle eine Aussage und dann beeindrucke. Wecke Emotionen! Na los, probier es!« Er klatschte in die Hände, ging sogar ein wenig in die Knie, um seiner Energie optimalen Ausdruck zu verleihen. Er war von Berufswegen gewohnt zu motivieren. Heute allerdings war die Resistenz der Belegschaft ungewöhnlich hoch. Sie schien immun gegen seine Kernkompetenz. Rosa stellte sich vor, wie er am Ende eines Arbeitstags völlig ausgelaugt vom vielen Anspornen nach Hause kam. Wie er seinen Bauch raushängen ließ und ins Hohlkreuz fiel, sobald die Tür hinter ihm zuschlug. Wie sich der Coach – wegen Erschöpfung unfähig zur Zubereitung eines ausgewogenen Abendmahls – eine Bierdose aufmachte, Hemd und Hose auszog und mit gespreizten Beinen vor dem Fernseher auf ein speckiges Sofa sank. Andere zu begeistern konnte anstrengend sein. Weder Ilse die Eisbärin noch Goran mit den verschränkten Armen, Tom hinter seinem Ventilator, Waldorf und Statler oder Kira im Tiefschlaf der Gerechten ließen sich von ihm vor die Kamera locken. Mila hantierte mit ihrem Internetfon, als müsste sie es neu konfigurieren. So alleingelassen auf der Schattenseite seiner Liebesmühe tat er Rosa leid. Sie hob ihren Arm und meldete sich.

»Sehr gut, Frau Steininger! Sie ergreifen die Gelegenheit, packen sie beim Schopf und machen das Beste daraus. Das gefällt mir. Hervorragend!«, rief der Coach, während er hinter der Kamera Bereitschaft signalisierte, auf Record zu drücken. Rosa stellte sich vor das Objektiv, die Hände im Rücken verschränkt wie ein Fußballer beim Absingen der Hymne.

»Okay?«, fragte der Coach, reckte seine Hand in die Höhe und zählte von drei rückwärts, wobei er bei jeder Zahl einen Finger einklappte. »Und Action!«

Rosa schaute mit erhobenem Kinn in die Kamera. Ihre selbst geschnittenen, angegrauten Haare umstanden ihr Gesicht, darin verrieten dunkle Augenringe Schlafmangel. Ihre Fältchen um Augen und Mund deuteten auf größere Sorgen hin. Sie trug hellgrüne Hanfhosen und einen dicken Schafwollpullover über Merino-Unterwäsche. Lange sagte sie nichts. Leises Kichern wurde lauter. Waldorf und Statler rempelten einander an, bereiteten sich auf eine Peinlichkeit und somit auf bevorstehendes Amüsement vor.

»Mach ein Duckface!«, rief Mila, deren vorlaute Zwischenrufe zu ihrem Markenzeichen geworden waren. »Komm schon, Rosa, gib alles, zeig uns dein Duckface!«

Rosa schaute ruhig wie Grumpy Cat in die Kamera. Dreißig Sekunden können lang sein. Nach einer gefühlten Ewigkeit schüttelte sie plötzlich den Kopf und sagte: »Nein!«

Rosa sperrte das Haustor auf. Es war Abend, ihr schwerer Rucksack schnitt in ihre Schultern. Im Treppenhaus hörte sie aufgeregte Stimmen und Getrampel. Sie schaute die gewundene Stiege hoch und sah zwei Zivildiener, die eine Trage um die Kurve manövrierten. Dabei kollidierten sie mit jedem Mauervorsprung und Geländerkopf. Sie machten sich gegenseitig Vorwürfe, was zu kreativen Verbesserungsvorschlägen anstachelte. Zwischen ihrer lautstarken Diskussion war leises Jammern zu vernehmen.

»Kann ich helfen?«, rief Rosa nach oben. Entweder die beiden hörten sie nicht oder fühlten sich nicht gemeint. Rosa lief in ihre Wohnung, stellte den Rucksack im Vorzimmer ab, dann rannte sie nach oben zu den beiden Zivis. Auf der Trage lag Frau Hartman. Sie wimmerte wie ein verletztes Tier.

»Was ist passiert?«, fragte Rosa und griff nach Frau Hartmans Hand.

»Die Dame ist in ihrer Wohnung gestürzt und hat den Notruf ausgelöst«, beauskunftete einer der beiden, wahrscheinlich entgegen strenger Datenschutzrichtlinien. Hartmans Blick war zur Decke gerichtet. An Armen und Beinen war sie mittels Gurten befestigt. Hartman erkannte weder Rosa noch die Welt um sich. Auf Rosas Berührung reagierte sie nicht. Rosa lief voraus und hielt den Zivildienern das Tor auf. In der Einfahrt parkte ein Rettungswagen. Den hatte Rosa zuvor nicht wahrgenommen. Die Zivis fädelten die Rollen des Tragegestells in den Wagen ein, es klappte zusammen, sie schoben die Liege samt Frau Hartman in den Fond.

»Wohin wird sie gebracht?«, fragte Rosa. Die Zivildiener betrachteten ihre Klemmmappen und zuckten die Schultern. Rosa fragte den Rettungsfahrer hinter dem Steuer.

»Keine Ahnung«, sagte er. Diese Information bekäme er erst während der Fahrt von der Zentrale. Wie sie Hartmans Aufenthaltsort dann in Erfahrung bringen könne, fragte Rosa.

»Sie gar nicht. Sie sind keine Angehörige«, sagte der Fahrer.

Als sich die Schiebetüren aus gestreiftem Milchglas öffneten, überschlug sich der Geruch aus Desinfektions- und

Reinigungsmittel mit Natriumhypochlorit. Das Leitsystem lotste Rosa in den zweiten Stock auf die Interne Station. Hier verzichtete man aus welchen Gründen auch immer auf Namensschilder an den Zimmertüren. Der Flur war menschenleer. Rosa hielt Ausschau nach Personal. Sie fand eine Stationsschwester hinter der Sichtscheibe des Stützpunkts. Die Schwester war abweisend bis unhöflich, als Rosa nach Frau Hartman fragte. Erst nach eindringlichem Blick, der den Geistes- und Gesundheitszustand sowie den Verwandtschaftsgrad der Besucherin abzuschätzen versuchte, verriet sie die Zimmernummer. Rosa fand den Raum, öffnete leise und wurde sofort von Hartman erspäht.

»Rosa!«, rief sie.

Rosa schob einen Sessel ans Bett. Das Zimmer war hell, vor dem Fenster wiegte ein Baum seine kahlen Äste. Bizarre Wolkenformationen huschten über den blauen Himmel.

»Und, wie geht's im Kurs?«, fragte Hartman.

»Nein, Frau Hartman, so spielen wir nicht«, sagte Rosa. »Zuerst sagen Sie mir, was passiert ist.«

Hartman lag klein und verloren in ihrem elektronisch höhenverstellbaren Krankenhausbett. Ihr Oberkörper wurde von zwei Polstern gestützt, der obere Teil des Betts stand beinahe senkrecht. Über ihrem Kopf hing der sogenannte Galgen. Rosa schob ihn beiseite, da er ihr die Sicht auf Hartmans Gesicht verstellte. Der dünne Arm der Frau lag auf einer hellgelben Decke. Im Handrücken steckte eine Infusion. Kochsalzlösung, versicherte Frau Hartman. Um ihr Handgelenk hing ein Plastikband, darauf befand sich ein Aufkleber mit Strichcode.

»Mir ist schlecht geworden, die Farben sind mir verschwommen. Ich glaube, ich bin über die Kante des Teppichs gestolpert. Was alte Weiber in ihrer Freizeit eben so machen. Das ist weiter nicht schlimm«, sagte sie und versuchte, ihren Schmäh mittels Augenzwinkern als solchen zu kennzeichnen.

»Was sagen die Ärzte?«, fragte Rosa.

»Dehydriert. Kreislaufkollaps.« Frau Hartman zuckte die Achseln. »Was wissen die schon? Mir geht's jedenfalls wieder besser.«

Rosa schaute misstrauisch und hielt Ausschau nach Anzeichen eines Schlaganfalls.

»Waren wenigstens die Sanitäter fesch?«, fragte Hartman. Rosa zog die Mundwinkel nach unten.

»Wegen denen hätten Sie die Aktion nicht starten müssen.«

»Wissen Sie, in meinem Alter ist es schwierig, neue Bekanntschaften zu machen. Irgendwie muss man ja auf sich aufmerksam machen.«

Frau Hartman versuchte ein Lächeln, das von Rosa nicht erwidert wurde. Hartman fragte nochmals nach den Vorgängen im Kurs, ob Rosa endlich arbeitete oder zumindest wusste, was sie arbeiten wollte. Rosa wollte darüber nicht sprechen. Sie versuchten sich in Small Talk, waren aber nur mäßig erfolgreich. Schwermut lastete auf ihnen. Beiden ging der Blick nach draußen, zum Himmel vor dem Fenster, wo die Wolken wohnten.

»Rosa, versprechen Sie mir etwas?«, fragte Hartman plötzlich.

»Sicher.«

»Machen Sie sich bitte keine Sorgen um mich.«

Rosa legte ihre Hand auf Frau Hartmans Arm.

»Das wird mir nicht gelingen«, sagte Rosa.

Hinter ihnen wurde ohne Vorwarnung die Tür aufgerissen und ein Arzt im weißen Kittel kam mit zwei Assistenzärztinnen herein.

»Wenn Sie jetzt bitte gehen«, sagte er, als hätte Rosa bereits zu viel seiner kostbaren Zeit in Anspruch genommen. Sie erhob sich und nickte Hartman zu.

»Bis bald«, flüsterte sie und war aus dem Zimmer.

Auf dem menschenleeren Flur atmete sie kräftig aus. Ihre Beklemmung wurde dadurch nicht gelindert. Doch mit jedem Halbstock, den sie sich von Hartman entfernte, lockerte sich die innere Spannung. In der Lobby kurz vor dem Ausgang ging es Rosa beinahe wieder gut. Doch da stieß sie mit Novotny zusammen, als hätte er neben der Schiebetür hinter dem mannshohen Ficus benjamina auf sie gelauert.

»Frau Steininger, Sie hier?« Er spielte den Überraschten.

»Schaut so aus. Und Sie? Auf Krankenbesuch?«, fragte sie.

Er blickte ertappt. Rosa merkte, dass sie eine Grenze zu seiner Privatheit überschritten hatte, wo sie nichts zu suchen hatte. Die Eingangstür schob sich auf und wieder zu. Kalter Luftstrom setzte sich kurzzeitig gegen warmes Gebläse durch.

»Gut, dass ich Sie treffe!« Novotny fand rasch aus der unangenehmen Situation. »Ich wollte schon zu Ihnen kommen. Sie haben leider nicht auf meinen Brief reagiert. Es bleibt nämlich nur noch kurze Zeit, um Ihre Meinung zu ändern. Noch könnte ich Karten für Sie reservieren. Meine habe ich bereits bestellt.«

Das Licht in der Lobby ließ ihn käsig aussehen. Sein Gesicht war schmaler, seine Gestalt hagerer geworden. Luftgetrocknet, dachte Rosa. Unwillkürlich drängten sich Bilder von Apfelringen, Rosinen und Stockfisch auf. Er tat vital, aber sie merkte, dass es ihm nicht gut ging. Das konnte doch nicht mit ihr zusammenhängen? Er konnte doch nicht schrumpfen, nur weil sie nicht mehr bei ihm putzte? Nein, sicher nicht. Sie entschied, nicht länger darüber nachzudenken und ging auf die Schiebetür zu, die bereitwillig aufsprang.

»Ich hab Sie gesehen«, sagte er plötzlich, »auf Whatsapp.«

»Was?«, drehte sie sich noch mal um.

»Ja, hat mir eine Bekannte geschickt.« Er zog sein Handy aus der Jackentasche, als würde das Gerät den Wahrheitsgehalt seiner Worte beweisen.

»Alles Gute, Herr Novotny!«, sagte Rosa.

Draußen fiel ihr auf, dass sie neben seiner Gewichtsreduktion noch ein weiteres Detail irritierte. Novotny hatte sich auf einen Gehstock mit Silberknauf gestützt. Wie ein Dandy aus dem vorigen Jahrhundert. Nur das Monokel hatte gefehlt. Keine Ahnung, was der in seinem Pensionsschock nachholen will. Rosa wischte die Erinnerung an das Treffen aus ihrem Gedächtnis.

Der Mensch macht mit dem anhaltenden Ausstoß von Treibhausgasen ein globales Experiment mit der Lufthülle seines Planeten, von dem er nicht genau weiß, wie es ausgehen wird. (…) [Für ein 2-Grad-Ziel] ist der Zuwachs der globalen Treibhausgas-Emissionen bis 2020 zu stoppen.

Umweltbundesamt: *Hintergrundpapier zu Kipp-Punkten im Klimasystem* (Juli 2008)

3

Bertram saß Rosa gegenüber an einem Viererplatz im mäßig besetzten Großraumwagen. Das Wetter zeigte sich für Ende März ungewohnt versöhnlich, lockte mit angenehmen zwanzig Grad und klarem Himmel. Der Regionalzug fuhr an landwirtschaftlichen Nutzflächen, unterbrochen von kleineren Wäldchen vorbei. Rosa wäre lieber mit dem Rad gefahren, doch Bertram wollte nicht verschwitzt beim Fest ankommen, sondern in Hemd und Gilet gemütlich im Zug sitzen und aus dem Fenster schauen. Rosa hatte seiner Bequemlichkeit nachgegeben.

Die Vormittagssonne schien ihr ins Gesicht, das Ausläufer nächtlichen Tiefschlafs aufwies. Gestern hatte sie ihre Kleidung gewaschen, das heißt ausgekocht. Was inzwischen flott ging, da sie immer weniger Gewand hatte und dank ausbleibender Monatsblutung keine Stoffbinden mehr auskochen musste. Also war auch das überstanden, sagte sich Rosa an jedem Waschtag. Nachdem sie ihre Wäsche gespült und sie im Schlafzimmer über gespannte Schnüre gehängt hatte, hatte sie die längeren Strähnen ihres Haupthaars geschnitten und ein Vollbad im Weinfass genommen. Danach war sie mit feuchten

Haaren eingeschlafen und mit entsprechender Frisur erwacht.

Für das Fest trug sie ein langärmeliges Shirt, darüber eine Kurzarmbluse sowie Leinenhosen, alles pflanzlich gefärbt. Ihre Füße steckten in Sandalen. Vorsorglich trug sie dicke Socken, die sich bei Anstieg der Außentemperaturen entfernen ließen. Ihre Wangen röteten sich, als sie von den neuesten Ereignissen berichtete.

»Du musst dir vorstellen, Bertram, die eine in meinem Kurs, Mila, die Jüngste mit der tätowierten Weinranke am Hals, ich habe dir doch schon von Mila erzählt, oder?«

Sofern sie das jemals getan hatte, schaute Bertram, als hätte er damals nicht zugehört.

»Jedenfalls zupft mich Mila am Ärmel und drängt mich aus dem Aquarium. Ich frage mich, was sie von mir will, wozu diese übergriffige Kontaktaufnahme gut sein soll. Sie reißt das einzige Gangfenster auf, das es in diesem Stockwerk gibt, stellt sich davor und druckst herum. Sie will mir irgendetwas sagen und zugleich verbergen. Sie holt ihr Internetfon aus der Tasche. Im Ernst, die ist mit ihrem Handy verwachsen, ich habe sie noch nie ohne dieses Ding gesehen ...«

»Hey Rosa«, unterbrach Bertram sie, »du bist ja völlig aufgekratzt, wie aufgezogen.«

»Warte nur, bis du hörst weshalb. Mila sagt, ich soll nicht auszucken. Dann hält sie mir ihr Internetfon vors Gesicht. Ich kann überhaupt nichts sehen, weil sie es mir viel zu nahe hinhält.«

»Also, bevor du über die junge Frau herziehst, muss ich sie gleich mal in Schutz nehmen. Wie du weißt, arbeite ich ja mit einigen Post-Millennials zusammen. Die hängen alle permanent an ihren Smartphones. Aber das musst du milder beurteilen, Rosa. Die sind die totale Überwachung gewohnt, die bemerken sie gar nicht mehr. Schon vor ihrer Geburt sind die mit Ultraschall vermessen, nach der Geburt übers Babyphone abgehört worden. Die standen pausenlos im Fokus von Digitalkameras. Für die ist es ganz normal, mit Digital Devices verbunden zu sein.«

Die Landschaft zog mit 180 km/h vorüber. Bertram war froh, seine Ansicht mitgeteilt zu haben.

»War's das? Fertig?«, fragte Rosa. Sie konnte es überhaupt nicht leiden, wenn er ihr die Welt erklärte. Wo doch sie ihm etwas erklären wollte. »Also, ich bringe Milas Handy auf passenden Abstand, und was sehe ich?«

Rosa legte eine dramaturgische Pause ein.

»Ich sehe mich!«

Bertram wusste mit dem Informationsgehalt nichts anzufangen. Irgendwo im Großraumwagen fing ein Kind zu weinen an.

»Ich sehe mich, wie ich vor der weißen, kahlen Wand des Aquariums stehe und ›Nein‹ sage. Immerzu. Die Szene wiederholt sich in Endlosschleife. Wir mussten doch diesen Elevator Pitch machen und dabei hat sie mich heimlich gefilmt und ins Internet gestellt! Ich lese die Überschrift dazu: *Crazy Old Lady says NO!* ›Das ist ein GIF‹, sagt Mila, weil sie sieht, dass ich fassungslos bin. – Weißt du, was ein GIF ist?«, fragte Rosa Bertram. Aber natürlich kannte er die kurzen, repetitiven Clips, die er gern verschickte.

»›Ich hab aus deinem Statement ein GIF gemacht. Es verbreitet sich wie irre und ist schon fünftausendmal runtergeladen worden‹, sagt sie, als wäre sie für den Nobelpreis nominiert worden. Ich frage sie: ›Moment mal, du hast ohne mein Einverständnis diesen Kurzfilm, bei dem ich ausschaue, als wäre ich mit Tollwut infiziert, ins Internet gestellt?‹ – ›Ja‹, sagt sie, ›ist das nicht mega? Das GIF geht voll viral. Du bist ein Star!‹ – Was sagst du dazu?«

»Du, die haben einen ganz anderen Umgang mit Daten und Persönlichkeitsrechten, die sehen das nicht so eng«, sagte Bertram.

Das Kind, das zuvor geweint hatte, lief nun den Gang entlang und versuchte mit einigen Reisenden Kontakt aufzunehmen. Es trug einen bunten Sturzhelm. Dicke Tränen hingen ihm in den Wimpern, als es bei Bertram und Rosa hielt. Interessiert blickte es die beiden an und richtete einige Laute an sie. Da sie aber nicht wie gewünscht reagierten, versuchte es auf Bertrams freien Nebensitz zu klettern.

»Das war noch nicht alles«, setzte Rosa fort. »Mila wischt erneut auf ihrem Internetfon herum und hält es mir wieder vor die Nase. Und was sehe ich?«

Bertram antwortete nicht, denn das Kind hatte es endlich auf den Sitz geschafft, aber dabei Bertrams Jeans beschmutzt. Mit einigen Klopfern auf seinen Oberschenkel reinigte er die Stelle.

»Ich sehe schon wieder mich, schon wieder vor der weißen Wand, nur diesmal dreißig Sekunden lang. Wie ich irre in die Kamera schaue, bis ich endlich ›Nein‹ sage, mit einem Gesichtsausdruck, als würde ich kleine Katzen fressen. Sie hat das Video auf Youtube gestellt! Ohne mein Wissen!«

Das Kind lehnte sich an Bertram und brabbelte, als wollte es sich in den Schlaf summen. Seine Eltern oder wer auch immer als Aufsichtsperson zuständig gewesen wäre, schien es nicht zu vermissen.

»›Fünfzehntausend Aufrufe!‹, schreit Mila. Du hättest sehen müssen, wie stolz sie darauf war. ›Ich bin so happy‹, hat sie gesagt, ›dein Nein wird noch zum Meme!‹. Was soll man da machen? Soll ich mich aufregen? Sie verklagen? Der Schaden ist ja schon entstanden. Ich schwirre jetzt auf ewig als crazy old Lady durchs Internet.«

Das Kind entdeckte soeben Bertrams Hosenträger. Er hob ein wenig den Arm, um ihm ungehinderten Zugang zur Metallklemme zu gewähren. Dabei sabberte es Bertrams weißes Hemd an. Er holte sein neuestes Smartphone aus dem Jackett, das neben dem Zugfenster hing, und tippte *crazy old lad* ein, den Rest ergänzte die Suchmaschine von selbst.

»Hey, wirklich, inzwischen dreißigtausend Klicks!« Er war annähernd so begeistert wie Mila. Interessiert schaute er sich das Video an und steckte sich seine wireless In-Ear-Kopfhörer in die Ohren. Das Kind entließ die Hosenträger aus seiner Aufmerksamkeit und richtete selbige auf das bewegte Bild in Bertrams Hand.

»Hey, ich find's gar nicht so schlimm«, sagte er. Schnell checkte er noch Mails und Meldungen, dann packte er sein Smartphone und die Kopfhörer wieder weg, was dem Kind Anlass zu herrischen Unmutsäußerungen gab. Es greinte und schlug mit der flachen Hand auf das Tischchen vor sich. Rosa schaute aus dem Fenster auf braune und hellgrüne Felder.

»Willst du nicht wieder spazieren gehen?«, fragte Bertram das Kind, das in seinem Protest innehielt und ihn anschaute. Rosa sah Monokulturen. Ein Fasan flog auf, eine fünfköpfige Rehfamilie äste am brachen Feld, ein Bussard stand mit flatternden Flügeln in der Luft.

»Da bist du ja, Ben. Willst du wieder zu Papa kommen?«, fragte ein Mann, der sich neben das Kind in den Gang kniete. Das Kind schaute ihn kurz an, dann drehte es sich wieder zu Bertram, als nähme es keinen Anteil an dem Unbekannten an seiner Seite.

»Findest du, dass ich wie eine verrückte Alte ausschaue?«, fragte Rosa.

»Nein, Rosa, natürlich nicht«, sagte Bertram. »Es ist sicher nur wegen deiner Frisur. Du schaust aus wie eine Frau, der es egal ist, wie sie ausschaut. Aber ja, für jemanden, der dich nicht kennt, kann das Video schon etwas …«, er stockte.

Das Kind sowie dessen Vater hörten ihm aufmerksam zu. Dem Kind war der Sturzhelm verrutscht. Rosa fand, dass sich diese Familie schön langsam entfernen sollte.

»Wie?«, mischte sich plötzlich der hockende Vater ein, was ihm wiederum das Interesse seines Kindes sicherte. Es rückte seinen Helm gerade. Bertram schaute kurz indigniert und räusperte sich.

»Also, für jemanden, der dich nicht kennt, für den könntest du in dem Video schon allein wegen dem nüchternen weißen Hintergrund etwas seltsam erscheinen.«

»Aber *crazy old Lady*? Ich meine, das klingt wie gerade aus der Irrenanstalt entsprungen.«

Rosa schaute nach draußen. Die Fahrt dauerte ihr eindeutig zu lange.

»Komm, Ben, bitte lass uns gehen«, bettelte der Vater den kaum Zweijährigen an. Rosa vermied es, die beiden anzuglotzen. Und mich nennen sie crazy, dachte sie. Ben schüttelte wild den Kopf, wobei sein Helm wackelte. Bertram schaute auf Ben. Der erstarrte kurz, dann drehte er sich auf den Bauch und rutschte mit dem Po nach oben und den Füßen voran vom Sitz.

»Bravo Ben, wie gut du das schon kannst«, lobte der Vater. Ben blieb mit seinem Helm beinahe zwischen Tischchen und Sitz stecken. Als er sich befreit hatte, nahm er seinen Vater bei der Hand und ging mit ihm weg. Zuerst bringen sie Kinder auf die Welt, dann haben sie Schuldgefühle, dachte Rosa und sah ihnen nach.

Bertram schaute auf seine Uhr, danach den Gang rauf und runter, als versicherte er sich, dass sich niemand in Hörweite aufhielt. Rosa war sofort alarmiert. Er kümmerte sich sonst nie um etwaige Zuhörer.

»Hey, wir sind jetzt bald da, deshalb möchte ich dich schnell fragen ...«, begann er. Seine Ellbogen waren auf das Tischchen zwischen ihnen gestützt. »Rosa, wir kennen uns schon ziemlich lange. Ich meine, erinnere dich, damals, als ich mit meinem kleinen Laden angefangen habe und du eine meiner ersten Kundinnen warst. Du hast immer zu mir gehalten, trotz aller Lieferschwierigkeiten und mangelnder, sogar mangelhafter Produkte. Das waren echt wilde Zeiten, so basic.«

Sie wusste noch genau, wie der junge Bertram in Stiefel, Arbeitshose und russischem Bauernhemd hinter seinem Tapeziertisch gestanden und verschrumpelte Winteräpfel verkauft hatte. Wie er jeden, der in den Laden kam und mehr als zwei Karotten und eine Rübe wollte, als Konsumschwein beschimpft hatte. Sie erinnerte sich, dass er seinen Kund*innen Rosa als Heldin des Alltags vorgestellt hatte, die als Putzfrau für Kapitalistenarschlöcher arbeitete.

»Rosa, wir kennen uns jetzt über zwanzig Jahre. Du hast mich unterstützt, an mich geglaubt. Und ich habe dich durch deine Lebenskrisen begleitet.«

Rosa überblickte rasch den Waggon. Sie erwartete Schlimmes und wollte sichergehen, dass nicht alle davon Wind bekamen. Oder zumindest nicht jedes Detail dank Bertrams kräftiger Stimme hörten. Aber niemand befand sich in unmittelbarer Nähe.

»Ich weiß, du redest nicht gerne darüber, aber ich genieße auch unsere intimen Momente sehr.«

Sie wusste es! Sie hatte es von Anfang an gewusst. Sex mit ihm war keine gute Idee und würde irgendwann wie ein Bumerang zurückkommen. Aber es hatte sich eben so ergeben. Ungeplant. Aus heiterem Himmel. Plötzlich war es über sie gekommen.

Eines Abends war sie nach Kassaschluss in seinem Laden gestanden und hatte ihn verblüfft angeschaut. Er erzählte wie so oft von einem Dokumentarfilm. Über Glyphosat, *Monsanto*, Insektensterben, Betonfladen oder was auch immer. Er stand hinter dem Tapeziertisch und redete. Wie üblich. Aber er sah plötzlich ganz anders aus. Nicht nur er, auch der Laden wirkte wie neu. Aufgeräumter, sauberer. Als hätte Bertram das Obst in den Kisten poliert. Selbst die Milchkanne schien geputzt worden zu sein. Aber das Reinlichste im Raum war Bertram. Seine Locken glänzten frisch gewaschen, der Dreitagebart war getrimmt, das offene Hemd war weiß. Unter seinem Schlüsselbeinknochen sah Rosa den appetitlichen Ansatz seiner Brustmuskulatur. Sie musste schlucken. Aus den aufgekrempelten Hemdsärmeln schauten muskulöse Unterarme, die in feinen, aber kräftigen Fingern endeten. Das Hemd saß wie angegossen am Oberkörper. Oberschenkel und Hintern passten perfekt in seine Jeans. Rosa setzte einen Fuß vor den anderen, bis sie neben ihm hinter dem Tisch stand. Sie war damals fünfundvierzig und hatte sich noch nie viel aus Körperlichkeiten gemacht. Aber an diesem Abend fühlte sie sich unwiderstehlich von ihm angezogen. Sie wusste nicht weshalb, aber musste unbedingt nahe an ihn heran. Als verberge sich ein Magnet hinter seinem Brustbein. Sie knöpfte Bertrams Hemd auf, zog es ihm über die Schultern und küsste ihn auf den Hals. Zuerst fragte er verunsichert, ob mit ihr alles okay wäre. Sie konnte nicht antworten, sie musste ihn einatmen. Er roch so unbeschreiblich gut. Sie wollte ihn einsaugen, austrinken, auffressen. Gierig drängte sie ihn ins Hinterzimmer, öffnete seine Hose, wollte ihn zu Boden drücken. Er rief: »Stop!«

Sie taumelte zurück und sah erst jetzt, dass sich auch Bertrams Hinterzimmer verändert hatte. Früher war es mit Eierkartons tapeziert gewesen, die als Schallschutz während seiner E-Bass-Sessions fungierten. Das einzige Möbelstück darin war ein überdimensionierter amerikanischer Kühlschrank mit integrierter Eiswürfelmaschine gewesen, randvoll mit Dosenbier. Aber es hatte sich zum Büro gewandelt. Es gab einen Schreibtisch mit Computer und Drucker, Schränken, in denen fein säuberlich beschriftete Ordnerrücken standen, ein Sofa an der weiß gekalkten Wand.

Sie wollte Bertram erneut auf den Boden drücken, aber er wehrte sich, weil er etwaige Brösel unter seinem nackten Hintern befürchtete. Er holte ein frisches Leintuch aus dem Schrank, breitete es über das Sofa. Er wollte sie küssend und streichelnd hochheben, auf das Sofa legen, zwischen ihre Beine kommen. Aber sie konnte nicht warten, fasste seine Pobacken, griff ihm mit beiden Händen in den Schritt, sanft, aber bestimmt. Sie drückte sich von hinten an ihn und atmete den Duft seiner Haut ein. Er stöhnte auf. Mit gespreizten Beinen setzte er sich auf das Sofa. Sein Schwanz schaute zu ihr auf. Sie setzte sich auf ihn, führte ihn ein, atmete schwer und genoss, wie gut er sich in ihr anfühlte. Feuchtigkeit war, wo sie sein sollte. Schwellkörper plusterten sich auf. Ihr Körper wusste, was zu tun war. Rosa legte ihre Stirn an Bertrams. Sie atmete und küsste ihn, rieb ihre Klitoris an ihm, bis sie kam. Alles passte wunderbar zusammen. Sie passten zusammen.

»Bertram, das ist doch schon Jahre her!«, sagte sie und überlegte, wie lange diese Zugfahrt noch dauern konnte.

»Also das letzte Mal war vor acht oder neun Monaten. Aber bitte, an mir soll's nicht liegen. Wir können gern öfter ...«

»Bertram, können wir BITTE das Thema wechseln?«, zischte sie.

Der Mann hatte wahrlich kein Gespür für den richtigen Moment. Weshalb merkte er nicht, dass sie hier und jetzt nicht über ihre geschlechtlichen Zusammenkünfte sprechen wollte? Aber es stimmte. Seit dem ersten Mal vor Jahren war ihr körperliche Vereinigung mit ihm mehrmals passiert. Was dennoch kein Grund war, den Gegenstand im Großraumwaggon zu behandeln. Sie musste einen radikalen Schlussstrich unter diese Angelegenheit setzen, sonst würde er nie damit aufhören. Sie musste ihm den verbalen Stecker ziehen.

»Bertram, ich bin asexuell.«

Er lehnte sich zurück und machte ein nachdenkliches Gesicht.

»Das A in der Buchstabenkombination LGBTQIA+, das A steht für mich und all jene, denen Sex nicht so wichtig ist, denen Sex nichts gibt. Das liegt nicht an dir, das ist allein meine Sache. Geschlechtsverkehr ist für mich nur was rein Körperliches, eine biologische Notwendigkeit. Ein Bedürfnis, das gestillt werden muss, wie Hunger, nur seltener. Im Grunde ist mir das Thema nicht wichtig. Also nicht so wichtig wie Carbon Leakage oder intransparente CO_2-Verschmutzungsrechte.«

Er hielt den Kopf schief und lächelte dreckig.

»Das hat aber letztens ganz anders geklungen, als du beim Orgasmus geschrien hast, du willst es ...«

»Bertram, BITTE! Sei still!«, fauchte sie und zog den Kopf ein. Sie wollte gar nicht wissen, ob und wie viele Leute zuhörten. Er streckte seine Arme über den Tisch und berührte ihre Hände.

»Und ich bin das Plus«, sagte er liebevoll.

»Was?«

»Das Plus von LGBTQIA+. Ich komme mit allen sexuellen Ausrichtungen klar. Kein Problem. Du willst asexuell sein, okay. Fine with me!«

Rosa verbarg ihr Gesicht in ihren Unterarmen. Der Mann brachte sie zur Verzweiflung. Er nutzte die Gelegenheit und streichelte ihren Kopf.

»Eigentlich wollte ich mit dir über was ganz anderes reden.«

Bertram hatte in den letzten Jahren gravierende Veränderungen durchgemacht. Nicht nur, dass er seinen mickrigen kleinen Laden zu einer schicken Biomarktkette ausgebaut hatte, noch war es ausschließlich sein Äußeres, das dazugewonnen hatte. Obwohl seine körperlichen Vorzüge unbestritten waren, sein lockiges Haar hervorragend zu seinem gepflegten Bart passte, der seine markanten Wangenknochen und seine schmale Nase perfekt zur Geltung brachte. Auch der Wechsel von Gummistiefeln und russischem Bauernhemd zu maßgefertigten Budapestern und tailliertem Herrenhemd hatte sein Erscheinungsbild positiv beeinflusst. Doch Bertrams innere Wandlung war wohl die grundlegendste.

Es hatte unauffällig begonnen. Eines Tages stand er in seinem Laden, es war früh am Morgen, die Getreidesäcke lehnten an der Wand, darüber hingen Holzsteigen mit Roten Rüben, Sellerieknollen und Erdäpfel. Es war ruhig. Bertram blickte sich um. Normalerweise überkam ihn dabei ein Gefühl tiefer Zufriedenheit. Selbstzufriedenheit. Und Stolz. Denn alles, was er sah, war, wie er es haben wollte. Sein Laden mit biologischen, regionalen, saisonalen Lebensmitteln ohne Kunststoffverpackung. Das meiste hatte er selbst mit seinem Lastenfahrrad direkt von den Erzeuger*innen antransportiert. Doch als er seinen Blick an diesem Tag von der Klingel über der Eingangstür hin zum Wandbild schweifen ließ, störte ihn auf einmal der Tapeziertisch. Der hatte von Anfang an als Budel gedient. Dort präsentierte Bertram seine Frischware. Selbst gemachten Spinatstrudel, Obst in Weidenkörbchen, Brotaufstriche. Das Leintuch auf dem Tisch strotzte vor Dreck. Bertram hatte es ein paar Mal gewaschen, aber manche Gemüse- und Fettflecken hielten sich trotz biologischem Waschmittel. Er sah es und beschloss, es müsse weg. Aber gerade als er sich an der Sauberkeit des neuen Tuchs erfreuen wollte, störte ihn etwas unter seinen Schuhsohlen. Er schaute hinunter und sah Brösel. Der Boden war übersät von Dreck und allerlei Dingen, die sich im Laufe der Zeit angesammelt hatten. Einmal hatte Bertram die glorreiche Idee gehabt, einen Strohballen zwecks Wärmedämmung einzustreuen. Einige Halme ließen sich noch auffinden. Die Unebenheiten unter seinen Sohlen machten ihn verrückt. Er stürmte ins Hinterzimmer, stöberte einen Besen auf und kehrte den Laden. Damit nicht genug. Er fand Wischmopp und Eimer – sie lagerten hinter dem *Fender*-Bass –, gab einen kräftigen Schuss siebenprozentigen Bioessig ins Putzwasser (den gleichen, den Rosa verwendete) und schrubbte den Boden. Als das getan und Bertram bereit für die ersten Kund*innen war, ahnte er nicht, welche Entwicklung sich hier Bahn gebrochen hatte. Erst als er nach Ladenschluss schon wieder zum Besen griff und kehrte – diesmal auch in seinem Hinterzimmer – und anschließend alles auch noch feucht wischte, dachte er erstmals: »Scheiße, ich hab's gern sauber.« Ein Wesenszug, den er bisher als eindeutiges Zeichen faschistoider Neigungen angesehen und daher geleugnet und erfolgreich verdrängt hatte. Und dann packte ihn das Grauen. Der Laden samt Hinterzimmer war aufgeräumt, rein, am Tapeziertisch lag das saubere Tuch, und trotzdem trieb ihn Unruhe an. Er wollte alles, worauf er jahrelang so stolz war, nicht mehr sehen.

»Das muss alles weg. Ich reiß es raus und male frisch aus«, sagte er und tat es.

»Rosa, ich weiß, du befindest dich derzeit in einer kritischen Phase. Ich verstehe das total. Ich habe doch auch schon große Krisen durchgemacht. Deshalb weiß ich aus eigener Erfahrung, dass jede Schwierigkeit ihre ganz speziellen Chancen bereithält.«

Rosa hob den Kopf. Wovon sprach der Mann? Was wollte er ihr sagen und weshalb gerade in einem Regionalzug? Er sah feierlich aus.

»Rosa, ich will dich heiraten.«

»Was?«

»Ja! Lass uns heiraten.«

»Aber«, stammelte sie, »so was kannst du doch nicht sagen!«

Aus Wut und Hilflosigkeit gegenüber seiner unmöglichen Art stiegen ihr Tränen in die Augen.

»Hey Rosa, ich hab lang darüber nachgedacht. Heiraten ist die beste Lösung für dich.« Er strahlte. Er war überglücklich. Als hätte er den Antrag bekommen. »Schau, ich bin dreiundvierzig und du zehn Jahre älter. Was ich damit sagen will, wir werden beide nicht jünger.«

Bertram hatte diese natürliche Begabung, nebenbei und völlig ungezwungen handfeste Beleidigungen auszusprechen.

»Darum geht's, Rosa. Dein Körper wird immer schlaffer. Hier am Hals hast du schon ziemliche Falten ...«

»Wie bitte?«, griff Rosa sich ans Dekolleté.

»... deine Gesichtsbehaarung wird auch immer dichter, aber hey, das ist völlig okay. Schau meine Haut an.«

Er zupfte die Innenseite seines Unterarms, die vor unerschütterlicher Spannkraft elastisch zurückschnellte. Rosa wusste nicht, was diese Demonstration sollte, außer sie zu demütigen.

»Ich liebe die Fältchen um deine Augen und deine grauen Haare. Dein Verfall zeigt mir, wie lange wir uns schon kennen.«

»Bertram!« Rosa griff sich an die Stirn. Wer auch immer diese Konversation belauschen mochte (sie vermied den

Kopf zu strecken und sich umzusehen), musste überzeugt davon sein, es mit zwei Geistesschwachen zu tun zu haben.

»Rosa, lass uns heiraten, dann bist du versichert. Das habe ich recherchiert. Wenn wir verheiratet sind, kannst du dich bei mir mitversichern. Das wär voll gut für dich. Auch wegen deiner Altersversorgung.«

Danach wurde Rosa laut, zwischenzeitlich ziemlich ungut. Einige Wortfetzen, die mit Sicherheit auch jene im Großraumwagen hörten, die wenig Interesse daran hatten, waren:

Deine Verachtung für die bürgerliche Liebe in allen Ehren, aber dein Protest geht mir zu weit. – Du bist wohl in der Midlifecrisis und willst dein Karma aufbessern. – Dein paternalistisches Gehabe ist herablassend. Deine betonte Männlichkeit zum Kotzen. – Und zum krönenden Abschluss: *Du neoliberaler Kapitalist.*

»Nimm das zurück, Rosa!«, schrie er. »Nimm das sofort zurück! Ich bin kein Kapitalist!«

Seine Augen waren hasserfüllt. Rosa hatte ihn noch nie wütend, geschweige denn böse erlebt. Er biss sich auf die Unterlippe und lief rot an.

»Das Paradigma des Wirtschaftswachstums, Bertram, schon mal gehört? Du hast deine Gewinne ins Geschäft reinvestiert und expandiert. Das gilt gemeinhin nicht als Verbrechen, aber firmiert eindeutig unter Kapitalismus. Und deine geringfügig angestellten Mitarbeiterinnen? Reinster Neoliberalismus!«

Es geschah, was Rosa beabsichtigte, doch nie für möglich gehalten hatte. Bertram verstummte. Er starrte sie an und schnaufte, als müsste er einen inneren Dämon niederringen, der ihm blutige Verletzungen zufügte.

Der Zug bremste, Rosa wurde gegen das Tischchen, Bertram in seinen Sitz gedrückt. Die Landschaft draußen hatte sich nicht wesentlich geändert, gab aber erste Hinweise auf Weinanbau. Die nächste Station mussten sie raus. Doch schon an diesem Halt stiegen viele Leute aus. Der Gang war voll mit Wartenden. Das Kind von vorhin, Ben, kam mit seinem Vater an ihnen vorbei. Ben weinte und weigerte sich, den Waggon zu verlassen. Sein Sturzhelm saß schon wieder schief. Als sein Vater die Spannung zwischen Rosa und Bertram witterte, zog er das Kind, das sich am Tischchen festklammern wollte, rasch aus der potenziellen Gefahrenzone.

»Tut mir leid, Bertram«, sagte Rosa, als alle ausgestiegen waren und es im Zug wieder ruhig war. »Entschuldige, bitte. Das war gemein von mir. Ich wollte dir wehtun, und das scheint mir gelungen zu sein. Aber es fühlt sich niederträchtig an und tut mir furchtbar leid.«

Ohne ein Wort zu sagen stand er auf, kam auf ihre Seite und setzte sich neben sie. Er umarmte sie, grub sein Gesicht in ihre Halsbeuge. Sie war sich nicht sicher, ob er weinte. Sie streichelte seinen Rücken.

»Das war blöd von mir. Ich wünschte, ich hätte es nicht gesagt.«

Er presste sich fester an sie. Rosa wusste, dass sie den Kampf gegen ihn verloren hatte. Endgültig. Wie taktlos und überschwänglich er künftig auch sein würde, sie wollte ihn nie wieder kränken. Sie wollte ihn nie wieder sprachlos sehen.

»Ich brauche dich, Rosa«, schluchzte er an ihrem Hals, »damit ich gut sein kann.«

Besiegt, entwaffnet, ergeben hielt sie seinen lockigen Hinterkopf.

»Aber das bist du doch«, flüsterte sie.

»Ihr zwei kommt gerade recht«, begrüßte Lies die beiden vor der Hofeinfahrt. Man sah ihr die Freude über das Frühlingsfest an. Unter dem schwarzen Kajalstrich leuchteten ihre Augen, der kirschrote Mund lachte. Ihre dunklen Haare trug sie zum Dutt hochgesteckt, dazu eine karierte Bluse unter der Brust verknotet und einen ausgestellten Rock. Auch die Hofpforte hatte sich mit blühendem Apfelbaum und Forsythie herausgeputzt. Bertram küsste Lies auf beide Wangen, umarmte sie und hob sie hoch, bis sie mit den Füßen zappelte.

»Lass mich runter! Ich will zu Rosa und nicht von einem gutaussehenden Businessman wie Antaios von Mutter Erde getrennt werden.«

Bob, ein betagter Labrador und Lies' ständiger Begleiter, schleckte Bertram über den Oberschenkel, damit er mit diesem Unsinn aufhörte und endlich ihm die gebührende Aufwartung machte. Diesen Gefallen tat Bertram Bob sofort. Er fiel vor dem Hund auf die Knie, kraulte ihn mit beiden Händen und gebrauchte eine absonderlich hohe Stimmlage, um dem Tier höchstes Lob zu zollen.

»Ja, du bist aber ein ganz ein Braver, ja so ein Lieber bist du, der liebste Hund von allen, ja sowieso.«

Während sich Bertram mit Bob vor dem Hoftor wälzte, nützte Lies den Moment, um Rosa willkommen zu heißen und über die Fixpunkte des Festes zu informieren. Lies liebte Feste. Leider hatte sie als Landwirtin nicht allzu viel Zeit dafür. Aber einmal im Jahr vernachlässigte sie ihre Pflichten.

»Lena schmollt zwar, weil ich sie angeblich mit der Arbeit alleinlasse, aber was ist schon eine Woche schlechte Laune im Verhältnis zu drei Tagen Party?«

Lies' Ehefrau Lena konnte sich trotz passivem Widerstand nicht gegen ein Hoffest wehren. Auch den Erdofen musste sie akzeptieren, weil diese Form des Kochens laut Lies die einfachste war. Außerdem hatten die Nachbarn bei den Vorbereitungen geholfen. Lies redete gerne und viel, besonders wenn sie in angeregter Festtagslaune war. Auf dem Kiesweg über die Streuobstwiese hakte sie sich bei

Rosa unter und schilderte ihr Aufbau und Funktionsweise des Ofens, um anschließend einen Überblick über die zu erwartenden Gäste zu geben.

»Und wie geht's dir? Du machst doch jetzt eine Ausbildung, oder?«, fragte sie, um endlich auch etwas über Rosa zu erfahren.

Die beiden steuerten gerade auf das einstöckige gelbe Bauernhaus aus dem 19. Jahrhundert zu, das mit seinen lieblichen weißen Fensterumrahmungen hinter drei großen Nussbäumen auf einer Anhöhe lag. Die Bäume warfen schüttere Schatten in den Frühlingstag. Alles sah wie soeben geschlüpft aus. Unter jedem der drei Bäume stand ein festlich gedeckter Tisch. »Versorgungsstationen« nannte sie Lies.

»Ich kann dir nicht genau sagen, wie es mir geht oder was ich dort soll. Allerdings habe ich auch keine Ahnung, was ich sonst machen könnte. Vielleicht habe ich mir im Lauf der Jahre das geregelte Berufsleben einfach abgewöhnt und will im Grunde nicht wieder damit anfangen«, sagte Rosa und bewunderte Lies' perfekten Kajalstrich und ihren kirschroten Lippenstift, der mit dem Farbton ihrer Ohrringe übereinstimmte.

»Ach Rosa, du bist einfach am falschen Ort. Komm zu uns! Wir können deine Hilfe gut gebrauchen, das weißt du.«

Sie waren mittlerweile so nah beim Haus, dass Rosa die unterschiedlichen Aufgaben der Versorgungsstationen erkennen konnte. Am ersten Tisch gab es Getränke, glasweise oder in Flaschen, beim zweiten Brote und Obst, Besteck und Geschirr am dritten. Niemand teilte aus, man nahm sich einfach.

»Danke für dein Angebot. Aber irgendwie will ich gar nichts tun, nur meine Ruhe haben«, sagte Rosa.

»Und weshalb tust du dir dann den Kurs an?«, fragte Lies.

Rosa brauchte einige Zeit für eine Antwort.

»Na ja, für irgendwas wird es schon gut sein. Vielleicht ist er eine Art Test, ob ich es überhaupt noch unter normalen Menschen aushalte.«

»Normale Menschen?«, fragte Lies und deutete mit dem Finger auf sich.

»Nein, keine mit bewusst nachhaltigem Lebensstil, die eine kleinteilige Kreislaufwirtschaft führen und biologisch-dynamische Freundinnen um sich scharen. Sondern Menschen, die bedenkenlos Energydrinks kaufen, Industriefood essen und anschließend leere Aludosen und Styroporverpackungen in den Restmüll werfen. Menschen, die Auto fahren. Menschen, die der Mehrheit angehören.«

Lies schaute skeptisch.

»Also, tut mir leid, aber ich verstehe nicht, weshalb du das möchtest.«

Sie versuchten noch unverfänglich zu plaudern, aber bald verabschiedete sich Lies, um sich anderen Gästen zu widmen. Rosa sah, wie Lena vor das Bauernhaus trat, sie bemerkte und ihr zuwinkte. Rosa winkte zurück. Lena setzte sich auf eine sonnige Holzbank, verschränkte die Arme, lehnte sich gegen die Mauer und übersah das Treiben auf ihrem Hof. Wo der Schatten der Nussbäume endete, standen Holztische mit Bänken unter Sonnenschirmen, die wie große Eisschirmchen aussahen. Ein kleines Paradies, dachte Rosa.

Bertram kam mit Bob dem Labrador und zwei jungen Frauen auf das Bauernhaus zu. Rosa fragte sich, wie es ihm ständig gelang, Frauen einzusammeln. Bis ihr der Gedanke kam, dass nicht er sammelte, sondern gesammelt wurde. Als wären sie die Bienen und er die Blume, die ihnen entgegenleuchtete.

Rosa beschloss eine Begehung des Hofs. Als Proviant nahm sie ein Glas Weißwein und ging damit hinters Haus auf die Weide.

Die Sonne stand hoch. Für Mitte März war es obszön warm. Durch kontinuierlich ansteigende Temperaturen hatte sich der Beginn der Obstblüte verschoben und setzte laut Aufzeichnungen bereits einen Monat früher als vor hundert Jahren ein. Die Entkopplung der Pflanzenentwicklung vom Zyklus der tierischen Aktivitäten löst Kettenreaktionen aus, die immer größeres Artensterben nach sich ziehen. Biodiversität und Fruchtbarkeit des Bodens nehmen ab, was zu geringeren Ernteerträgen und niedrigerer Lebensmittelqualität führt. Mangelernährung, Krankheitsanfälligkeit, Neobiotika. Beim Wort Artensterben ist die Gattung Homo sapiens mitgemeint. Rosa schob dieses Wissen beiseite. Sie wollte das Paradies genießen, nicht an dessen Verlust denken.

Sie krempelte ihre Hose hoch, zog Sandalen und Socken aus. Von den gelben, roten, weißen Blüten der Wiese stieg lautes Gesumm auf. Hier war alles perfekt. Bilder solcher Idyllen waren Brandbeschleuniger für die Zerstörung. Sie besänftigten Betrachter*innen, machten sie irrigerweise glauben, der Wirtschaftsstil des uneingeschränkten Wachstums bliebe folgenlos. Rosa seufzte ungeduldig mit sich selbst und verbot sich auch diesen Gedanken.

Sie stieg über einen Weidezaun, hinter dem sie ihre nackten Füße vorsichtig über stachelige Halme schleifen ließ. Sie kam nicht weit, ohne von grasenden Schwarznasenschafen aufgespürt zu werden. Das Leitschaf mit imposanten Hörnern und langzotteligem Fell schritt neugierig auf Rosa zu. Keilförmig folgte ihm die Herde. Rosa blieb stehen und sprach leise auf das Tier ein. Sie war der Eindringling und eindeutig unterlegen. Das Schaf beschnupperte sie. Sobald geklärt war, dass keinerlei Gefahr von ihr ausging, durfte Rosa die Stelle hinter den Hörnern kraulen. Was für das Leitschaf gut war, wollten auch die übrigen der Herde in Anspruch nehmen. Sie rückten enger an

Rosa heran. Ihre Hände steckten tief in talgiger Schafwolle. Die Tiere umzingelten sie, was Rosa bald zu viel wurde. Schrittweise wich sie zurück. Die Herde zog nach. Ein überdurchschnittlich anlehnungsbedürftiges Schaf stupste sie forsch an. Mit einem Sprung über den Weidezaun entkam sie. Ratlos über Rosas Flucht standen die Schafe beisammen, blökten und schauten ihr noch eine Weile nach.

Sie verzichtete darauf, gleich nebenan die Kuhweide zu betreten. Die dunkelbraunen, gedrungenen Tiere waren zwar noch jung, doch ihre Hörner jagten erheblichen Respekt ein. Rosa blieb am Holzzaun stehen und hoffte, dass sich ein Rind heranwagen würde, was nicht lange dauerte. Es streckte seinen Hals und reckte Rosa die braune Nase entgegen. Dabei riss es seine Augen auf und schnaufte stoßweise. Rosa hielt dem Tier ihre Hand hin, die dreckig war und nach Schwarznasenschaf riechen musste. Offensichtlich störte sich das Rind nicht daran, es schleckte mit seiner rauen Zunge gierig über Rosas Handfläche. Irgendwann hatte sie das Tier so weit, dass sie es hinter den Ohren kraulen durfte.

»Sie mag dich«, sagte jemand in hellen Hosen und einem Kaschmirpullover mit V-Ausschnitt, der den Blick auf ansehnliches Brusthaar gestattete. Seine nackten Füße steckten in Nubuk-Slippern. An seiner Hüfte hielt er eine Tonamphore.

»Du bist Rosa, oder?«, fragte er. Sie nickte.

»Freut mich, dich kennenzulernen. Lies hat mir schon viel von dir erzählt. Ich bin Hans.«

Er hob die Amphore an als Frage, ob Rosa Wein wollte. Sie hatte ihr Glas vor dem Weidezaun abgelegt, nahm es, hielt es ihm hin und bedankte sich für den Orange Wine.

Lies redete gerne. Sie hatte auch Rosa von Hans, dem benachbarten Weinbauern, erzählt. Er war der Typ Winzer, der sich mit dem Erwerb eines Weinguts seinen Traum erfüllt hatte. In seinem aktiven Berufsleben oder, wie er es formulierte, *seinem früheren Leben* hatte er eine Wohnung in Wien und einen Businessclass-Sitz in diversen Flugzeugen besessen. Seine Wohnung hatte er allerdings seltener zu Gesicht bekommen als den Passagierraum. Für seinen Job in einem international tätigen Konzern der Erdölindustrie musste er häufig zu Besprechungen. Der größte Gesprächsbedarf entstand nach sogenannten Unfällen. Leider schien die Branche dafür anfällig zu sein. Öltanker, Bohrinseln, Raffineriebrände, Kriege, Königshäuser, Libyen, Diktatoren. Als wollte alles, was in der Nähe von Erdölprodukten war, Probleme verursachen, die er lösen sollte. Was er so gut wie möglich tat. Bis sein Bankkonto übervoll war und ein ungemein besorgter Investmentbanker wöchentlich bei ihm anrief, weil Hans' Vermögen, dessen Veranlagung, Splitting, Steuerlast ihn umtrieben. Hans lehnte alle Angebote ab. Außer den Hinweis auf steigenden Wert von Immobilien. Ein altes Presshaus mit Weinkeller und etlichen Hektar Weingarten unweit von Wien befand sich im Portfolio der Bank. Bevor Hans jedoch Winzer werden sollte, arbeitete er nach seiner Kündigung vom Ölkonzern zwei Jahre auf WWOOF-Betrieben in Kalifornien, Italien und Südfrankreich. Danach hatte er eine Vorstellung, wie er seinen eigenen landwirtschaftlichen Betrieb führen wollte. Kurz vor seiner Kündigung – die ihm eine unverschämt hohe Abfertigung sowie die Auszahlung der privaten Firmenpensionsvorsorge einbrachte – lernte er seine Frau kennen. Sie arbeitete damals als Sommelière. In Dubai.

»Lies hat erwähnt, du bist sehr belesen auf dem Gebiet der Nachhaltigkeit«, sagte Hans. Rosa verzog ihr Gesicht, weil sie sich nicht selbst loben wollte. Zwei Kälber wagten sich zu ihr an den Zaun. Darauf hatte sie nur gewartet. Sie ging in die Hocke, um die Kälber oberhalb ihrer kleinen Nasen zu streicheln.

»Sie hat gemeint, du hast vielleicht Lust auf Arbeit im Weingarten.«

»Schön, dass sie sich Sorgen um meine Tagesfreizeit macht.«

»Eher macht sie sich Sorgen, du könntest unglücklich sein.«

Rosa ließ von den Kälbern ab und drehte sich Hans zu. Die Sonne blendete. Ihm konnte das freilich nicht passieren, er trug Designer-Shades, die ganz hervorragend zu seinen weinroten Slippern passten. Sie beschattete ihre Augen mit der Hand.

»Danke, aber nein«, sagte sie und zog ihre Schulter entschuldigend hoch. Er nickte – höflich, aber verständnislos. Genau wie er es bei dem irrationalen somalischen Warlord getan hatte, als dieser sich der Uran- und Ölförderung widersetzte.

»Wir können Hilfe gebrauchen. Freie Kost und Logis sind garantiert«, grinste er sie an und entblößte seine Jacketkronen. Rosa nickte erneut als Zeichen, dass sie begriffen, aber kein Interesse hatte. Hans ließ es daraufhin bleiben, wie er auch den Warlord ins selbst gewählte Unglück hatte laufen lassen.

»Kommst du mit nach unten? Es ist Zeit, den Erdofen zu öffnen.«

Hans war freilich federführend bei Planung und Aushub des Erdlochs gewesen, auch die flachen Steine, mit denen die Grube ausgelegt worden war, hatte er besorgt. Rosa schüttelte den Kopf. Hans nickte wieder höflich. Dann ging er mit seiner Amphore hinunter zum Haus.

Rosa trank ihr Glas aus, verabschiedete sich von den Kühen, zog ihre Sandalen an und machte sich auf den Weg zu den Hühnern. Die scharrten und pickten im kahlen Eingangsbereich des Geheges. Rosa wollte einem besonders dicken Huhn über die Rückenfedern streichen, aber es war schneller und lief gackernd davon.

»Bleib doch!«, lachte Rosa und versuchte ihr Glück bei angrenzenden Enten und Gänsen. Doch auch die konnten auf ihre Zuwendung verzichten.

»Rosa, was machst du denn? Komm endlich!«, rief Bertram. Er stand an der Rückseite des Bauernhauses und winkte zu ihr hoch. Wenigstens er will mit mir spielen, dachte sie und beschloss, erst am nächsten Tag zu den Bienenstöcken zu schauen.

»Was ist? Bist du nicht hungrig?«, fragte er, als sie zu ihm kam. Er hatte es in kurzer Zeit zu einem beachtlichen Zungenschlag gebracht.

»Doch, aber ich muss doch erst alle begrüßen«, sagte sie.

»Crazy old Lady says hello«, lallte er und legte seinen Arm um ihre Schultern.

Seitlich der Nussbäume, dort, wo das Haus den längsten Schatten warf, war der Erdofen angelegt worden. Nach zwanzigstündiger Garzeit wurde die Grube abgedeckt. Als Rosa und Bertram ankamen, hoben gerade einige Helferinnen und Helfer die eigens angefertigte Tonschale heraus, die einem gebogenen Tonbrett mit Henkeln glich. Darauf waren Lamm- und Rinderstücke zwischen Gemüse und Kräuter geschlichtet. Es roch betörend. Rosas Magensäfte schossen über.

»Kommt schnell, holt euch Teller und Besteck«, rief ihnen Lies zu. Es brach Chaos aus, wie beim berühmten Kampf ums kalte Büfett, nur um den warmen Erdofen. Hans war in seinem Element, das Wichtigkeit und den Hauch von Abenteuer ausdampfte. Lies freute sich über die allgemeine Aufregung und war begeistert, dass die Versorgung ihrer Gäste funktionierte. Lena beobachtete alles von ihrem Platz am Sonnenbankerl aus.

Rosa hatte eine Schale Gemüse mit Ofenkartoffeln ergattert und setzte sich damit unter einen der bunten Eisschirmchen. Bertram setzte sich zu ihr. Sein Teller verschwand unter einem Stück Lammschulter.

»Köstlich«, sagte er nach dem ersten Bissen. »Du weißt, wen ich da vor mir habe? – Robert.«

»Das kleine Lamm, das ich letztes Jahr noch gestreichelt habe?«

»Sehr richtig, genau den. Und weißt du, wer Robert hier am Hof geschlagen und zerlegt hat?«

Nein, Rosa wusste es nicht. Bertram deutete mit seiner Gabel zum Erdofen, wo noch immer eine Menge Leute auf der Suche nach Essen standen.

»Wer?«, fragte Rosa, weil niemand spezifisch auszunehmen war.

»Siehst du die im Blumenkleid neben Lies?«, fragte er. »Das ist Grete. Die ist voll cool. Sie ist Fleischermeisterin. Die musst du unbedingt kennenlernen.«

Er spießte ein Stück Lamm zusammen mit violetten und weißen Rüben auf seine Gabel. Rosa sah eine stämmige Frau an einem Klapptisch neben dem Ofen Filets zuschneiden. Rosa schätzte sie auf Mitte dreißig. Abgesehen von Gretes biologischem Geschlecht entsprach ihre Physiognomie ihrem Berufsstand. Breite Schultern, kräftiger kurzer Hals, muskulöse Arme. Grete sah aus wie eine Diskuswerferin oder eben wie eine Fleischerin. Ihr zart geblümtes Sommerkleid wirkte wie eine Verkleidung.

»Weißt du, ich habe an eine Zusammenarbeit mit ihr gedacht. Sie betreibt nämlich eine Pop-up-Fleischerei, die sie nur öffnet, wenn sie gerade geschlachtet hat, also vielleicht einmal die Woche. Sie ist nämlich echt super. Sie sucht sich ihre Produzentinnen und Produzenten genau aus, nimmt sich Zeit, die Tiere kennenzulernen und schlägt direkt auf der Weide. Damit sie im gewohnten Umfeld sterben. Du weißt schon, keine Stresshormone und so.«

Ja, Rosa wusste. Sie beobachtete Grete, die sehr beliebt zu sein schien, da sie permanent von unterschiedlichen Leuten angesprochen wurde. Von den Gesprächen ließ sie sich jedoch nicht beim Auslösen und Filetieren stören.

»Der Verkauf könnte über meine Läden laufen«, setzte Bertram seine Geschäftsidee weiter auseinander.

»Und weshalb fragst du sie nicht?«, fragte Rosa.

»Weil es keinen Sinn macht.«

»Wieso?«

»Sie braucht weiterhin ihren Schlacht- und Kühlraum und würde sich nur den Verkaufsraum ersparen, aber der ist ohnehin an ihrem Standort integriert. Außerdem liebt sie es, Kunden zu beraten, ihnen spezielle Stücke für spezielle Zubereitungsarten herzurichten. Auf der anderen Seite würde es ewig dauern, meine Mitarbeiterinnen anzulernen. Obendrein sind die meisten von ihnen Veganerinnen, da gäbe es folglich Probleme.«

»Bertram, weshalb erzählst du mir das dann überhaupt?«

»Damit du siehst, dass ich kein Kapitalist bin. Okay? Weil ich keine Geschäfte um jeden Preis mache, verstehst du? Das ist nämlich der entscheidende Unterschied zwischen einem skrupellosen neoliberalen Turbokapitalisten und mir. Und dieser Unterschied heißt Verantwortung und Gewissen.«

Sein rechthaberischer Unterton war nicht zu überhören. Rosa rollte mit den Augen.

»Bertram, ich habe mich bereits entschuldigt. Es tut mir leid!«, sagte sie ein wenig geleiert.

»Schon gut. Ich wollte es nur noch einmal klarstellen, okay?«, sagte er.

Danach tat er, als hätte er die Sache schon wieder vergessen und widmete sich exklusiv seinem Essen. Sobald sein Teller leer war – wobei leer *aufgeschleckt* bedeutete – sprang er auf und rief: »Hey super, Klezmer!«

Am Rand der Streuobstwiese saßen vier Musikerinnen und spielten auf. Zu ihrem Bühnenoutfit gehörten Hosenträger und Melone.

»Los, Rosa, tanzen!«, sagte Bertram, erfreut wie ein junger Hund, wenn Besuch kommt. Keinesfalls, dachte Rosa. Sie erhob sich schwerfällig, um ihre Müdigkeit und Tanzunwilligkeit zu demonstrieren. Sie merkte seine Enttäuschung, der er sich freilich nicht lange hingab. Schon lief er zu den Musikerinnen, vor denen sich bereits einige Tanzende eingefunden hatten. Während Rosa mit dem schmutzigen Geschirr über die Wiese Richtung Haus ging, sah sie Bertram in wilden Sprüngen und Verrenkungen in engem Kontakt zu einer Tänzerin.

Sie stellte das Geschirr in der Küche ab. Abwasch sowie allgemeine Aufräumarbeiten würden erst am kommenden Tag stattfinden. Jetzt war es Zeit für einen Verdauungsschlaf und geeignete Lektüre. Rosa ging hinüber in die Stube, wo sich Lies' und Lenas gut sortierte Bibliothek befand. Es war kühl und still. Außer Lenas Katze *Katze* war niemand im Raum. Katze döste zusammengerollt im Lehnsessel, aber fauchte, als Rosa sich ihr näherte. Schon gut, dachte Rosa gekränkt und verzichtete darauf, Katze zu streicheln. Sie schritt die Buchreihen entlang, bis sie eine Taschenbuchausgabe von Oblomow aus dem Regal zog. Damit ging sie ins entfernteste Eck des Gartens, wo sich zwischen einem Zwetschken- und einem Kirschbaum eine Hängematte aus weichem Leinen spannte. Musik und Stimmen drangen nur als angenehmes Wabern heran. Rosa kletterte in die Matte. Links und rechts zogen sich die Stoffwände hoch, die sie in zarte Baumkronen und den Himmel schauen ließen. Sonnenstrahlen blendeten sie an grünen Blättern vorbei. Sie schützte sich mit dem geöffneten Buch davor.

Die besseren Zeiten bleiben nicht stehen, sie laufen davon, und das Leben fließt weiter, fließt immer weiter, und immer wieder Ruin und Verderben. Was ist das für ein Leben! Was für ein Unfug, dieser großstädtische Lärm! Wann wird endlich das paradiesische, ersehnte Leben beginnen?, las Rosa.

Doch je länger ihr das Buch als Sonnenschild diente, desto schwerer wurde es in ihren Händen. Sie drehte sich zur Seite. Die Hängematte schaukelte und wiegte sie. Eine Amsel sang. Leichter Windhauch raschelte in den Ästen. Rosa legte das Buch zur Seite, schloss die Augen, nur kurz. Ein Traum von Entspannung und Zufriedenheit. Noch länger pausieren, hier im Nest der Hängematte, wo sie ungestört für sich war, angenehm einfach, satt und warm.

Kein Trubel, keine Erwartungen. Nichts wollen, nichts sollen. Keine Forderungen, kein Verlangen, kein Mangel. Ewiges Schweben in Zufriedenheit. Schon verrutschte die Stimmung des Schlafs. Schoben sich Wolken über den Müßiggang, ließen es kühler werden. Vorbei war der Moment des Verweilens.

Rosa schreckte auf und musste zusehen, nicht aus der Hängematte zu fallen. An beiden Seiten hielt sie sich fest, um Gleichgewicht bemüht. Die Matte schaukelte heftig, als sie ihre Beine zur Seite schwang, sich abstieß und am Boden landete. Schwindlig, weil ihr Kreislauf mit der plötzlichen Aktivität nicht mithielt, stützte sie sich am wackeligen Stoff ab.

»Hey Rosa!«, rief eine vertraute Stimme. Mit der Hand schirmte sie ihre Augen gegen die schräg stehende Sonne ab. Bertram kam über die Wiese. Er schleppte zwei Tassen und einen Teller mit Kuchen. Manchmal fand sie es schön, dass er nicht lockerließ.

Sie setzten sich ins Gras. Rosa versuchte aufzuwachen.

Bertram berichtete von seinen jüngsten Begegnungen, die allesamt verrieten, dass es nie zu viel Lebensfreude für ihn geben konnte. Als sie seine nochmalige Tanzaufforderung erneut ablehnte, mit der Begründung, sie fände es schöner, einfach hier mit ihm zu sitzen, grinste er zufrieden und aß seinen Gugelhupf.

Erst als die Sonne untergegangen war und der Abend- vom Nachthimmel abgelöst wurde, verließen sie ihren Platz am äußersten Eck des Grundstücks und gesellten sich zu den anderen. In wohlgewähltem Abstand zum Haus brannte eine Feuerschale, um die herum Baumscheiben aufgestellt waren. Rosa setzte sich auf einen freien Hocker, Bertram blieb neben ihr. Feuchtigkeit stieg vom Erdreich auf. Rosa schaute in die Flammen, die ihre Vorderseite wärmten. Um den Rücken hatte sie eine Decke gelegt. Hans ließ eine seiner Amphoren die Runde machen. Nur wenige tranken keinen Wein. Auch Rosa hielt ein Glas in der Hand. Sie hörte den Gesprächen zu.

Man redete von beobachtbaren Auswirkungen der Klimaerwärmung wie Gletscherschmelze, Korallensterben und zunehmende Versteppung des Waldviertels. Rosa bekam eine Diskussion über die kurze Lebensdauer von Stadtbäumen aufgrund von Trockenheit, Hundeurin und Umweltstress mit. Lies und Lena unterhielten sich mit dem Winzerehepaar über Modalitäten beim Maschinenring, von dem sie hin und wieder Traktoren ausliehen. Fleischermeisterin Grete debattierte mit einer Wienerliedsängerin über Alternativen zur agroindustriellen Fleischproduktion und die Vorteile von Mutterkuh- und Wanderhaltung. Eine Gruppe, die etwas weiter von Rosa entfernt saß, sprach über Stadtimkerei und den Versuch, Bienenstöcken weniger Honig zu entnehmen, um mit geringer Zuckerfütterung auszukommen. Sie streiften die Themen essbare Stadt, Fallobst und Wildkräuter. Eine, die ihr Dorf zu einer Transition Town machen wollte, ließ sich trotz massiver Gegenwehr der Dorfbewohner in ihrem Enthusiasmus nicht bremsen. Eine Gästin erzählte von Re-Use, Upcycling und ihrer Arbeit im Leihladen. Das Geschäft würde in Schokobrunnen, Hometrainern und Kameras untergehen. Jemand vom Wiener Altwarenmarkt pflichtete ihr bei. Allein in Wien fielen täglich 100 Tonnen Sperrmüll an, 83 000 Tonnen Elektroschrott jährlich in Österreich. In einer Konsum- und Wegwerfgesellschaft würden eben immer mehr Waren in immer neuwertigerem Zustand abgegeben. Da schaltete sich ein Freeganer ein, der von seinen Erfahrungen beim Dumpstern berichtete. Jährlich landeten in Wien pro Kopf 40 Kilo genießbare Lebensmittel im Müll, sagte er. Rosa hörte Tiraden über konservative Politiker*innen, von denen man ohnehin nur das Schlimmste erwartete und dennoch über Amtsmissbrauch und Korruption schockiert war. Es fielen die Wendungen *Rückschritt, forcierte soziale Segregation* und *populistischer Stimmenfang mittels absichtlich verschleppter Asylpolitik*.

Rosa legte ihren Kopf in den Nacken und schaute in den Sternenhimmel. Rauch stieg auf, schwarzes Blattwerk ragte in ihren Blick. Sie wusste, dass sie sich in ihrer Wohlfühlblase befand. Das hier war ihre kleine Welt. Ein Wundpflaster auf der Realität. Ein Zerrbild der Mehrheitsgesellschaft. Rosa war umgeben von Gleichgesinnten. Vielleicht war es eine bessere Welt. Mit Sicherheit war sie nicht repräsentativ.

»Wir haben das heute erst besprochen«, hörte sie Bertram sagen. Alarmiert sah sie zu ihm. Lies merkte, dass Rosa die bisherige Unterhaltung verschlafen hatte.

»Ich habe gerade gesagt, dass ich mir heute Nachmittag, als ich euch zusammen gesehen habe, dachte, wie süß ihr zwei seid. Fast wie ein Entenpaar«, sagte Lies.

Rosa und Bertram wurden wohlwollend angelächelt. Scheinbar hatte die Runde ein erquicklicheres Thema als Politik gefunden. Die Welt zerfällt in Trümmer, dachte Rosa, aber die Menschen erzählen einander Liebesgeschichten. Antarktische Eisschelfe brechen ins Meer, Plankton stirbt an Übersäuerung, illegaler Sandabbau am Meeresgrund zerstört Ökosysteme, doch die Menschen lieben Liebespärchen. Wie viele Liebesfilme gibt es? Wie wenige über ungerechte Vermögens- und Einkommensverteilung? Über strukturellen Rassismus? Oder Alters- und Geschlechterdiskriminierung? Wir werden zugeschissen und weichgespült mit Romanzen, dachte Rosa. Diese ihre kleine Wohlfühlwelt war weder besser noch gut genug.

»Ja, wir denken auch, dass wir total gut zusammenpassen«, sagte Bertram und ergriff Rosas Hand. »Deshalb haben wir heute beschlossen, nicht zu heiraten.«

Etwas fertig von der Nächtigung im fremden Bett und stundenlangen Aufräumarbeiten sperrte sie am Nachmittag des darauffolgenden Tages das Haustor auf und war froh, wieder daheim zu sein. Auf dem Weg zu ihrer Wohnung schaute sie in den Postkasten und fand einen Brief ohne Absender. Nur ihr Vorname stand am Kuvert. Im Umschlag lag ein Schlüssel und eine Notiz von Hartman: *Kommen Sie, wann immer Sie wollen.*

Rosa keuchte, als sie den fünften Stock erreicht hatte und Hartmans Tür aufsperrte.

»Frau Hartman?«, rief sie.

»Hier, Rosa, kommen Sie nur!«

Rosa ging an der Küche vorbei, durch das Ess- und Wohnzimmer ins Schlafzimmer, dessen Flügeltür offen stand.

»Frau Hartman, wie geht es Ihnen?«, fragte Rosa, obwohl Hartmans Zustand offensichtlich war. Nach neuerlichem Sturz war sie mit Oberschenkelhalsbruch ins Spital gekommen. Jetzt saß sie in ihrem Bett, den Rücken gestützt von etlichen Polstern, wie die Queen auf dem Thron.

»Das wird schon wieder«, sagte Hartman.

»Das wird mühsam, weil Sie, wie ich es vorhergesagt habe, nicht mehr von ihrem Dachgeschoss runterkommen.«

»Vom hohen Ross, wollten Sie sicher sagen. Das würde Ihnen so gefallen, damit Sie recht behalten, aber daraus wird nichts. Ganz im Gegenteil. Meine Zugschraube braucht Bewegung, hat die Ärztin gesagt. So viel wie möglich. Treppensteigen sei am besten.«

»Aber wie ist das passiert?«, fragte Rosa und rückte einen Sessel ans Bett.

»Was weiß ich.« Hartman machte eine Handbewegung, die besagte, dass ihr dieses Thema leidig war.

»Sie sind unmöglich, Frau Hartman!«

»Streiten Sie nicht mit einer Pflegebedürftigen, das ist unmoralisch! Erzählen Sie lieber, wo Sie waren. Auf einer Haschparty mit wilden Orgien, wie es unter Ökofuzzis üblich ist?«

»Frau Hartman, Sie haben den Höhepunkt der Ballsaison leider verpasst und stattdessen einen Knochenbruch bevorzugt. Das wäre Ihre Chance auf ausschweifenden Exzess gewesen. Sie hätten nackt im Mondlicht über glühende Kohlen laufen und mit Wölfen heulen können.«

»Hören Sie mir auf. Bei euch Bioheinis gibt's maximal Löwenzahn.«

Rosa verabschiedete sich von dem Wunsch, Details über Hartmans Gesundheitszustand zu erfahren. Die Frau schien den Sturz gut überstanden zu haben, das war die Hauptsache.

»Soll ich morgen früh vorbeikommen, um nach Ihnen zu sehen?«, fragte Rosa.

»Bloß nicht! Sie sind schon abends kein Bild der Freude. Ich brauche Aufheiterung für meine Genesung, keinen

Morgenmuffel. Nein, in der Früh kommt eine mobile Krankenpflegerin, mittags und abends noch mal, und dazwischen rollt Essen auf Rädern an. Es wird hier zugehen wie in einem Vogelhaus.«

»Wann haben Sie dann Zeit für mich?«

»Nach ihrem Kurs, selbstverständlich! Sie werden mit mir spazieren gehen, treppauf, treppab. Aber keine Angst, in zwei Wochen sind Sie mich schon wieder los, weil ich auf Reha gehen werde.«

Rosa schaute sie prüfend an. Sie traute Hartmans guter Laune nicht.

»Ich komme schon zurecht, Rosa. Hören Sie endlich auf, sich Sorgen um mich zu machen!«

Rosa zögerte kurz, dann umarmte sie Hartman und versprach, später noch mal nach ihr zu sehen.

»Wenn es sich nicht vermeiden lässt«, sagte Hartman und zwinkerte wie ein Emoji. Als Rosa die Wohnungstür hinter sich zuzog, hörte sie, wie Frau Hartman den Fernseher einschaltete.

Die Unheilsprophezeiung wird gemacht,
um ihr Eintreffen zu verhüten.

Hans Jonas:
Das Prinzip Verantwortung (1979)

4

Eigentlich sollten alle ihr Referat im Stehen abhalten, um die erlernten Präsentationstechniken unter Beweis zu stellen, aber Rosa entschied sich anders. Sie stellte ihren Sessel an die Stirnseite des Aquariums und setzte sich. Nach dem vergangenen frühlingshaften Wochenende war ein Kälteeinbruch über die Stadt gekommen. Rosa trug wieder Merino-Unterwäsche, Schafwollpullover und dicke Leinenhose. Die Hosenbeine steckten im Schaft ihrer Winterstiefel, was äußerst seltsam aussah. Ihr angegrautes Haar stand um ihr leicht gebräuntes Gesicht. Waldorf und Statler regte das zu Geflüster an. Rosa warf einen Kontrollblick auf Milas Hände. Kein Handy oder sonstiges Aufnahmegerät befand sich in deren Reichweite, sondern eine Plastikflasche mit aromatisiertem, flüssigem Auszugszucker und Farbstoff.

Der für den Kurserfolg vorgeschriebene Vortrag über ein beliebiges Thema aus dem Bereich Social Media sollte nicht länger als zehn Minuten dauern. Rosa gedachte das Zeitlimit einzuhalten. Bevor sie loslegte, betrachtete sie ihre Kurskolleg*innen. Kira schlummerte hinter ihrem Monitor. Mike wartete auf Rosas Performance, konnte es jedoch nicht unterlassen, ab und an die Tastatur seines Computers zu berühren. Goran schaukelte mit verschränkten Armen in der letzten Reihe. Daneben kühlte sich Tom am Tischventilator. Eisbärin Ilse hielt ihren Stenoblei im Anschlag, bereit, jedes Wort aus Rosas Mund in ihr Notizheft zu übertragen. Die Trainerin lehnte lässig rückwärts an der Wand.

»Frau Steininger, soll ich Ihnen den Beamer einschalten oder verzichten Sie auf Powerpoint-Folien?«, fragte sie.

Rosa überging das Angebot.

»Seit Jahrzehnten unternehme ich alles in meinem Einflussbereich Stehende, um die schlimmsten Folgen der Klimaerhitzung zu mildern. Ich verzichte auf Konsum, habe meinen Verbrauch auf Lebensnotwendiges reduziert, engagiere mich seit Langem in Umweltvereinen, unterzeichne Petitionen, habe Volksbegehren mitorganisiert, Umweltinitiativen unterstützt. Es mag die Genugtuung kleiner Erfolge gegeben haben, aber die wurden von übermächtigen Rückschlägen verschüttet. Unleugbare Stagnation und globale Tatenlosigkeit auf Seiten von Entscheidungsträger*innen zermürben mich mittlerweile. In keinem ausschlaggebenden Gebiet sehe ich ernsthafte Bemühungen, der Treibhausgaskonzentration entgegenzuwirken. Im Gegenteil, kontinuierlich wird die Öl- und Gasproduktion erhöht, parallel dazu steigern entscheidende Teile der Weltbevölkerung ihren jährlichen CO_2-Ausstoß, als hätten sie noch nie von der Begrenztheit und Verletzlichkeit des Planeten gehört.

Deshalb werden wir bereits in weniger als zehn Jahren die Bedingungen für eine 2-Grad-Erwärmung erreichen. Gratulation!

Ganz offensichtlich haben wir Wichtigeres zu tun, als unsere Existenzgrundlage zu bewahren. Statt unheilbringende Wertmaßstäbe des Wirtschaftsystems abzuändern, bevorzugen wir, unsere Leben, Fähigkeiten und Ressourcen mit dem Erstellen von Bewerbungsunterlagen zu verschwenden oder um Verkaufszahlen zu erhöhen oder finanziellen Profit zu maximieren. Zwar weiß niemand wozu, aber an der

Alternativlosigkeit unseres Tuns wird zwanghaft festgehalten.

Mit unserem fahrlässigen Handeln entziehen wir uns die Daseinsberechtigung. Wir tragen die alleinige Verantwortung für die Zerstörung eines Planeten, der schöner nicht sein kann. Wir sägen nicht nur am eigenen Ast, wir roden den gesamten Wald. Mir drängt sich seit Längerem der Verdacht auf, dass wir überhaupt kein Interesse an der besten aller Welten haben, sondern eher die Hölle auf Erden anstreben. Daher ist mir klar: Worauf wir zusteuern, ist kein Schicksal, sondern selbst gemacht und selbst gewählt.

Ich sehe uns als Seuche, als todbringende Krankheit. Wir sind der Weltenfraß. Nach uns Vernichtung. Die Zukunft wird gnadenlos. Vergesst Hitzewellen, Überschwemmungen, Waldbrände. Wir werden die Menschlichkeit verlassen. Milliarden Tote werden zum Himmel stinken. Hungersnöte, neuartige Krankheiten, ausgelaugte Böden, zerstörte Biodiversität. Millionen Flüchtlinge. Ertrunkene im Mittelmeer, Tote vor den Grenzmauern, Ermordete in den Straßen. Ausgleichende Gewalt gegen Verursacher. Unser rücksichtsloses Handeln kehrt sich gegen uns. Unsere Unterlassungen zeitigen verheerende Konsequenzen.

Kinder werden sich an ihren Eltern rächen. Sie werden aus Verzweiflung morden. Die Sanften unter ihnen werden Suizid begehen. Die Empfindsamen flüchten in den Wahnsinn oder werden von Erschöpfungszuständen und Depression gelähmt. Die Übrigen sind Übeltäter.

›Fürchtet nicht den Anstieg des Meeresspiegels.‹ ›Habt Angst vor den Überlebenden.‹ Kein Auge wird ins andere schauen können, ohne Rückschlüsse auf den Preis des Überlebens zu ziehen. Niemand wird über den Abgrund hinwegschreiten können, der ihn von den Opfern trennt. In unserer Hemisphäre wird es ausschließlich Täter*innen und Mitläufer*innen geben. Diesmal sind alle dabei und wissen, was sie tun.

Schmerzhaft muss ich akzeptieren, dass ich dieser morbiden Vorliebe nichts entgegnen kann. Über meinen hilflosen Versuchen, die Ausbeutung und Wachstumshörigkeit aufzuhalten, bin ich müde geworden. Ich anerkenne, dass mein Einfluss auf mich selbst beschränkt ist. Ich habe lediglich die Macht, mich der Beteiligung zu entziehen. Denn ich will und werde mich nicht schuldig machen.«

Als hätte die Gruppe ein eisiger Windstoß angehaucht, wurde Rosa angestarrt, die Münder offen. Sie hatte sich von Anfang an zur Außenseiterin geeignet, wurde in den Pausen gemieden, war beim Mittagessen allein, wurde für Gruppenarbeiten immer als Letzte gewählt. Doch mit diesem Referat erreichte ihre Stigmatisierung einen neuen Höchstlevel. Sie stand auf, ging wortlos zu ihrem Platz, nahm Rucksack und Jacke von der Sessellehne.

»Frau Steininger«, fasste sich die Trainerin als Erste, »Sie haben uns da einen interessanten Ansatz vorgestellt. Sollte das ein Appell sein? Wollen Sie uns damit ins Tun bringen? Es tut mir leid, aber ich befürchte, ich habe Ihre Message nicht ganz verstanden.«

Rosa ergriff die Türschnalle. Ihr Rucksack hing über der Schulter.

»Frau Steininger, wohin gehen Sie? Lassen Sie uns bitte darüber reden«, sagte die Trainerin.

Rosa trat auf den fensterlosen Korridor, ging den grauen Teppichboden entlang zur Glastür am anderen Ende. Die Trainerin stürzte ihr nach, blieb auf halbem Weg stehen.

»Frau Steininger!«, rief sie. »Wenn Sie jetzt gehen, kommt das einem Kursabbruch gleich. Das muss ich melden!«

»Tun Sie das«, sagte Rosa und verschwand im Stiegenabgang.

Die Sonne stand hoch, kam hinter dem Wolkenschleier hervor und spiegelte sich als kristallenes Glänzen in den Wellen des Teichs. Insekten schwirrten träge auf der Suche nach Frühling umher. Enten und Schilf vervollkommneten den kläglichen Rest Natur, der sich zwischen Stadtautobahn, Bürotürmen und Gemeindebauten erhalten hatte. Eine Trauerweide mit hoffnungsvoll frischgrünen Blättern stand neben einer Holzbank. Rosa setzte sich und streckte ihre Beine aus. Sie war erleichtert. Sie hatte das sinnlose Joch eines geregelten Tagesablaufs abgeschüttelt und war ihrer Gefangenschaft entkommen. Die Frage nach künftiger Finanzierung ihrer Fixkosten brachte sich in unangenehme Erinnerung. Die Beantwortung vertagte Rosa auf unbestimmte Zeit. Für den Moment genügte es ihr, die Wasseroberfläche zu betrachten. Sie war froh über das Ende der täglichen Pseudobeschäftigung und Qual des frühen Aufstehens. Vorüber waren die gefährlichen Fahrten im Stoßverkehr quer durch die Stadt und das achtstündige Absitzen einer Strafe für ein unbekanntes Verbrechen.

Rosa fror. Sie zog die Jacke enger um sich und hielt ihr Gesicht der Sonne entgegen. Zumindest die Frage, ob sie es unter normalen Menschen aushielte, konnte sie nun eindeutig mit Nein beantworten.

»Starker Auftritt. Hat mir gefallen«, sagte plötzlich Mila. Sie setzte sich breitbeinig neben Rosa, stützte ihre Unterarme auf den Oberschenkeln ab und schaute über Teich und Schilfufer.

»Echt schön hier.«

Rosa reagierte nicht. Sie wollte ungestört sein. Am allerwenigsten wollte sie mit jemandem aus dem Kurs reden. Rosa verspürte den intensiven Impuls, aufzustehen und zu flüchten. Aber sie blieb. Ihr Blick fiel auf Milas Hals. Die Stelle um die schwarz tätowierte Weinranke war rötlich gefärbt. Aus Gewohnheit oder weil sich Entzug einstellte, holte Mila ihr Handy aus der Hosentasche, wischte darauf herum und packte es wieder weg.

»Rosa, ich weiß, du wirst nicht scharf drauf sein, weil der Kurs jetzt für dich beendet ist, trotzdem möchte ich dir einen Vorschlag machen.«

Rosas Widerwillen stieg. Sie wollte sich dieser Unterhaltung entziehen. Aber schon beim ersten Anspannen ihrer Muskeln war Milas Hand nach ihr ausgefahren, um Rosa mit sanfter Deutlichkeit zurück auf die Bank zu drücken. Widerstand war keine Option. So wie sich keiner im Kurs über Milas vorlaute Art beschwerte oder sie in die Schranken wies, unterließ auch Rosa ihren Fluchtversuch.

»Rosa, ich finde deinen Entschluss mutig, aber leider kann ich nicht alles hinschmeißen, so wie du. Ich brauche dieses Kurszeugnis. Ich kann Soziale Medien, ich kenn mich da aus, aber du weißt ja, ohne offizielles Zertifikat ist jede Qualifikation inexistent.«

»Dann mach eben die Prüfung«, sagte Rosa.

»Gute Idee. Dummerweise leide ich unter diagnostizierter Prüfungsangst. Fällt unter soziale Phobien«, grinste Mila.

Rosa blieb unbeeindruckt.

»Ich bin Praktikerin, das Theoretische liegt mir nicht so. Rosa, mir ist während deiner Rede ein grandioser Einfall gekommen. Du hast etwas ganz Besonderes an dir. Deine Wut, deine Authentizität, aber vor allem deinen Kampfgeist. Du willst etwas gegen die Klimakatastrophe tun.«

»Falsch«, sagte Rosa.

»Doch, ich hab's gespürt! Du willst eine bessere Welt. Mehr noch, du willst bessere Menschen.«

»Nein, Mila, du irrst. Ich will nur meinen Frieden und keine Mitschuld an der Zerstörung.«

»Lüge! Ich habe es gerade eben erlebt, du willst Veränderung. Wozu sollte dein asketischer Lebensstil sonst gut sein? Nur für die Gewissheit, moralisch besser als der Rest der Menschheit zu sein?«

Rosa runzelte die Stirn. Sie verspürte weder Kraft für noch die geringste Lust auf diese Auseinandersetzung. Stille breitete sich zwischen den beiden aus. Wind raschelte im Schilf. Enten watschelten an Land. Die auf einen Restposten geschrumpfte Natur kräuselte verspielt ihre Oberflächen. Aus matter Bewölkung schien Sonne hervor und spiegelte sich in Tausenden glitzernden Silbertropfen im Teich. Ohne Menschen würde sich die Natur alles zurückholen, und endlich wäre es wieder eingerenkt, dachte Rosa.

»Wie auch immer, ich bitte dich um deine Hilfe bei einer Social-Media-Kampagne«, sagte Mila. »Ich bin für den Technical Support zuständig, betreue die Accounts, bin für Respons und Community Management verantwortlich, sprich, ich mache alles. Das Einzige, wofür ich dich brauche, ist der Content zu Degrowth. Dein GIF ist so dermaßen eingeschlagen, lass uns ausprobieren, wie viele Menschen wir mit Inhalten zu Konsumverzicht, Dekarbonisierung oder Energieeinsparung erreichen können. Vielleicht kannst du was bewirken? Vielleicht kann der Kollaps doch noch abgewendet werden? Falls nicht, hilfst du mir, mein Zertifikat zu bekommen. Lass es uns versuchen, bitte!«

»Mila, dir ist Klimagerechtigkeit doch völlig egal.«

»Stimmt. Aber in dir brennt ein Feuer, und mit dem kann ich arbeiten.«

»Nein«, sagte Rosa. »Kein Interesse. Jede Wortmeldung meinerseits ist überflüssig. Wer wissen will, kann wissen. Das Internet ist voll mit frei zugänglichen Publikationen namhafter Wissenschaftler*innen. Ein Klick genügt, um alle nötigen Informationen zu bekommen.«

»Es braucht dich, Rosa! Dich und deine eigenwillige Art, glaub mir!«, rief Mila.

»Nein«, sagte Rosa, stand auf und ging grußlos.

»Frau Hartman?«, rief Rosa gleich nach dem Öffnen.

»Hi-ier!«, meldete sich Hartman aus dem Schlafzimmer. Sie saß auf der Bettkante, die Beine baumelten seitlich, ihre Füße steckten in Hausschlapfen. Sie trug einen Jogginganzug, der aus den Siebzigern stammen musste, als er noch so ähnlich wie Turntrikot hieß. Trotz ihrer Sitzhaltung ließ sie den Fernseher nicht aus den Augen.

»Was ist passiert?«, fragte Rosa und stellte sich so vor den Bildschirm, dass Hartman weiterhin die Sendung mitverfolgen konnte.

»Hilde Zadek ist gestorben«, sagte Hartman bestürzt.

»Wer?«, fragte Rosa.

»Kammersängerin Hilde Zadek. Kennen Sie nicht?«

»Nein, tut mir leid, noch nie von ihr gehört.«

»Aber das gibt's doch nicht. Sie war eine der größten Sopranistinnen an der Wiener Staatsoper, die müssen Sie doch kennen.«

»Frau Hartman, es tut mir furchtbar leid, Sie enttäuschen zu müssen, aber Oper ist nicht ganz meine ...«

»Na egal«, unterbrach Hartman. »Jetzt ist sie eh tot. Mit hunderteins Jahren verstorben.«

»Stolzes Alter«, sagte Rosa und verlor ihr Interesse an der Information.

»Zumindest hoch.« Hartman ließ den Kopf hängen.

»Was soll das überhaupt werden?«, fragte Rosa und legte ihren Rucksack auf dem Wohnzimmertisch ab. »Anleitung zum Beinbruch für Fortgeschrittene? Wo sind ihre Schuhe?«

Hartman schaute auf ihre Füße, beugte sich dabei so

weit vor, dass Rosa befürchtete, sie würde vornüber von der Bettkante fallen.

»Freilich, adäquates Schuhwerk ist ein Muss für jede Athletin«, sagte Hartman und ließ ihren Oberkörper auf die Liegefläche zurücksinken. Die beiden hatten eine weitere Trainingseinheit für Hartman vereinbart. Remobilisation als Vorbereitung auf die Rehabilitation. Aber der Tod ihres Jugendidols überschattete das Vorhaben.

»Es fühlt sich grausam an«, sagte Hartman melancholisch. »Meine Welt verschwindet. Alles, was ich kenne, liebe und als selbstverständlich erachte, stirbt aus oder ist schon ausgestorben. Sängerinnen, Bierkutschen, Transistorradios. Als wäre meine Welt nur ein Brettspiel aus Pappe, das man zuklappt und wegräumt. Und bald werde auch ich verräumt.«

»Frau Hartman«, sagte Rosa und kniete sich vor sie hin. »Sie haben gerade erst eine nigelnagelneue Titanschraube in ihren Oberschenkelhals bekommen. So schnell klappt Sie niemand weg, versprochen. Lassen Sie den Trübsinn, der steht Ihnen überhaupt nicht. Wenden Sie sich lieber Ihrer Beweglichkeit zu.«

Normalerweise war Zuversicht nicht Rosas Stärke, aber um Hartman aufzumuntern oder wenigstens abzulenken, wollte sie es damit versuchen. Sie zog ihr die Schlapfen aus und steckte einen der Sportschuhe vorsichtig auf Hartmans Zehenspitzen. Sie drückte den Fuß in den Schuh, doch Hartmans Ferse blieb am Hinterriemen stecken. Rosa holte einen Schuhlöffel.

»Wissen Sie, dass es ein Experiment mit Managern gibt?«, rief Rosa aus dem Vorzimmer. »Manager unterschiedlicher Führungsetagen wurden aufgefordert, jemandem beim Schuhe-Anziehen zu helfen. Und was ist passiert? – Keiner hat geholfen! Alle weigerten sich. Allesamt!«

»Was Sie nicht schon wieder wissen«, sagte Hartman und setzte sich auf. »Aber wen überrascht das? Mich nicht! Das hätte ich Ihnen auch ohne Versuch sagen können. Wenn Manager anderen Menschen helfen wollten, wären sie ja Sozialarbeiter geworden.«

Rosa zwängte den Schuhlöffel zwischen Ferse und Schuh. Dann bat sie Frau Hartman um Mitarbeit und drückte den Fuß fester in den Schaft.

»Geschafft!«, sagte Hartman stolz. Rosa band die Schnürsenkel zu einer Masche. Hartman wachte darüber, dass diese nicht zu fest geriet. Als sich auch der zweite Schuh am Fuß befand, fasste Rosa Hartman an den Unterarmen und zog sie hoch.

»Geht's wieder?«, fragte sie. Hartman nickte. Sie stimmte kurzes Wehklagen wegen ziehender Schmerzen in der Hüfte an, dann erinnerte sie sich, dass sie ihre Mobilität zurückerlangen wollte und verkniff sich weiteres Gezeter. Rosa reichte ihr die Krücken. Mit kleinen Zappelschritten startete Hartman die Runde um den Esstisch. Rosa wich nicht von ihrer Seite.

»Wäre es nicht klüger, Sie würden mit dem Kochen beginnen?«, fragte Hartman.

»Damit Sie mir bei der erstbesten Gelegenheit über den Teppich stolpern? Da darbe ich lieber«, sagte Rosa.

»Aber ich habe Angst, dass Sie vor lauter Heißhunger von mir abbeißen.«

»Frau Hartman, konzentrieren Sie sich lieber auf Ihre Beine, sonst geht Ihnen womöglich noch die Puste aus.«

Hartman schnaufte tatsächlich bedenklich, ließ sich aber nicht von ihrem Schwätzchen abbringen.

»Ach, ich wollte ohnehin mit Ihnen über Ihren Kurs reden. Gibt's Skandale, Affären, Arbeitsaufnahmen?« Hartman blieb stehen, richtete sich auf, um das schmerzhafte Ziehen im Oberschenkel auszukosten. Geräuschvoll zog sie Luft durch ihre zusammengepressten Zahnprothesen.

»Nein«, sagte Rosa.

»Alles Loser.«

»Frau Hartman!«

»War nur ein Scherz. Seien Sie nicht immer gleich so angerührt.«

»Also, weiter. Langes Herumstehen ist Gift für Sie.«

Widerstrebend setzte sich Hartman in Gang.

»Sie wären ein guter Folterknecht«, sagte sie.

»Ich weiß nicht, wofür ich gut wäre. Jedenfalls nicht für den Kurs. Ich bin heute hinausgeflogen«, sagte Rosa.

Natürlich blieb Hartman sofort wieder stehen.

»Zur Lügnerin eignen Sie sich überhaupt nicht. Die hauen niemanden raus, schon gar nicht Sie. Also, was haben Sie angestellt?«

»Ich habe meine Gedanken geäußert.«

»Rosa, das sollen Sie doch nicht. Ihre Gedanken hören sich immer wie Beleidigungen an! – Aber jetzt im Ernst, was ist passiert?«

»Ich habe den Kurs hingeschmissen.«

»Na endlich! Darauf habe ich schon gewartet. Ich bin überrascht, dass Sie es überhaupt so lange ausgehalten haben.«

Hartman holte mit den Krücken zum nächsten Schritt aus.

»Ich bin sicher, es war die richtige Entscheidung, diesen ominösen Kurs zu beenden. Mir war der von Anfang an ungeheuer.«

»Warum?«, fragte Rosa und überlegte, ob sie Hartman nicht doch alleine ihre Runden ziehen lassen und sich lieber um das Abendessen kümmern sollte.

»Na, ich habe ihr kleines Filmchen gesehen.«

Es klang, als hätte sie Rosa in einem Pornostreifen entdeckt.

»Welches Filmchen?«, fragte Rosa.

»Na, das komische, in dem Sie wie eine irre Kassandra den nahenden Weltuntergang prophezeien. Sie sehen dabei sehr unvorteilhaft aus, das sage ich Ihnen. Ich habe mich gefragt, ob so was wirklich hilfreich sein kann, um eine neue Arbeitsstelle zu finden.«

Rosa dachte, Hartman beziehe sich auf das GIF, das Mila von ihr ins Netz gestellt hatte.

»Sie meinen dieses Ding, wo ich immerzu Nein sage?«, fragte sie.

»Nein, Rosa, ich meine das kurze Video, in dem sie wie eine Verschwörungstheoretikerin von Tod und Zerstörung faseln.«

Hartman überanstrengte die Bewegung. Da sie nicht daran dachte, das Gespräch zu unterbrechen, nur weil sie beinahe erstickte, brach sie ihre Runde ab und setzte sich an den Wohnzimmertisch.

»Wovon sprechen Sie?«, fragte Rosa.

Hartman lehnte ihre Krücken an den Nebensessel.

»Bringen Sie mir mein Tablet, dann zeige ich's Ihnen«, sagte Hartman, genervt über ihre begriffsstutzige Freundin. Sie deutete ins Schlafzimmer, wo das Tablet am Nachtkästchen lag. Ein Geschenk ihrer Urenkelin für den bevorstehenden Reha-Aufenthalt. Die Urenkelin hatte ihr auch gleich einen Facebook-Account eingerichtet und eine Kurzeinführung in digitaler Handhabung gegeben. Ihr wichtigster Ratschlag hatte gelautet, bloß keine Scheu zu haben und einfach daraufloszuklicken. Das beherzigte Hartman und im Notfall drückte sie den On-Off-Knopf.

Rosa holte das Gerät. Hartman wischte nicht ganz so behände wie Mila darüber, aber dennoch überraschend gekonnt.

»Bitte sehr, das ist auf einmal aufgeploppt, und danach haben sich automatisch immer weitere abgespult, bis ich hier oben auf das kleine, rote X geklopft habe«, erklärte Hartman und zeigte Rosa das Display.

Rosa sah sich vor der weißen Wand des Kursraums. Sie drehte den Ton sofort ab, sie kannte den Text. Es war ihr Referat. Sie las den Titel: *Crazy old Lady says it's TOO LATE!*

»Das gibt's doch nicht«, sagte sie. Sie hatte Mila doch beobachtet. Da war kein Handy in ihrer Reichweite gewesen. Aber von wem sollte das Video sonst stammen?

»Ich habe einfach ein bisschen aus Neugierde gesurft, wie man sagt. Ich habe Bertrams Bioladen eingetippt und nach dem Namen ihres komischen Kurses gesucht – ich kann ja Maschinenschreiben, mit zehn Fingern! Jedenfalls sind dann immer mehr Ökosachen aufgetaucht und Ihr Video.«

Hartman erklärte den Tathergang, während Rosa sich auf der Videoplattform als tollwütige Furie sah.

»Das muss unverzüglich gelöscht werden«, sagte sie.

»Jetzt beruhigen Sie sich wieder, so schlimm ist es auch wieder nicht«, sagte Hartman, was Rosa lautstark bestritt. Sie brachte ihr fehlendes Einverständnis vor, die Verletzung ihrer Privatsphäre, Stalking, Mobbing. Sie würde das keinesfalls auf sich sitzen lassen. Hartman blickte zum glitzernden Luster über dem Esszimmertisch und legte die Hände in ihren Schoß.

»Wissen Sie«, sagte sie, »ich habe mit meiner Urenkelin über Ruhm und Kurzlebigkeit in den sogenannten Sozialen Medien gesprochen. Was heute hip ist, ist morgen schon vergessen, hat sie mir erklärt. Schauen Sie, das ist doch das Gleiche wie im richtigen Leben, nur etwas schneller. Sie kennen die Hilde Zadek nicht mehr, die eine berühmte Sängerin war und mir die Welt bedeutet hat. Wer also sollte sich an Ihr Filmchen erinnern und wie lange? Nehmen Sie es nicht so tragisch, wird schon vergessen werden.«

Damit wäre für Hartman das Thema erschöpfend geklärt gewesen, aber Rosa starrte noch immer entsetzt auf das Tablet.

»Gut, dann noch ein Rat für Sie«, sagte Hartman. »Falls Sie an eine Fortsetzung Ihrer Medienkarriere denken, verzichten Sie lieber darauf, wie eine Geistesgestörte aussehen zu wollen. Sie sind schon merkwürdig genug, da braucht es keine unvorteilhafte Kameraeinstellung oder grelle Beleuchtung. Ansonsten sagen Sie der Welt Ihre Meinung, scheißen Sie sich nichts und viel Vergnügen! Allzu lange haben Sie ohnehin keine Gelegenheit mehr dazu. Glauben Sie mir, die Zeit hat die seltsame Angewohnheit, mit jedem Lebensjahr rascher zu vergehen! – Fein, das wäre es von meiner Seite. Können wir jetzt bitte endlich zu Abend essen?«

Sie hatte sich vorgenommen, ruhig und besonnen zu agieren. Aber schon an der Glastür des Aquariums vergaß sie ihren Vorsatz.

»Kommst du bitte? Auf ein Wort!«, rief sie, unterbrach damit den Vortragenden, störte die Anwesenden, deren Blicke sich auf Rosa richteten.

»Frau Steininger, Sie sind nicht mehr Teil der Gruppe«, informierte der Coach.

»Mila!«, rief Rosa wütend. Der graufleckige Bodenbelag, der Sauerstoffmangel, die Enge, alles reizte sie. Schon der Weg über die Donau hatte genervt.

»Mila!«, wollte sie erneut brüllen, aber da stand die Gerufene schon neben ihr.

»Mitkommen!«, sagte Rosa.

Sie blieben vor der Parkbank neben der Trauerweide stehen.

»Hinsetzen«, sagte Rosa und Mila gehorchte. »Wie hast du das gemacht? Ich habe aufgepasst, du warst die ganze

Zeit ohne Handy. Aber ich weiß, dass du mich schon wieder ins Internet gestellt hast. Wie?«

Rosa fand, sie hätte in Anbetracht ihrer verletzten Persönlichkeitsrechte noch lauter sprechen können.

»Flipchart«, sagte Mila gelassen. Nicht einmal die Hautstelle am Hals, wo die schwarze Weinranke ein wunderschönes Blatt entfaltete, rötete sich. »Ich habe mein Smartphone seitlich am Flipchart aufgestellt, so dass dich die Kamera gut einfängt, aber du sie nicht sehen kannst.«

»Bist du wahnsinnig? Bist du völlig bescheuert? Wir haben abgemacht, dass du mich ohne meine Einwilligung nicht filmst. Du verletzt meine Grundrechte, ich sollte dich verklagen ...«

»Siehst du, ich habe genau gewusst, dass du dich so aufführen wirst.«

»Mila, spinnst du? Du darfst mich nicht filmen, wenn ich das nicht ausdrücklich – AUSDRÜCKLICH – gestatte. Ich werde dich anzeigen!«

Die Umgebung war trotz Rosas Erregungszustand äußerst lieblich anzusehen. Sanft wiegendes Schilf, schwimmende Enten, verträumte Weidenäste, die in die glatte Wasserfläche ragten. Unweit des Ufers war eine Magnolie zu verschwenderischer Pracht erblüht.

»Du wirst das alles sofort löschen!«, rief Rosa.

»Siehst du, genau mit dieser Reaktion habe ich gerechnet«, sagte Mila. »Lass es mich erklären. Zuerst habe ich gedacht, du wirst bei deinem Referat wieder weirden Shit reden, deshalb wollte ich dich aufnehmen, nur so zur Unterhaltung. Aber dann hab ich dein Statement eigentlich cool gefunden. Und dann ist mir die Idee zu unserem Projekt gekommen. Ich hab sofort gewusst, du hast das Zeug zum Star. Das Web liebt Typen wie dich. Bei 30 000 Klicks für dein Youtube-Video musste ich dein Statement nachschießen, man darf den Kontakt zur Community nicht abreißen lassen. – Außerdem hab ich dich gefragt, ob du mitmachen willst, irgendwie, aber du hast ja abgelehnt.«

»Genau, Mila, ich habe abgelehnt. Das bedeutet, ich habe dir mein Einverständnis NICHT gegeben. Daher darfst du mich weder filmen noch veröffentlichen, hast du kapiert?«

»Schau mal, du bist selbst schuld. Weil du immer gegen alles bist, kannst du nicht erwarten, dass man mit dir konstruktiv über Absichten spricht.«

»Spinnst du? Das kann ich sehr wohl erwarten!«, rief Rosa dazwischen.

»Deshalb habe ich einfach getan, was getan werden musste, und es hat sich ausgezahlt«, sprach Mila weiter und holte ihr Smartphone aus der Gesäßtasche. Sie vergrößerte den Bildausschnitt und hielt Rosa das Display hin.

»Siehst du? Fünftausend Aufrufe innerhalb von zwei Tagen. Ohne dass du irgendetwas dafür getan hast. Ich meine, for free! Wie viele Menschen könnten wir erreichen, wenn das unser Ziel wäre? Rosa, ich bitte dich noch mal, lass es uns versuchen. Du wirkst! Wie du ausschaust, was du sagst, mit welcher Intensität du es sagst. Ich schwöre dir, du bist unique.«

Rosa setzte sich auf die Bank.

»Mila, bitte, erkläre mir, was du an meiner Weigerung nicht verstehst?«

Mila sprang auf wie eine Katze bei der Witterung von Beute.

»Weil deine Verweigerung dumm ist. Eine Verschwendung. Rosa, du könntest eine Community erreichen und Veränderung bewirken. Das willst du doch. Reichweite! Und obendrein komme ich zu einem Zeugnis und besseren Jobaussichten. Lass es uns probieren! Lass uns einen Podcast machen.«

»Nein!«, rief Rosa. »Nein, ganz sicher nicht.«

Sie stockte. Mila aus dem Kurs zu holen, damit sie das Video löscht, war nur Vorwand als Teil eines kleinen Selbstbetrugs gewesen. Mila hatte recht, in Rosa schlummerte die uneingestandene Hoffnung, nützlich und bedeutsam zu sein, womöglich Einfluss zu haben, um Gutes zu bewirken. Doch Rosa zögerte. Es fiel ihr schwer, sich zu ihren Wünschen zu bekennen. Zu viele Jahre hatte Rosa sie verdrängt. Schlechte Erfahrungen hatten sie gelehrt, ihre Sehnsucht zu unterdrücken. Aber eine kleine List half ihrem Sinneswandel auf die Sprünge. Wenn Mila fortführen würde, ohne Rosas Wissen und Mitsprache Videos zu verbreiten, wäre es dann nicht ratsamer, sich daran zu beteiligen, statt als unmündiges Opfer Milas Willkür ausgeliefert zu sein? Wäre es nicht sinnvoller, Mila unter Kontrolle zu bringen und Ausrichtung sowie Aussage des Verbreiteten selbst zu bestimmen? Wäre es nicht besser, statt der *crazy old Lady* diejenige zu sein, die etwas Entscheidendes zu sagen hat?

»Könnte das auch anders aussehen?«, fragte Rosa und deutete auf ihr Youtube-Video.

»Du meinst, wenn du eine Frisur hättest und dich wie ein normaler Mensch anziehen würdest?«, fragte Mila.

»Nein, das meine ich nicht, Mila. Ich beziehe mich auf Bild- und Tonqualität, die Aufnahme selbst, könnte die mehr Film und weniger verwackelt sein?«

»Also, das ist eigentlich genau der Style, den Influencer haben, aber klar, mit besserem Equipment könnte ich coole Filter und Sounds drüberlegen.«

»Nein, Mila, cool wird hier sicher nichts, aber vielleicht professioneller. – Hör zu, ich mache dir einen Vorschlag. Entweder du nimmst ihn an oder wir lassen es. Ich werde dir helfen, dein Kurszeugnis zu bekommen, aber ausschließlich auf meine Weise. Einverstanden?«

»Okay. – Alles ganz wie du es willst«, sagte Mila und hielt Rosa ihre offene Hand hin.

»Deal or no deal?«

»Deal.«

Mila konsultierte bei jedem Schritt das GPS ihres Smartphones. Auf dem Display war der Weg viel kürzer erschienen, als er sich nun in echt herausstellte. Sie ärgerte sich, keinen E-Scooter genommen zu haben. Als der blaue Punkt auf ihrem Handy behauptete, sie wäre am Ziel, blickte sie auf und sah eine Schiebetür mit aufgemaltem Traktor, genau wie Rosa ihn beschrieben hatte. Zudem stand Rosa vor dem Eingang und winkte.

»Das ist also deine Hauptnahrungsquelle?«, fragte Mila, als sie bei ihr war. Rosa nickte und betrat Bertrams 1er-Laden. Noch war es ruhig. Die Leistungsträger der Gesellschaft würden erst kurz vor 19 Uhr in ihren abgasgefakten Geländewägen vorfahren und das Geschäft mit Hast fluten.

Mila betrachtete die Welt aus großzügig arrangierten Holzregalen, die ein Flair aus Naturnähe und Hyperurbanität vermittelte. Es war nicht ihre Welt, aber sie war bereit, sich für ihr Social-Media-Projekt darauf einzulassen. Rosa hielt nach Bertram Ausschau. Sie sah nur eine seiner studentischen Schönheiten gelangweilt hinter der Theke lümmeln. Rosa wollte in sein Büro. Er hatte ihr vor langer Zeit unbeschränkten Zutritt gewährt. Dennoch hätte sie anklopfen sollen. Auch, dass die Studentin mit Elan hinter dem Tresen vorsprang, um sie aufzuhalten, hätte ihr zu denken geben können.

»Ich suche Bertram«, rechtfertigte Rosa ihr Vordringen, was die Studentin vollends aus dem Konzept brachte, als wäre sie die Einzige, die ihren Chef beim Vornamen nannte. Hilflos gegenüber Rosas Forschheit verzog sie sich. Der spitze Schrei, der auf die Erstürmung folgte, ließ Rosa die

Situation schnell erfassen. Sofa, Bertram, darunter junge Mitarbeiterin. Rosa machte kehrt, schob Mila, die ihr dicht gefolgt war, aus dem Zimmer.

»Gut, dann zuerst einkaufen«, meinte Rosa. »Bist du hungrig?«

Kulinarik gehörte nicht zu Milas vorrangigen Themen. Sie zuckte mit den Schultern und hing dem Eindruck der vorangegangenen Szene nach. Rosa hetzte durch die Gänge, packte Fenchel, Brokkoli, Karotten in ihren Rucksack. Mila blieb in Rosas Windschatten. Noch vor der Kassa hatte Bertram die beiden eingeholt.

»Rosa?«, fragte er, als wäre es ungewöhnlich, sie hier anzutreffen.

»Bertram, schön dich zu sehen! Darf ich dir Mila vorstellen?«, sagte Rosa, und noch bevor er seiner Art entsprechend Mila herzlich willkommen heißen konnte, erkundigte sich Rosa nach seinem Computer.

»Wir brauchen einen guten PC. Hast du doch, oder?«

»Rechner«, korrigierte er ernst.

Rosa wusste selbstverständlich, welchen Schatz er in seinem Hinterzimmer hütete. Gab es früher die Stromfresser *Fender, Gibson*, doppeltüriger Kühlschrank, hatte er sich in den letzten Jahren ein neues Fundament für sein schlechtes Gewissen zugelegt. Sie kannte den CO_2-Abdruck der in China von Kinderhänden hergestellten Geräte – oh, selbstverständlich von gut bezahlten, gut ausgebildeten Industriearbeiterinnen, während geregelter Achtstundentage mit gesetzlichen Pausen an von unbestechlichen Arbeitsinspektoren geprüften Montageplätzen, genau wie es in der Firmen-Compliance deklariert wurde. Sie wusste von illegaler Elektroschrottentsorgung in Ghana. Sie war über den Lithium-Abbau in Chile bestens informiert. Sie kannte den Zusammenhang zwischen dem Abfallprodukt Natriumhydroxid, das Böden und Trinkwasser kontaminierte, und der Verdrängung von indigener Bevölkerung durch Zerstörung ihrer Lebensgrundlage. 80 000 Liter Trinkwasser pro Stunde Lithium-Förderung, auch in anderen Abbauregionen. Ihr war das Perpetuum mobile aus Anschaffung, Updates und Aufrüstung bekannt, welches sich über Tastatur, Scanner, Drucker, Kamera, Grafikkarte, Soundsystem und jede Menge Accessoires erstreckte. Rosa wusste, die maßgebliche Variable für nichtnachhaltiges Verhalten war die Einkommenshöhe, und die hatte bei Bertram in den letzten Jahren erheblich zugelegt. Er war dem Konsumzwang auf digitaler Ebene hoffnungslos erlegen. Rosa liebte es, ihn damit aufzuziehen.

Er schaute von Rosa zu Mila und wieder zurück. Dann schlug er die Hände zusammen, froh darüber, helfen zu können. Froh darüber, durch gemeinsame Nutzung seiner Geräte seinen Materialfußabdruck zu halbieren, seinen Rohstoffverbrauch zu legitimieren und seine Schuldgefühle drastisch zu minimieren.

»Freilich. Sehr gerne«, sagte er und ging ihnen voraus.

Schreibtisch aus Vollholz, ergonomischer Sessel, Rechner, 32-Zoll HD-Screen, externe Boxen, Keyboard, Mikrofon, Multimedia-Interface – Bertrams Arbeitstisch war beeindruckender als die Kommandobrücke von Raumschiff Enterprise. Er hatte alles, was aus dem Hause des Apfels zu erwerben war, weitaus mehr, als er für sein Unternehmen und sein musikalisches Hobby jemals brauchen konnte.

Mila ließ sich auf seinen Bürosessel nieder wie Dorothy im Zauberer von Oz in die roten Schuhe. Sie war angekommen im Märchenland, das sie hinter der schnöden Tür dieses Bioladens niemals vermutet hätte. Bertrams widersprüchliche Identitäten in der Multioptionsgesellschaft waren für ihn so vereinbar wie für Mila reizvoll. Sein Nischenaktivismus bei gleichzeitigem Bedürfnis nach einkommensgekoppeltem Ressourcenverbrauch war so verlogen wie anziehend. Sie mochte seine Inkonsequenz und schenkte ihm ein Lächeln, das Bertram sofort jeglicher Gewissensbisse enthob. Es war Übereinstimmung auf den ersten Blick. Wie glücklich er war, behilflich zu sein.

»Klangeffekte. Alle«, hauchte er und schob ihr das Keyboard hin, wobei sich ihre Fingerspitzen berührten. Zart, aber elektrisierend. In Milas Gegenwart traute er sich zu zeigen, wie er war, verspielt und genusssüchtig, technikaffin und komponentengeil. Und Mila erwiderte seine digitale Leidenschaft, ja mehr noch, sie hatte tiefstes Verständnis für sein Laster. Er richtete ihr sofort einen eigenen Arbeitsbereich ein, führte sie ins Handling des Video-Kits ein, fachsimpelte über Kameralinsen und Retina-Technologie.

Rosa war inexistent in diesem Zweisamkeitsvakuum. Bevor die Stimmung im Hinterzimmer sich in Stromschlägen entladen würde, brachte sie sich wieder in Erinnerung.

»Gut, Mila, ich sehe, du kennst dich so weit aus. Und Bertram, wäre es in Ordnung, wenn wir deinen Computer morgen unter Beschlag nehmen?«

»Absolut!«, sagte er. Ihr schien, er lallte vor Euphorie. »Wann immer, so oft und so lange ihr wollt. Mi Rechner es su Rechner.«

Es dämmerte, Rosa zündete zwei Stumpenkerzen aus Bienenwachs an und stellte sie auf den Küchentisch. Mila besichtigte die Wohnung.

»Krass, wie wenig du hast. Nicht mal Bücher«, sagte sie, als sie in die Küche zurückkam.

»Die hole ich mir aus der Bücherei. Es wäre doch schade, ein Buch nur ein einziges Mal zu lesen, bei durchschnittlich 1 Kilo CO_2 pro Exemplar.«

Rosa heizte den Herd an, setzte Linsen auf und holte Zwiebeln aus der Vorratskammer. Mila nahm sich ein Glas vom Küchenregal.

»Ich habe schon eine Handpumpe befürchtet«, sagte sie und drehte den Wasserhahn auf.

»Die wäre gar nicht schlecht. Sie spart zwar nur 18 Kilo CO_2 pro Jahr ein, aber verhindert zuverlässig unnötigen Wasserverbrauch.«

»Was in dieser Wohnung garantiert nicht passiert.«

»Nein, sicher nicht!«, sagte Rosa.

Sie hackte Zwiebeln und wischte sich mit dem Handrücken Tränen aus den Augen. Mila setzte sich an den Tisch.

»Ist das krankhaft? So eine Art Sparwahn oder wie zwanghaftes Zählen?«, fragte sie und machte sich mit Bertrams Video-Kit vertraut, das er ihr generös überlassen hatte.

»Interessant. Du fragst mich, ob ich krank bin, statt diejenigen, die nicht wissen, welche Schäden sie mit ihrem Verbrauch verursachen«, sagte Rosa.

»Und wie lange lebst du schon so ...?«, fragte Mila. Sie suchte nach einem passenden, nicht allzu verletzenden Wort.

»Mit so hoher Lebensqualität?«, ergänzte Rosa.

»So karg?«, fragte Mila.

»In größtmöglicher Freiheit und Unabhängigkeit ohne Belastung durch unnötige Dinge und dafür verschwendeter Erwerbsarbeitszeit?«, korrigierte Rosa.

Sie schob die gehackten Zwiebeln mit der Messerkante vom Holzbrett. In der Pfanne zischte das erhitzte Sonnenblumenöl.

»Das ging schleichend, hat aber früh angefangen. Schon in der Volksschule hat mich unsere Lehrerin sensibilisiert. Waldsterben, Antiatomkraft, Mülltrennung, Tierschutz, das waren damals die Themen, die mich bewegten. Später ging ich auf Demonstrationen für ein Tiertransportgesetz, wurde Vegetarierin, lernte faire Entwicklungszusammenarbeit kennen. Dann kamen das Ozonloch und die Rettung des Regenwalds dazu. Ich dachte, jede*r würde für den Erhalt des Planeten und seiner Artenvielfalt kämpfen. Doch als ich nach der Matura in einer Versicherung zu arbeiten begann, musste ich einsehen, dass meine Annahme nicht den Tatsachen entsprach. Meine Kolleg*innen wurden zwar traurig bei Fotos von toten Löwenbabys, aber im Grunde war ihnen Umweltschutz herzlich gleichgültig. Ich habe viele Jahre und noch mehr herbe Enttäuschungen gebraucht, um das zu begreifen. Letztendlich erkannte ich, dass ich andere Menschen nicht ändern kann. Den einzigen Einfluss, den ich habe, ist der auf mich selbst. Mit meinem Lebensstil. Daher beschloss ich, so wenig wie möglich zu brauchen, denn jede wirtschaftliche Aktivität verursacht Emissionen. Jede. Ich verzichtete auf immer mehr Dinge und merkte, dass ich immer besser und freier lebte. Qualität statt Quantität. Außerdem interessieren mich Konsumgüter nicht sonderlich. Lieber gehe ich spazieren, lese oder schlafe. Schlafen ist überhaupt das Klimafreundlichste, was man machen kann.«

Mila schüttelte fasziniert von Rosas Wahnsinn den Kopf.

»Du spinnst«, sagte sie.

Rosa holte einen Bund Karotten aus ihrem Rucksack und fing zu schälen an.

Mila justierte die Beine des flexiblen Stativs am Esstisch. Dabei ließ sie den Blick auf der Suche nach einem passenden Hintergrund schweifen. Sessel, Herd, halbes Weinfass, Holzkommode mit Geschirr, einige alte Töpfe und Pfannen oberhalb des Herds – der Raum gab nicht viel her.

»Aber ist dir dein Leben nicht zu armselig?«, fragte sie.

»Nein, keinesfalls. Wenig zu brauchen und nichts kaufen zu müssen, ist der größte Luxus für mich. Aber leider wird mir auch noch das Allernötigste geraubt. Meine Ruhe durch den Lärm der Verbrennungsmotoren beispielsweise, frische Luft durch bodennahes Ozon, Kohlendioxid, Schwefelwasserstoff und Feinstaub. Man stiehlt meinen Platz im öffentlichen Raum und gibt ihn Autos und Werbeflächen. Man nimmt mir Grünflächen, Vogelgezwitscher, Insektengesumm und mutet mir heißen Asphalt zu. Man stiehlt mir ein sorgenfreies Leben, weil ich tagtäglich sehe, dass das Anthropozän kein gutes Ende nehmen wird.«

Rosa schnitt währenddessen Karotten würfelig, gab sie in die Pfanne und röstete sie gemeinsam mit den Zwiebeln an. Mila hielt das Stromkabel der Kamera auf der Suche nach einer Steckdose in ihrer Hand.

»Negativ«, sagte Rosa.

»Gibt's doch nicht«, sagte Mila. »Jede Wohnung hat Strom.«

Gleich neben der Eingangstür oberhalb der Sesselleiste entdeckte sie eine Steckdose.

»Bingo!«, rief sie. Doch als sie die Kamera ansteckte, lief die weiter auf Akkubetrieb und lud sich nicht auf.

»Keine Elektrizität, keine Stromrechnung. Brauch ich nicht.«

»Ist das die Steinzeit, vor der wir gewarnt wurden?« Mila spielte auf ein beliebtes Argument von Personen an, die sich gerne in der Nähe von veralteten Technologien wie Ottomotoren zeigten.

»Nein, das, was du meinst, ist die pure Panik vor dem V-Wort. Verzicht. Aber keine Sorge, du bist bei mir in der Zukunft, wo Lebensqualität nicht an Energieverbrauch gekoppelt ist.«

»Wie auch immer«, sagte Mila, »der Akku ist ohnehin voll und reicht für Stunden«.

Der Duft der angebratenen Zwiebeln lockte Mila an den Herd. Rosa prüfte, ob die Linsen fertig waren.

»Und wenn es gar nicht so schlimm wird, wie du befürchtest? Wenn es bei den paar Waldbränden, Überschwemmungen und Dürrekatastrophen bleibt? – Die es übrigens schon immer gegeben hat. Dann hättest du dir dein ganzes Leben völlig umsonst versaut, und deine moralische Überlegenheit wäre reine Einbildung.«

Rosa stemmte einen Arm in die Hüfte und schaute Mila skeptisch an. Sie wusste eigentlich nichts über diese Frau. Nicht, woher sie kam, wer sie war oder was sie wollte – außer ein Kurszertifikat für bessere Jobchancen.

»Weißt du, ich fühle mich der Zukunft gegenüber verpflichtet, selbst wenn wir keine mehr haben und es auf mich allein nicht ankommt«, sagte Rosa.

Mila rückte die Kamera in Position.

»Sag mal, hast du ein Bier für mich?«, fragte sie.

Rosa deutete zur Speisekammer, dort sollten noch einige Flaschen sein, die Bertram von einer Privatbrauerei mitgebracht hatte. Mila kam mit einem Craftbier zurück. Sie zog ein Feuerzeug aus der Gesäßtasche und öffnete den Kronkorken. Nach einem kräftigen Schluck rülpste sie laut und fragte, ob das Essen bald fertig wäre oder sich noch eine Zigarette ausginge.

»Aber bitte mach das Fenster auf«, sagte Rosa.

Mila setzte sich auf das Fensterbrett und wuzelte einen Joint.

»Voll biologisch home-grown, kannst beruhigt sein«, sagte sie, als sie Rosas misstrauischen Blick bemerkte, und schleckte das Paper ab. Um das einseitige Interview zu unterbrechen, erkundigte sich Rosa nach Milas Tätowierung.

»Die Weinranke? Weil sie vielseitig ist. Sie ist grazil, aber kommt mit rauen Bedingungen zurecht; trägt süße, saftige Früchte, wächst aber in trockenem Boden; reckt ihre feinen Triebe der Sonne entgegen, während ihr knorriger Stamm tief wurzelt. Sie ist eben eine wunderschöne, farbenprächtige Überlebenskünstlerin.«

Mila blies lasziv Rauch aus dem Fenster. Rosa überlegte, ob sie bloß Publikum für Selbstdarstellung war oder ob die Inszenierung mehr über Mila verriet, als diese beabsichtigte.

»Oh, wie poetisch. Und weshalb überhaupt ein Tattoo?«, fragte Rosa und gab die Linsen zu den angerösteten Zwiebeln in die Pfanne.

»Weil wir ohnehin alle Gezeichnete sind, aber ich mein Zeichen selbst wähle.«

»Okay«, sagte Rosa wie eine Erwachsene, die jugendlicher Theatralik ratlos und ungläubig gegenübersteht.

Sie stellte die Pfanne auf den Tisch, holte zwei Teller und setzte sich. Aus der Tischlade zog sie zwei Löffel, einen davon hielt sie Mila hin. Beide aßen schweigend nebeneinander. Nachdem sie aufgegessen hatte, wischte sich Mila mit dem Handrücken über den Mund.

»Ich finde, wir sollten mit den Fotos für deinen Webauftritt loslegen«, sagte Mila. »Vielleicht probieren wir mal das Weinfass als Hintergrund?«

Rosa erhob keinen Widerstand, sondern stellte sich breitbeinig mit verschränkten Armen hin und schaute ausdruckslos in die Kamera.

»Lächeln, Rosa!«, animierte Mila.

»Nein«, sagte Rosa.

»Nur ein bisschen!«

»Keinesfalls! Auf meine Art oder gar nicht, so lautet unsere Abmachung.«

Mila seufzte, machte einige Fotos, bis es Rosa vor dem Weinfass zu blöd wurde. Sie setzte sich an den Tisch, Mila nahm ihr gegenüber Platz und fing Rosas Silhouette in schwachem Gegenlicht und in Untersicht ein.

»Mach doch mal ein Duckface, nur so zum Spaß«, versuchte es Mila erneut.

»Nein, sicher nicht. Was soll das überhaupt sein?«, fragte Rosa, die sich mit gekreuzten Armen zurücklehnte.

»Echt jetzt? Du weißt nicht, was ein Duckface ist?«, fragte Mila, drückte noch einige Male den Auslöser, dann legte sie die Kamera weg und sprang auf.

»Na, das hier«, sagte sie und zog eine Schnute. Gleichzeitig machte sie große Augen und hielt den Kopf schräg.

»Mache ich nie und nimmer«, sagte Rosa. Mila streckte ihren Hintern raus, stemmte die Arme in die Hüften, öffnete ihre hochgesteckten Haare und ließ sie über die Schulter fallen.

»Entsetzlich!«, rief Rosa.

Mila beugte sich vor, presste beide Arme in Brusthöhe zusammen, wodurch sich ihr Busen hob.

»Mila, ich bin gerade sehr froh, alt zu sein und mich nicht mehr derart präsentieren zu müssen.«

Rosa ging ins Schlafzimmer und holte zwei Bleikristallgläser aus der Truhe.

»Muss ja niemand. Keiner wird dazu gezwungen«, rief Mila ihr hinterher.

»Du weißt, dass Freiwilligkeit viele Facetten hat«, sagte Rosa, als sie zurückkam. »Ich finde es jedenfalls verstörend auffällig, dass plötzlich alle jungen Frauen gleich aussehen und ähnliche Fotos von sich machen.«

Sie stellte die Gläser auf den Tisch und entkorkte eine Flasche Rotwein.

»Und, wie machen wir weiter?«, fragte sie.

»Mit einem Namen für deinen Blog«, sagte Mila.

Sie setzte sich und prostete Rosa zu. Vor dem Fenster war es Nacht geworden.

»Dunkelrosa«, schlug Rosa vor.

»Dunkelrosa?«

Mila leerte ihr Glas auf ex.

»Gut, wie du willst, nennen wir deine Seite eben *Dunkel-*

rosa. Aber lass uns morgen mit den Aufnahmen weitermachen, heute ist es bereits zu finster und du crazy old Lady hast nicht mal elektrisches Licht.«

»Nichts da«, sagte Rosa, »wir machen jetzt weiter.«

Sie nahm einen Schluck vom Rotwein, setzte sich auf den Tisch neben die Bienenwachskerzen und baumelte mit den Beinen. Mila akzeptierte die mangelhaften Lichtverhältnisse und positionierte Stativ und Kamera so, dass die Küchenkredenz vage im Hintergrund erkennbar war. Im Vordergrund fokussierte sie auf Rosa, seitlich vom Kerzenschein beleuchtet. Die Stimmung wirkte privat und zugleich ein wenig unheimlich, wie bei einer Patience oder intimen Plauderei am Lagerfeuer.

»Also, wie können wir die Welt retten?«, fragte Mila aus dem Off.

»Indem wir eine Erderwärmung von über zwei Grad verhindern.«

»Und wie gelingt uns das?«

»Gar nicht«, begann Rosa ihre Ausführungen.

In Gedanken schnitt Mila die Aufnahme bereits zu leicht konsumierbaren, maximal fünfminütigen Beiträgen zusammen, die sie unter dem Link: Weshalb wir nicht zu retten sind auf den Videoblog stellen würde, mit dem jeweils behandelten Topic als Untertitel.

Personenkraftwagen: »Schon unser Festhalten am Auto und dessen unverrückbare Stellung in der Gesellschaft qualifiziert uns für unsere Auslöschung. Das Auto ist nicht nur Symbol für überschießende Fehlwirtschaft, vorherrschende Machtverhältnisse im Patriarchat und unverhältnismäßige Ressourcenverschwendung, es ist eine einfache Maschine, die im System der Gewinnmaximierung zum Distinktionsmerkmal und zur Kulmination von Lebenssinn geworden ist. Es ist Ausdruck kollektiven Wahnsinns.

Furzt jemand in einem Gastgarten, ist allgemeine Empörung garantiert. Hält daneben ein SUV im Standgas, finden das alle völlig normal. Wir überlassen den Personentransportmaschinen zwei Drittel des öffentlichen Raums, legen damit aber lediglich 27 Prozent aller Wege zurück. Alle übrigen Verkehrsteilnehmer*innen und Lebewesen in der Stadt werden vom Diktat des Verbrennungsmotors verdrängt. Sie müssen sich entlang der Hausmauern oder unterirdisch fortbewegen und dürfen Straßen ausschließlich an gekennzeichneten Stellen im rechten Winkel überqueren. Kinder haben sich dem Autoverkehr ausnahmslos unterzuordnen. Bei Unachtsamkeit riskieren sie ihr junges Leben. In Österreich gibt es jährlich etwa 2 200 verletzte und sieben getötete Kinder im öffentlichen Raum, obwohl sie vom Vertrauensgrundsatz ausgenommen sind. Wir beschränken lieber uns als unsere Transportmaschinen.

Das mit wertvollem fossilen Brennstoff betriebene Werkzeug verursacht CO_2 sowohl bei seiner Produktion als auch bei der Anwendung. Die Förderung des benötigten Rohöls, dessen Raffinerie und Distribution sowie der Abbau der Rohstoffe Zink, Aluminium, Kupfer, Stahl inklusive Transport und Verarbeitung derselben bewirken ungeheure Emissionen und irreparable Schäden an der Biosphäre. Die Herstellung eines einzelnen PKWs stößt etwa 8 Tonnen CO_2 aus. Ein SUV verursacht 25 Tonnen Kohlendioxid. Jeder gefahrene Kilometer bläst zwischen 500 Gramm und 1,5 Kilo CO_2 in unsere Atemluft und heizt unserer Atmosphäre ein.

Autos sind die Kugel, die wir uns in die Schläfe schießen, aber wir reden uns ein, ein Leben ohne sie wäre trostlos. Solange ihr Gebrauch nicht zweckgebunden reglementiert und weitestgehend verboten ist, sind wir nicht zu retten.

<u>E-Mobilität:</u> Verschont mich mit Elektroautos. Nein, E-Mobilität bringt keine Rettung! Sie ändert nichts an der Vor-

herrschaft des Autos. Sie beschleunigt zudem den Verkehr durch E-Scooter und E-Bikes. Durch sie werden Fußgänger*innen zu Stromverbraucher*innen. E-Mobilität verschärft das Energie- und Ressourcenproblem. Der Abbau von kostbaren Rohstoffen für Elektromotoren, Batterien und Akkus verwüstet immer entlegenere Regionen. Die Einsparungen neuer Technologien verlaufen sich zudem im Reboundeffekt, der eine effizientere Anwendung durch Nutzungszuwachs zunichtemacht.

Auch die E-Mobilität ist trotz gegenteiliger Hoffnungen unfähig, physikalische Gesetze außer Kraft zu setzen: Einem System kann niemals mehr Energie entnommen werden, als zugeführt wurde. Solange unser Energieverbrauch wächst, wächst der dafür entstandene Schaden.

Zu viel: Wir sind wegen unseres kollektiven Verschwendungswahns nicht mehr zu retten. Wir haben nie genug. Mit allem schießen wir übers Ziel. Egal ob für Elektrogeräte mit ihren Sollbruchstellen oder dem verringerten Lebenszyklus von Handys, für den Abbau von Edelmetallen und seltenen Erden zerstören wir skrupellos einzigartige Ökosysteme. Egal ob bei Waffen- oder Autoproduktion, Atomkraft, Erdöl oder Erdgas, wir wollen mehr. Egal ob Langstrecken- oder Kurzstreckenflug (aktuell wieder täglich über 100 000 Flüge weltweit, wobei eine Langstrecke 100 Tonnen Kerosin verbrennt), Luxusgüter, Tourismus oder Bekleidung, wir sind unfähig, Maß zu halten. Seit 1970 hat sich der globale Ressourcenverbrauch vervierfacht. Österreichs Materialfußabdruck hat sich von 1990 bis 2015 um rund 52 Prozent erhöht.

Selbst in unserer Freizeit geben wir keine Ruhe. Nicht zufällig heißt es FreizeitINDUSTRIE. Wir verpesten zum Spaß den gesamten Globus. Kunstfasern von atmungsaktiver Sportkleidung lassen sich in der Antarktis finden, synthetische Laufschuhe treiben im ozeanischen Mikroplastikstrudel, Kunstschnee am geschmolzenen Gletscher, Dopingmittel im Abwasser. Unsere Aktivitäten wachsen unbegrenzt wie unsere Wirtschaft. Auf Sinn und Qualität legen wir dabei keinen Wert.

Wir essen zu viel, wir trinken zu viel, wir verdrecken zu viel Wasser, wir verbrauchen zu viel Sand, wir verdrängen zu viele Tier- und Pflanzenarten. Wir fördern zu viel. 240 Prozent mehr Kohle, 57 Prozent mehr Erdöl und 71 Prozent mehr Erdgas als im Pariser Klimaabkommen vereinbart. Die Produktionsmengen an fossilen Brennstoffen im Jahr 2030 werden mehr als doppelt so hoch sein, wie sie für das 1,5-Grad-Ziel sein dürfen. Weil wir nicht aufhören zu wollen. Wir unterliegen dem Zwang, uns anzutreiben, der Katastrophe entgegen.

Digitale Innovationen: Retten uns nicht. Apps, Cloud, Künstliche Intelligenz, Internet of Things verschlimmern Rohstoff-, Abfall- und Emissionsprobleme. Speichern, Kopieren, Hochladen, Streamen kennen keine Sättigung. Rechenzentren und Serverfarmen stoßen weltweit 160 Millionen Tonnen CO_2 jährlich aus und versiegeln Tausende Quadratkilometer kostbares Erdreich. Tendenz steigend. Kryptowährungen, Blockchain, Mining emittieren 68 Millionen Tonnen CO_2 pro Jahr. Tendenz rasend schnell steigend. Informations- und Kommunikationstechnologie einschließlich Produktion und Entsorgung reiten uns mit 1,4 Milliarden Tonnen Kohlendioxid weiter ins Unglück.

Geoengineering, Carbon Capture, Carbon Storage, Wasserstoffantrieb sind keine Rettung, weil deren Einsatz ungeheure Mengen an Energie erfordert. Außerdem sind diese Technologien entweder inexistent oder unausgereift. Selbst die beste Erfindung kann physikalische Gesetze nicht aushebeln: Jeder Gebrauch von Energie endet in Wärme.

Haustiere: Werden milliardenfach von uns missbraucht. Als Lebensmittel und emotionales Surrogat. Sie verursachen Methan, ihre Weidefläche verdrängen Urwälder und Biodiversität. Sie sind wandelnde Medikamentenhalden. Ihre Haltung fördert die schnell wachsenden Wirtschaftszweige Tiernahrung und Heimtierbedarf sowie Metalldosenproduktion und Kunststoffindustrie. Ich liebe Tiere, aber wir müssen sie in Ruhe lassen und auf sie verzichten. Weltweit 1 Milliarde Rinder, 738 Millionen Schweine, 26 Milliarden Hühner, 500 Millionen Hunde, 200 Millionen Katzen. Wir sind abhängig von ihnen und nicht zu retten.

Kinder: Beschleunigen den Countdown zum Untergang. Sie setzen den seit Jahrzehnten praktizierten Irrsinn des Überkonsums exponentiell fort. Denn auch ihr Traum eines erfüllten Lebens ist, immer mehr Besitz in immer größeren Ausführungen zu sammeln. Sie treiben Verbrauch, Ausbeutung, Vernichtung voran. Freiwillige Wachstumsbeschränkung ist nicht zu erwarten. Da Nachkommenschaft für die meisten der acht Milliarden Menschen auch weiterhin unverzichtbar scheint, bedeuten Kinder Bedrohung, nicht Rettung.«

Als Rosa am nächsten Tag in Bertrams Büro kam, saßen er und Mila vor dem 32-Zoll-Monitor und kicherten. Zwei Gaming-Comrades, die Schulter an Schulter Autowettrennen spielten. Rosa schloss die Tür hinter sich. Im Laden hatte die samstägliche Einkaufshölle ihre Pforten geöffnet und kaufwütige Konsumteufel ausgeschickt. Getrampel und aggressionsgeladenes Gehetze war zwar ausgesperrt, aber bedrohlich laut durch die Tür zu hören. Draußen streifen ausgehungerte Vampire auf der Suche nach Waren durch die Gänge und ich sitze hier drin in der Falle, dachte Rosa.

»Alles okay?«, fragte Mila. Sie streckte zur Begrüßung ihren Daumen nach oben, in der anderen Hand hielt sie eine Spielekonsole.

»Hey Rosa!«, sagte Bertram, ohne den Blick vom Bildschirm zu nehmen. »Gewonnen!«, rief er und riss beide Arme in die Höhe. Mila machte eine Kopfbewegung, als könnte sie nicht anders, als ihn gewinnen zu lassen. Der fortgeschrittene Freundschaftsstatus der beiden überraschte Rosa, bis ihr einfiel, wie leicht es war, mit Bertram vertraut zu werden.

Plötzlich ertönte ein seltsames Summen, als sanktionierte ein Quizmaster die falsche Antwort eines Kandidaten. Bertram schnellte hoch.

»Sorry, das gilt mir, der Notfall-Buzz«, sagte er und warf die Konsole von sich. »Ich muss raus, die Menge vor Körperverletzungen bewahren.«

Er winkte kurz, als er sich an Rosa vorbeizwängte, und war aus dem Zimmer. Mila ließ Rosa keine Zeit, über die Szene nachzudenken.

»Schau mal, was sagst du dazu?«, fragte sie und machte Rosa Platz vor dem Bildschirm. *Dunkelrosa* stand in klarer Schrifttype in einem Spektrum aus Erdtönen vor holzfarbenem Hintergrund am oberen Bildrand. Nichts blinkte, glitzerte oder flappte auf. Stattdessen herrschte übersichtliche, sachliche Ruhe. Rosa mochte den minimalistischen Stil sofort.

Mila lud die Fotos vom Vortag hoch. Sie suchte das Bild, wo Rosa im Gegenlicht mit verschränkten Armen am Küchentisch saß. Während sie es bearbeitete, verfolgte Rosa die Vorgänge am Bildschirm, wie Tricks in einer Zaubershow. Sie wusste, dass hinter der Magie nichts als Übung im Umgang mit einem Software-Programm steckte, doch sie hatte keinen Schimmer, wie Mila tat, was sie tat. Plötzlich hörten die zahlreichen, flinken Klicks auf und

Rosas Foto erschien hinter dem durchlässigen Schriftzug im oberen Viertel der Webseite. Rosas Gesicht war zu erkennen, doch so mit der warmen Hintergrundfarbe verwoben, dass ihre Konturen eher Schemen als exaktes Porträt blieben.

»Und trotz dieses Könnens hast du Probleme, einen Job zu finden?«, fragte Rosa angetan.

»Dummerchen«, sagte Mila, »das ist maximal der Ansatz einer Qualifikation, weil absolut basic. Aber danke für dein Lob, auch wenn es aus dem Mund einer Ahnungslosen kommt. – So, setzen wir unser Shooting fort?«

»Sicher«, sagte Rosa und merkte, dass ihre Untätigkeit neben Mila sie ermüdet hatte. Sie klopfte sich auf die Oberschenkel, um ihren Kreislauf in Schwung zu bringen. Aus der Ecke des Hinterzimmers, wo früher Bertrams *Fender*-Bass griffbereit verstaut gewesen war, bevor er gemeinsam mit der *Gibson* als Dekoelement über das Sofa an die Wand gehängt wurde, holte sie einen schäbigen grünen Klapptisch, von dem Farbe abblätterte. Sie stellte ihn vor die gekalkte Ziegelmauer, setzte sich mit dem Rücken zur Wand und wartete, bis Mila die Kamera ihr gegenüber aufgebaut hatte. Rosa äußerte Bedenken wegen des Lärms aus dem Laden, doch Mila beruhigte sie, sie würde ohnehin chillige Hintergrundmusik unterlegen.

»Keine Musik!«, rief Rosa, als hätte Mila ihr eine Python um die Schultern hängen wollen.

»Okay, okay, dann keine Soundloops und Clubsamples, ganz wie du willst.«

Mila schüttelte den Kopf und richtete Stativ, Kamera und Mikro ein. Rosa solle wegen der Geräusche von draußen unbesorgt sein, das Mikro nähme nur ihre Stimme auf.

Rosa fühlte eine Mischung aus Unglauben, Trägheit und Unwillen in sich, zusammen mit der Frage, weshalb sie sich das hier überhaupt antat. Dann erinnerte sie sich, dass Mila an ihre Hilfsbereitschaft appelliert hatte. Dass sie jenen Punkt in ihr angesprochen hatte, den Rosa als Gradmesser für Menschlichkeit ansah. Wenn du jemandem nicht hilfst, obwohl du darum gebeten wurdest und du helfen könntest, welcher Mensch bist du dann?

»Also«, sagte Rosa schon etwas enthusiastischer, »bringen wir es hinter uns.«

Sie setzte sich so gerade hin, dass sie ihre Sitzknochen spürte.

»Wenn ich von Katastrophe, Auslöschung oder Untergang spreche, meine ich den Zusammenbruch unserer Zivilisation, also unseres Alltags, wie wir ihn kennen, mit Bequemlichkeiten, Infrastruktur, Rechtsstaatlichkeit und anderen Errungenschaften, die wir als selbstverständlich ansehen. Was ich damit nicht meine, ist Weltuntergang. Die Welt wird nicht untergehen. Nicht wegen uns. Das natürliche Gleichgewicht wird sich nach der von uns verursachten Störung wieder erholen und einpendeln. Die Welt hat Zeit, wir nicht. Und wir – das sind aktuell acht Milliarden Menschen – können nur unter eng gesteckten Bedingungen leben. Hauchdünn wie Humusschicht, gemäßigte Vegetationszone und zivilisatorische Decke. Wir können uns zwar an ungastliche Wetterverhältnisse anpassen, an Ausnahmesituationen und Krieg gewöhnen. Wir können künstlich ernährt werden, ohne Tageslicht in Bunkern hausen und in Isolation überleben. Aber wollen wir das? Acht Milliarden Menschen benötigen ein Feintunig an Außentemperatur, sauberem Wasser, reiner Luft, nahrhaften Lebensmitteln, Hygiene, ausreichend Sonnenlicht, Bewegung und geistigen sowie körperlichen Austausch mit Menschen und außermenschlicher Welt, nicht nur um zu überleben, sondern um zu leben – und leben zu wollen.

Wir haben unter dem Zwang des unbegrenzten Wirtschaftswachstums natürliche Ressourcen achtlos ausgebeutet sowie fossile Brennstoffe in ungeheuren Mengen verbrannt und damit Entwicklungen ausgelöst, die sich nun unaufhaltsam selbst verstärken und unsere Lebensbedingungen zerstören. Wir wissen: Die weißen Flächen der Gletscher und Eisschilde verschwinden, durch frei werdende dunkle Landmassen und Meeresoberflächen heizt sich die Atmosphäre weiter auf. Permafrostböden tauen auf und werden doppelt so viel Treibhausgas freisetzen, wie aktuell in der Atmosphäre angereichert ist. Eine ähnliche Wirkung tritt bei borealen Wäldern ein, die riesige Flächen der Nordhalbkugel überziehen, gewaltige CO_2-Speicher sind, aber gerodet werden und aufgrund von Trockenheit immer öfter Bränden zum Opfer fallen. All das ist seit Jahrzehnten bekannt, mittlerweile sogar einem überwiegenden Teil der Bevölkerung.

Doch ich will von Zusammenhängen sprechen, die den meisten noch verborgen sind. Vom Zusammenspiel der kleinsten Teile. Von Plankton und Mikroben. Von Artenvielfalt im menschlichen Körper und außerhalb davon. In unserem Darm, auf unserer Haut, im Waldboden oder im Meer. Reichhaltigkeit stabilisiert Systeme, macht sie widerstandsfähig und robust. Homogenität schwächt.

Bislang liegt beim Thema schwindende Biodiversität eine pervers patriarchale Fokussierung auf Größe und obersten Rang der Nahrungskette. Doch schon der Begriff der hierarchisch strukturierten Nahrungskette ist völlig falsch und irreführend. Denn wir befinden uns in einem Nahrungsnetz, in dem wir nur einer von Abermilliarden Teilnehmern sind. Das Verschwinden von Blauwal, Nashorn, Tiger wäre fraglos furchtbar. Doch folgenschwerer trägt bereits das geringste Ungleichgewicht bei Kleinstlebewesen. Wie Plankton. Plankton macht 98 Prozent der Biomasse in Weltmeeren aus. Und es stirbt.«

Während Rosa über die Störung der ozeanischen Zirkulation sprach, die Erwärmung selbst tiefer Wasserschichten, die allgemeine Versauerung der Meere samt reduzierter CO_2-Aufnahme und irreversiblem Korallensterben, widmete sich Mila Bild- und Tonqualität der Aufnahme.

Rosas Gesicht war gut ausgeleuchtet, ihre Stimme klang angenehm, aber das unweigerliche Ploppen am Mikrofon störte sie. Zudem wurde Rosa lebendig bei den Ausführungen zur Rolle von Krill und Phytoplankton als Nahrungsgrundlage für 80 Prozent aller Meereslebewesen sowie größtem CO_2-Speicher. Sie gestikulierte wild, um die weltumspannenden Kettenreaktionen zu veranschaulichen, die vom Ungleichgewicht dieser Mikroorganismen ausgingen und enorme Auswirkungen auf den Menschen hätten.

Mila vergrößerte den Bildausschnitt und überlegte, wie sie das Video userfreundlicher gestalten könnte, als Bertram ins Zimmer stürzte. Sie fuhr erschrocken herum, während Rosa ungehindert von den weitreichenden Folgen der Entrhythmisierung ozeanischer Strömungen redete.

»Das klingt ja fürchterlich!«, rief Bertram. »Ich bestelle euch sofort einen Popschutz!«

»Stop!«, schrie Mila, weil Rosa ins Stocken gekommen war. Bertram setzte sich sofort an den Rechner und durchsuchte die Seite seines Lieblingsherstellers nach passendem Zubehör.

»Bertram, wir arbeiten hier«, sagte Mila. Rosa wusste nicht, ob das ernst oder ironisch gemeint war.

»Hey, sorry, ich wollte eigentlich nur etwas verschnaufen, weil es da draußen zugeht wie kurz vor Weihnachten. Aber wenn ihr Equipment braucht, bin ich natürlich für euch da.«

Mit krummem Rücken, als wollte er in den Bildschirm kriechen, saß er über die Tastatur gebeugt.

»Bertram?«, fragte Mila mit honigsüßer Stimme. »Bist du lieb und bestellst, nachdem wir hier fertig sind? Ich meine, ich würde auch gern lieber Kaffee mit dir trinken, aber Rosa und ich wollen das jetzt schnell durchziehen. Okay?«

Bertram ließ sofort seine Tastatur los.

»Wollt ihr einen Kaffee? Soll ich euch einen bringen? Ich habe heute einen supervollmundigen zur Verkostung von einer total taffen, solidarischen Frauenkooperative aus Honduras in Single-Röstung. Rosa, für dich natürlich Lindenblütentee.«

Rosa kannte seine unwiderstehlich aufdringliche Art, die sofort schlechtes Gewissen erzeugte, weil man nicht ausreichend dankbar dafür war.

»Gerne später«, sagte Mila, weiter nichts.

»Gut«, sagte er, lächelte und verließ sein Büro. Rosa war verblüfft, wie einfach das ging.

»Okay, Rosa, kannst du das bitte noch mal wiederholen ab ›Abnahme der Artenvielfalt bzw. Artenarmut als Folge der Störung natürlicher Zyklen‹ oder so?«, fragte Mila und schaute auf das Display der Kamera.

»Schwindende Biodiversität bedeutet, wenige hochgezüchtete Monokulturen nehmen immer mehr Raum ein und verdrängen die an Nischen angepassten Spezialisten der Tier- und Pflanzenwelt. Wissen, Erfahrung und Gehalt gehen mit schwindender Vielfalt verloren. Das Ökosystem wird instabiler. Was übrig bleibt, sind Menschen, einige Getreide-, Obst- und Gemüsesorten sowie eine Handvoll Tierarten in betreuungsintensiven Monokulturen. Das macht uns zwangsläufig zum Target Number One für überlebenswillige Mikroorganismen aller Art. Wir haben uns zur acht Milliarden starken, weltumspannenden Monokultur gemacht. Mit jedem Herbi-, Pesti-, Fungizid, mit jeder Waldrodung, mit jeder Bodenversiegelung verbessern wir die Voraussetzung für künftige Zoonosen. Ganz nebenbei bemerkt, haben wir auch letztes Jahr wieder 13 000 Quadratkilometer brasilianischen Regenwald zerstört (etwas mehr als die Fläche des Landes Tirol) und damit unwiederbringliche Artenvielfalt vernichtet, obwohl wir schon seit den Achtzigern wissen, dass wir das nicht tun sollen.«

Rosa hörte, wie Mila hinter der Kamera unruhig wurde und erschöpft schnaufte.

»Abschließend möchte ich in Zusammenhang mit Kipppunkten den wichtigsten, bislang völlig vernachlässigten Aspekt erwähnen: die menschliche Psyche. Extrem pessimistische Zukunftsprognosen und unkontrolliert schwindende Lebensqualität werden bei einem Großteil der Weltbevölkerung schwere mentale Probleme verursachen. Globale psychische Depressionen werden zum gesellschaftlichen Kollaps führen, was uns als die größte aller Umweltkatastrophen erscheinen wird.«

»STOP!«, rief Mila und schaltete ab.

Beide blieben auf ihren Plätzen. Nach längerer Pause stand Mila langsam auf und streckte sich.

»Uff, das drückt ganz schön auf die Stimmung«, sagte sie.

Genau, dachte Rosa, es war anstrengend und kräfteraubend, sich mit den Konsequenzen ökologischen Fehlverhaltens auseinanderzusetzen. Sie verstand, weshalb sich die Menschheit lieber mit freudvolleren Dingen von dieser Perspektive ablenkte.

Mila ließ sich auf das Sofa fallen. Sie legte sich auf den Rücken und streckte die Beine gegen die Wand aus.

»Jetzt könnte er uns gerne Kaffee und Kuchen bringen«, meinte sie.

»Bloß nicht! Ich brauche kurz Ruhe«, sagte Rosa.

Das Reden hatte sie ermüdet.

»Was läuft da eigentlich zwischen euch?«, fragte Mila.

Rosa antwortete nicht.

»Ich wette, du bist in ihn verknallt, fix, das sehe ich mit geschlossenen Augen.«

Rosa grunzte träge. Wie könnte sie jemand Lebensfrohen wie Bertram denn nicht mögen, dachte sie. Vielleicht war es Liebe, die sie für ihn empfand, aber wie sollte sie Mila diese Art von Liebe auch nur ansatzweise begreiflich machen? Und wozu? Sie bevorzugte zu schweigen.

Mila schien langsam wieder zu Kräften zu kommen. Sie nahm die Kamera vom Stativ und setzte sich damit an den Rechner. Ihr Klicken an Tastatur und Maus schläferte Rosa beinahe ein.

»Weißt du, was du brauchst?«, fragte Mila, ohne das Klicken am Computer zu unterbrechen. »Aufheiterung! Ja, in deinem Leben fehlt total der Fun. Und weißt du, was ich in solchen Situationen mache? – Unboxing!«

Rosa hatte keinen Schimmer, wovon Mila sprach, aber befürchtete, sie würde es bald wissen.

»Komm her, ich zeig dir mein derzeitiges Lieblingsvideo«, sagte Mila als böte sie ein sagenumwobenes Allheilmittel an. Rosa knurrte leise. Sie wollte sich nicht bewegen.

»Rosa, unboxing! I love it! Das ist wie Weihnachten und Geburtstag zusammen. Los, komm! Das ist Striptease für Techzeug, so geil!«

Mila rückte zur Seite, um Rosa Sicht auf den 32-Zoll-Monitor zu bieten, und drehte sich in unbändiger Freude auf dem Schreibtischsessel im Kreis. Rosa sah einen jungen Mann, der unverständliches Kauderwelsch von sich gab und einen Verpackungskarton öffnete. Schicht für Schicht entfernte er Styropor, Luftpolster und Polystyrol, um endlich ein farbiges Internetfon aus dem Karton zu heben. Rosa schaute Mila an (die sich noch immer auf dem Sessel drehte), als hätte entweder Mila den letzten Funken Verstand verloren oder sie selbst.

»Jemand filmt sich, wie er ein industriell gefertigtes Massenprodukt auspackt?«, fragte Rosa, um sicherzugehen, kein wesentliches Detail der Darbietung übersehen zu haben. Mila nickte erfreut.

»Und das schauen sich Leute an? Freiwillig?«

»660 K«, sagte Mila und nickte mit freudig geweiteten Augen.

»Kein Wunder, dass wir auf den totalen Crash zurasen. Du weißt, dass allein in Österreich jährlich 300 000 Tonnen Plastikmüll anfallen, wovon nur 100 000 Tonnen recycelt werden, was das Steuerbudget mit 220 Millionen Euro belastet, anstatt von Herstellern oder vom Handel bezahlt zu werden. Weltweit gelangen zehn Millionen Tonnen Kunststoffabfall ins Meer. Du weißt, welchen Schaden Mikroplastik sowohl bei Tieren als auch über das Nahrungsnetz im Menschen anrichtet? – Mila, wie könnte mich so ein Unboxing aufheitern? Es deprimiert mich zutiefst! Es zeigt mir, wie unendlich weit entfernt wir von der geringsten Hoffnung sind. Ich kriege den absoluten Horror bei diesem Video! Wenn ich sehe, wie viele es von der Sorte gibt und wie oft die angesehen werden, breche ich in Panik aus.«

»Okay, okay!« Mila schloss das Fenster, worauf wieder das Grafikprogramm offen am Desktop lag. »Dein Problem ist, dass du echt keinen Spaß verstehst und alles viel zu ernst nimmst. Du bist wie Greta Thunberg, die alles nur schwarz oder weiß sehen kann. Die steigert sich doch krankhaft in den Klimawandel hinein, als wäre er ihr persönlich zufleiß gemacht worden.«

»Mila, es ist ernst! Es ist verdammt ernst. Umweltschutz ist kein Luxusproblem. Unboxing hingegen ist ein Schwerverbrechen!«

»Hohoho, jetzt mal halblang, Rosa, jetzt will ich mal was sagen. Bei deiner *bottom-up-* und *Macht-des-Konsumen-*

ten-Sichtweise entgeht dir ein wesentlicher Aspekt. Der Deal lautet: Geld gegen Ware. Wobei mein Part als Konsumentin die Bereitstellung von Geld ist. Richtig? Wie komme ich dazu, auch noch für Rohstoffgewinnung, Arbeitsbedingungen und Abfallwirtschaft zuständig zu sein?«

Das saß. Weshalb sollte sich eine fünfundzwanzigjährige Person freiwillig mit unlösbaren Problemen abgeben? Es war die alte Streitfrage um individuelle versus institutionelle Verantwortung, die seit Jahrzehnten ohne Lösung von der einen zur anderen Seite abgeschoben wurde.

»Stimmt, Mila, die Einzelne richtet wenig aus und ist nicht Profiteurin der Schadschöpfung. Aber weil Produzent*innen weltweit Schlupflöcher zur Vermeidung von Umweltauflagen sowie Sozial- und Steuerabgaben finden, während auf politischer Ebene primär anderen Interessen nachgegangen wird, lastet verantwortungsbewusstes Handeln noch immer auf den Konsument*innen. Deshalb: Konsumboykott. Es ist nach wie vor der effektivste Weg.«

Mila schnaufte verächtlich.

»Hat ja super geklappt die vergangenen fünfzig Jahre. Und weißt du weshalb? Weil dein Lifestyle in etwa so sexy ist wie Trümmerfrauen und niemals mit dem hier konkurrieren kann.« Sie zog ihr Smartphone aus der Gesäßtasche und wackelte damit vor Rosas Gesicht.

»So wie ich das sehe, lobt dich niemand für deine Askese. Du bekommst keine goldene Nadel für große Entbehrung angesteckt. Du erhältst weder Dank noch eine Medaille für deinen Verzicht. Im Gegenteil. Du bist diejenige, die vom dicken Sportwagen abgedrängt wird. Du bist die Witzfigur, über die man lacht und die nicht zählt.«

Mila verriet ihr nichts Neues. Rosa hatte sich willentlich aus dem gesellschaftlichen Spiel von Inszenierung und Selbsterhöhung genommen. Sie legte keinen Wert auf das Urteil von Trendsettern oder der Allgemeinheit. Dennoch runzelte Rosa die Stirn über Milas Worte. Sie hatte Mila einen Gefallen getan mit dieser Social-Media-Sache, weshalb musste sie sich dafür plötzlich beleidigen lassen?

»Unboxing?«, fragte sie und es klang wie ein hingeworfener Fehdehandschuh. Als sie aus dem Zimmer lief, ließ sie die Tür offen. Es dauerte nicht lange und sie kam zurück ins Büro.

»Film mich!«, rief sie, stellte einen Sessel hinter den Klapptisch und setzte sich. Sie wartete bis Mila die Kamera eingeschaltet hatte. Dann legte sie eine Kartoffel, an der reichlich Erde haftete, vor sich, nahm einen Schäler aus der Hosentasche, setzte ihn an und schälte, ohne abzusetzen. Sie hielt die saubere, hellgelbe Knolle in der einen, den gewundenen Streifen Schale in der anderen Hand.

»Unboxing – hundert Prozent kompostierbar«, sagte sie in die Kamera. Ohne Lächeln. Mila schaltete ab und blieb stumm neben dem Stativ stehen, eine Hand an der Hüfte.

Rosa fühlte sich in der angespannten Stimmung zu weiteren Erklärungen verpflichtet.

»Zu meiner Verteidigung muss ich sagen, dass ich schon viel gelassener geworden bin. Du hättest mich früher sehen sollen. Damals, als ich noch bei der Versicherung gearbeitet habe. Da habe ich beispielsweise eine Antiraucheraktion gestartet. Nicht aus gesundheitlichen Motiven, sondern weil Tabakfirmen zur Rodung von Urwäldern für Anbauflächen und einem gesteigerten Verbrauch knapper Wasserressourcen beitragen. Wegen der untragbaren Arbeitsbedingungen auf den Tabakplantagen. Und nicht zuletzt wegen der Schäden, die jährlich 4,5 Billionen weggeworfene Zigarettenstummel in Böden und Grundwasser verursachen. Ich habe mir den Hass der gesamten rauchenden Belegschaft zugezogen. War mir egal. Ich war ein winziges Teilchen einer weltweit agierenden, hartnäckigen Graswurzelbewegung, die über sechzig Jahre gegen die Zigarettenindustrie kämpfte und es letztlich sogar in Österreich zu einem generellen Rauchverbot gebracht hat. Wo man früher sagte: *Was? Im Kindergarten, Spital, Zug, Bus darf ich nicht rauchen? Frechheit! Meine Freiheit wird begrenzt!*, denkt man sich heute: *Wo war das Problem?* Es wird übrigens immer Freiheit vorgeschoben, wenn von Sucht, Gewohnheit oder geistiger Trägheit die Rede sein sollte. War wahrscheinlich bei der Einführung der Kanalisation auch so. Große Aufregung! *Was? Ich darf meinen Nachttopf nicht mehr auf die Straße kippen? Frechheit! Freiheitsberaubung!*«

Rosa erinnerte sich kurz an ihr vergangenes, missionarisches Ich und schüttelte den Kopf.

»Die Geschichte vom Rauchverbot klingt zwar nach Erfolg, bietet allerdings trotzdem keinen Anlass zur Hoffnung. Denn aktuell werden weltweit noch immer 15 Milliarden Zigaretten täglich geraucht. Herstellung und Konsum von Tabak kosten jährlich 600 Millionen Bäume, 200 000 Hektar Land, 22 Milliarden Tonnen Wasser und setzen rund 84 Millionen Tonnen CO_2 frei, was einer Menge von 17 Millionen benzinbetriebenen Autos jährlich entspricht. Zudem werden weggeworfene Tschickstummel – falls überhaupt – mit kommunalen Geldern entsorgt, anstatt sie beispielsweise der Firma *Philip Morris* mit einem Jahresumsatz von rund 24 Milliarden Euro in Rechnung zu stellen. Der rasante Zuwachs an E-Zigaretten, die die Nutzer*innen weiterhin in Nikotinabhängigkeit halten, verursacht enorme ökologische Probleme durch Batterie- und Plastikkomponenten. Anbau- und Arbeitsmethoden in der Tabakindustrie sind freilich auch keinen Deut besser geworden. Aber vor allem – und das ist das schlagende Gegenargument zum Hoffnungsnarrativ – haben wir zur Vermeidung der Biosphäreninstabilität keine sechzig Jahre mehr Zeit. Du fragst mich, ob es krankhaft ist, sich aufzuregen? Mila, wohin ich auch schaue, sehe ich kollektiven Wahnsinn und ausreichend Gründe, zutiefst zu verzweifeln. Was soll ich denn machen? Einen größeren Einfluss als mit meinem Lebensstil habe ich als Einzelne doch nicht. Ich habe keine Wahl, meine Haltung ist Notwendigkeit.«

Rosa erkannte in Milas Augen, dass sie ihren Standpunkt klargemacht hatte, aber auch, dass Mila ihn nicht teilte.

Mit einer ironischen Bemerkung, wonach Kinder und alte Menschen ins Bett gehörten, konnte Rosa einem gemeinsamen Abend mit Bertram und Mila entgehen. Allein und unzufrieden mit dem Tag machte sie sich auf den Heimweg. Sie hatte das Gefühl, wertvolle Zeit für Milas blödes Projekt vergeudet zu haben und war erstaunt, dass sie dieser Sache überhaupt zugestimmt hatte. Sie erinnerte sich, dass sich niemand im Kurs Mila je widersetzt hatte. Auch Bertram gehorchte ihr anstandslos. Mila hatte offenbar die Gabe, ihre Interessen als den ureigensten Wunsch des anderen auszugeben. Es war ihr gelungen, Rosa kurzzeitig glauben zu machen, dass sie ihre Gedanken vor laufender Kamera entblößen wollte, obwohl Rosa sie aus guten Gründen jahrelang für sich behalten hatte. Aber mit den heutigen Aufnahmen hatte der Spuk ein Ende. Für die restlichen Arbeitsschritte ihres Projekts, der Post Production, wie Mila es nannte, war Mila allein zuständig, Rosa somit von weiterem Kontakt verschont.

»Fräulein Rosa«, rief jemand, an dem sie gedankenverloren vorübergegangen war. Aus einem Reflex heraus blieb sie stehen. Herr Novotny rollte langsam auf einem E-Scooter an sie heran. Als er auf ihrer Höhe war, räusperte er sich.

»Verzeihung, das ist schlechte Angewohnheit, ich wollte *Frau Steininger* sagen. Guten Abend!«

Rosa betrachtete ihn wie ein Fehlerbild, das sie mit dem Novotny aus ihrem Gedächtnis verglich. Der alte Novotny war korpulenter und agiler gewesen. Was ihr gegenüberstand, war ein Mann mit Halbglatze, eingefallener Brust und enervierender Langsamkeit.

»Herr Novotny, was machen Sie auf der anderen Seite des Wienflusses so spät und weit weg von zu Hause?«, fragte sie.

»Spöttisch wie eh und je, aber gesprächiger, kommt mir vor. Es geht Ihnen folglich gut, Frau Steininger?« Er sprach gemächlich, aber schlagfertig. Rosa wollte über ihre Gemütsverfassung keine Rechenschaft ablegen und wartete auf seine Antwort. Sie glaubte nicht an eine zufällige Begegnung zur Abendstunde.

»Entschuldigen Sie, ich wusste nicht, dass es verboten ist, die Bezirksgrenze zu überschreiten. Doch ich fühle mich gezwungen, das Gesetz zu brechen, um persönlich bei Ihnen vorzusprechen, da Sie meine Briefe nicht beantworten und die Zeit knapp wird.«

»Ihre eigene oder die der Menschheit?«, fragte sie.

Novotny räusperte sich erneut und stellte seinen Roller ab.

»Die für Kartenbestellungen«, sagte er. »Wollen wir uns drüben am Margaretenplatz zum Brunnen setzen? Mir bekommt langes Stehen nicht.«

Rosa hatte zwar keine Lust auf eine ausgedehnte Unterhaltung mit ihm, aber da er tatsächlich schwach und zittrig wirkte, willigte sie ein. Für die Entfernung von maximal zehn Metern stellte er sich wieder auf seinen Roller und überquerte die Straße. Rosa schüttelte verärgert den Kopf über Energie- und Ressourcenverschwendung. Sollte sie ihn darauf aufmerksam machen, woher die Bestandteile der Batterie kamen und wie viel CO_2 allein der Transport mit dem Containerschiff von China nach Europa verursachte, vom Schwarzwasser ganz zu schweigen?

»Ich möchte Sie zu den Salzburger Festspielen einladen«, sagte er, als sie gemeinsam auf der Bank saßen. Im Brunnen wuschen sich einige Spatzen auf der Hut vor Raben, die ebenfalls Anspruch auf Körperpflege erhoben.

»Herr Novotny, was soll das? Sie wissen, dass ich nicht will. Fahren Sie doch mit Ihren Freunden. Wozu brauchen Sie mich? *Jedermann* bleibt, was er ist, auch ohne Rosa Steininger.«

»Da liegen Sie völlig falsch. Ich habe es Ihnen geschrieben, ich erhoffe mir durch Ihre Begleitung einen Mehrwert. Ich gehe so weit zu sagen, dass erst durch Ihre widerständige Kritik mir das Festival zum Genuss wird.«

Sie vermutete zwar ein Kompliment hinter seiner Behauptung, trotzdem war ihr seine Aufdringlichkeit lästig.

»Warum lassen Sie mich mit diesem Opernball des Sommers nicht in Ruhe? Ich lehne den Jahrmarkt der Verschwendung, die ungerechtfertigte Kapitalakkumulation – meist mit kriminellem Hintergrund und Nähe zu Erdgas-Oligarchen –, die Manifestation konservativ-neoliberaler Glaubensgrundsätze strikt ab. Es wäre reine Qual für mich. Ich wohne ja auch keinem Robbenbabymassaker bei.«

Novotny lächelte.

»Sehen Sie, schon wegen dieses Vergleichs wüsste ich Sie am Domplatz gerne an meiner Seite.«

In seinen dunklen Augenringen sammelten sich unzählige Falten. Er könnte die Personifikation der Müdigkeit spielen, dachte Rosa, wenn diese Figur Teil des Stücks vom Tod des reichen Mannes wäre.

»Auf das dortige Publikum kann ich schwerlich Einfluss nehmen, aber wenn wir unseren eigenen Verbrauch möglichst gering halten und mit der Bahn anreisen, wäre Ihre Beteiligung dann denkbar?«, fragte er und schaffte es damit, Rosa zu rühren. Novotny, bekannt für seine in der Mikrowelle aufgewärmten Fertiggerichte, gefürchtet für seinen stromfressenden Staubsauger, geächtet für seinen Fernsehkonsum, hatte sich anscheinend Gedanken über seinen CO_2-Ausstoß gemacht. Sie fühlte sich geschmeichelt.

»Außerdem gebe ich zu bedenken, dass alle Opern- und Theateraufführungen auch ohne Ihr Beisein stattfinden, selbst Züge der ÖBB werden ohne Sie nach Salzburg fahren.«

Er schaute, als hätte er da ein Argument gefunden.

»Herr Novotny, ich muss Ihrer Logik widersprechen. Ich reise ja auch nicht nach Dubai, nur weil es täglich Linienflüge gibt, dort Hotelzimmer leer stehen oder der Irrsinn überproportionaler Ressourcenverschwendung und Menschenrechtsverletzungen in krassesten Ausmaßen auch ohne mich stattfinden. Ich boykottiere aus vollster Überzeugung dieses Reiseziel und aus demselben Prinzip die Festspiele. Ich werde unmoralisches Handeln nicht stillschweigend durch meine Anwesenheit legitimieren.«

Novotnys Gesichtsausdruck verzerrte sich, wie bei Enttäuschung üblich, doch er hatte noch einen Trumpf auszuspielen.

»Korrigieren Sie mich bitte, wenn ich falsch liege, aber Ihrem Standpunkt nach ist die Aussicht auf lebenswerte Zukunft ohnehin verwirkt, gleichgültig ob Sie mir die Freude bereiten, mich zu einem langersehnten Festivalsommer zu begleiten oder nicht? Gehe ich daher recht in der Annahme, dass eine andere Erklärung hinter Ihrer ablehnenden Haltung steckt, die ausschließlich in meiner Person zu finden ist?«

Rosa wurde es überaus ungemütlich auf der Bank. Es war stockdunkel geworden. Der Frühlingsabend war alles andere als lau, die Vögel hatten sich nicht von ungefähr in ihre Nester verdrückt. Auch Rosa wollte heim. Außerdem wollte sie Novotny nicht unnötig kränken, was eine ehrliche Antwort unweigerlich bewirkt hätte.

»Herr Novotny, einfach nein. Bitte akzeptieren Sie das.«

Sie stand auf, erneut wütend über den Tag und über all die Worte, die sie sich abgerungen hatte und die wie gewohnt nichts genützt hatten. War das normale Kommunikation oder ihr Schicksal, fragte sie sich. Es war unangenehm, Novotny einfach sitzen zu lassen, aber sie musste es tun, um ihrem Nein Gewicht zu verleihen.

»Dann kaufe ich wohl besser keine Karten für Sie?«, rief er ihr nach.

»Das ist definitiv anzuraten, Herr Novotny. Guten Abend!«

Sie hatte sich geschworen, nicht wieder herzukommen. Sich das Verkehrsaufkommen zwischen sieben und acht Uhr morgens nicht nochmals anzutun, mit all den aggressiv-abgestumpften Gesichtern, die schlaftrunken hinter Windschutzscheiben oder über Smartphone-Displays dämmerten. Trotzdem saß sie in der letzten Reihe des Aquariums und sah zum Beamer-Bild an der Wand. Es war das Foto von Rosa im Gegenlicht, Ihr Profilbild in den Sozialen Medien, die Corporate Identity der Landingpage mit holzfarbenem Hintergrund und dem Schriftzug *Dunkelrosa* in klaren Lettern.

Als Rosa den Glaskubus betreten hatte, hatte ihr die Trainerin einen irritierten Blick zugeworfen.

»Ich gehe gleich nach Milas Präsentation«, hatte Rosa erklärt, um jeder Empörung über ihren unerlaubten Aufenthalt vorzubeugen.

»Noch nie habe ich eine Kursabbrecherin mit derart aktiver Mitarbeit erlebt«, antwortete die Trainerin amüsiert.

Mila hatte sich für die Präsentation als businessaffine Teamplayerin mit dezent akzentuierter Kreativität und Vorliebe für unkonventionelle Lösungsansätze verkleidet.

Sie stand in aufrechter Körperhaltung vor der Gruppe und zitierte mit modulierter Intonation eine leicht abgewandelte Aussage von Rosa als Opener, der das Eis brechen und Lacher garantieren sollte. Noch vor der Begrüßung, ja noch ehe sie das Topic ihrer Kampagne erwähnte, hatte sie damit die Richtung der kommenden zehn Minuten vorgegeben.

»Hinter uns Zerstörung, vor uns lebensunwerte Zukunft – die Lage ist hoffnungslos, aber auch ernst.«

Von Prüfungsangst oder Lampenfieber keine Spur. Sie wirkte, als würde sie jeden Tag ein Social-Media-Projekt vorstellen. Womöglich war ihr die Bühne zu mickrig, das Publikum zu gering und Rampenlicht leider nicht vorhanden, aber sie schien in ihrem Element. Sie nannte das quantitative SMARTe Ziel: die organische Reichweite von *Dunkelrosa* auf vier Kanälen innerhalb von vier Wochen auf mindestens fünftausend Follower beziehungsweise Abonnent*innen zu bringen. Das inoffizielle, qualitative Ziel lautete Auswertung des Nutzungsverhaltens, Analyse des Zusammenhangs von Content zu idealer Ausspielzeit, was sich wiederum in Leadgenerierung (in ihrem Fall Follower) niederschlagen sollte, sowie Etablierung der Marke *Dunkelrosa*.

Mila spielte die Videos an. Rosa im schummrigen Kerzenlicht am Küchentisch, vor gekalkter Bürowand, Rosas Version von Unboxing und einen mit Musik unterlegten Clip, in dem Rosa in ihrer Küche kocht, lacht und Rotwein trinkt – eine Homestory mit Special Benefit, wie Mila es nannte, aufgenommen noch bevor Rosa die laufende Kamera bemerkt hatte. Mila begründete die Wahl der Kanäle als Resultat ihrer Zielgruppenanalyse und beschrieb die Persona als urban, unter dreißig, tendenziell weiblich mit mittlerem bis hohem Bildungsstand. Facebook und Instagram wurden wegen Breitenwirkung, Pinterest für die Ästhet*innen unter den Umweltbewussten und TikTok wurde als Experiment gewählt, um die Wirkung bei jungen User*innen abzuklären, die schließlich die »Leidtragenden kommender Tage« wären (Zitat Rosa).

Rosa wunderte sich über Milas Kunstfertigkeit, all die Videos auf die jeweiligen Formate zugeschnitten zu haben. Mila hatte durch Farbe, Stil und eingeblendetes Logo einen Wiedererkennungswert geschaffen. Sie sprach von SEO, Vernetzung, Reputationsmanagement. Rosa verstand plötzlich, weshalb Mila sie über Green Growth versus Degrowth befragt hatte oder ihre Meinung zu Schenkökonomie und Leihläden hatte wissen wollen. Sie hatte daraus Kommentare zu anderen Postings verfasst und Backlinks in Foren zum Thema Nachhaltigkeit hinterlassen.

»Emotion durch Storytelling, Schärfung des Kompetenzprofils durch Vertrauen, Benefit for Costumers.« Mila ließ einige Schlagworte fallen. Rosa verstand kein Wort, außer dass Mila wusste, wovon sie sprach.

Mila zählte Click- und Share-Rates, Reaktionsquoten und Antwortzeiten auf. Sie wies auf den Erfolg der Kampagne hin, obwohl eine Vielzahl an Marketingmöglichkeiten noch nicht ausgeschöpft worden waren, wie ein Quiz zu Umweltfragen, Community-Events, Recaps oder Clickbaits.

Die letzte Folie zeigte ein Split Image mit Landingpage und Screenshot des *Dunkelrosa*-Blogs samt Kommentarleiste.

#toolittletoolate
#enoughisplenty
#ichverzichte
#genuggenuegt
@dunkelrosa

Abschließend kam sie zur Conclusio ihrer Kampagnenarbeit: je radikaler die Message, desto größer die Reichweite, häufiger die Ausspielung und heftiger der Respons.

»Funstuff wie *Dunkelrosas* Unboxing erreichte 15 000 Aufrufe. Private, emotionale Bilder wurden seltener geshared, aber oft geliked, sind also nützlich für das Branding. Hingegen hat Rosas Statement, wonach Haustiere und Kinder die Zerstörung des Planeten vorantreiben, einen formidablen Shitstorm eingebracht. Ich erspare euch Details, aber von *hässlicher alter Fotze,* auf die *man gerne verzichten kann,* bis hin zu ausgereiften Gewaltfantasien war beinahe jede sexistische Beleidigung vertreten. Wollte man es darauf anlegen, sollte man in diese Richtung weiterarbeiten, da steckt viel emotionales Potenzial drin.«

Es war drückend heiß für Ende April. Insekten summten am Schilfufer, Hummeln suchten die Wiese nach blühendem Klee ab. Rosa lehnte auf der Holzbank und wackelte mit ihren nackten Zehen in den Sandalen. Mila saß breitbeinig mit aufgestütztem Oberkörper, den Blick auf den Teich gerichtet. Zwischen ihnen lag Milas Kurszertifikat. Die Blattecken hoben sich bereitwillig bei jedem Lufthauch, bekamen aber nie genügend Aufwind für eine ernst zu nehmende Flucht.

»Und, was wirst du jetzt machen?«, fragte Rosa, schließlich war nun auch für Mila der Kurs beendet. Über ihnen dröhnte ein Flugzeug.

»Mich als Social-Media-Managerin bewerben. Das war doch der Plan. Meine Qualifikation wurde soeben bestätigt, einer Beschäftigung sollte nichts mehr im Weg stehen. Und du? Wirfst du endlich deine Prinzipien über Bord und wirst Umweltberaterin bei einem internationalen Konzern, reich und verschwenderisch?«

Rosa lachte auf.

»Sicher! Damit ich die Sünden derer in Steueroasen greenwashe und endlich zu einer Yacht komme. – Nein, ich weiß noch immer nicht, was ich machen soll, um meine Miete zu zahlen und keinen Schaden anzurichten.«

Am Rande des Teichs döste eine kleine Zusammenrottung von Enten im Schatten einer Linde.

»Unser Projekt ist jedenfalls misslungen, finde ich. Wir haben damit niemanden wachgerüttelt, wie nicht anders zu erwarten. Wie hätte uns das auch gelingen können, wenn selbst Dutzende Wissenschaftler*innen und Forscher*innen seit Jahrzehnten daran scheitern? Es ist wie beim Rauchen, wo Bilder von Krebsgeschwüren und Beinamputationen nur Nichtraucher*innen schockieren. Menschen sind eben süchtig nach Überkonsum.«

Mila griff in ihre Gesäßtasche und holte Gras und Papers hervor.

»Sehe ich nicht so«, meinte sie und machte sich daran, einen Joint zu drehen. »Du weißt nie, was du bei denen, die Dutzende Herzchen geschickt haben, ausgelöst hast. Und vergiss nicht, es war einfach eine Kursarbeit, damit ich mein Zeugnis bekomme. Davon darf man nicht zu viel erwarten.«

Sie schleckte das Paper ab und klebte es zu. Nach dem ersten tiefen Zug reichte sie an Rosa weiter. Die lehnte dankend ab.

»Diese Kommentare, die du vorhin bei der Präsentation erwähnt hast, interessieren mich. Würdest du mich die lesen lassen?«, fragte Rosa.

»Mit der allergrößten Freude«, sagte Mila und grinste. »Aber nur unter einer Bedingung.«

Die Aufmerksamkeit anderer Menschen
ist die unwiderstehlichste aller Drogen.

Georg Franck: *Ökonomie der Aufmerksamkeit* (1998)
in Maja Göpel: *Unsere Welt neu denken*

5

»Jetzt«, sagte Mila.

»Später«, sagte Rosa.

»Jetzt sofort. Ich lasse mich nicht länger hinhalten. Du musst deinen Teil der Abmachung einlösen.«

Mila hatte ihr Versprechen eingehalten und war mit Rosa die Kommentare durchgegangen. Gemeinsam hatten sie sich durch ein Panoptikum an geistigen Abgründen gescrollt. Charakterschwächen waren Rosa entgegengesprungen, die sie in drei Kategorien eingeteilt hatte:

1.) *Love is in the Air*. Verteilen als Zeichen größtmöglicher Verbundenheit mit dem Universum eine Armee aus roten Herzchen, gelben Sonnen, Kusslippen und Emoticons, denen alles Mögliche aus Augen und Mund fliegt. Die Gewitzteren der Kategorie fügen Links zu Forschungseinrichtungen an oder teilen wissenschaftliche Berichte.

2.) *Typus des geborenen Klugscheißers* (weiblich/männlich/divers, wer weiß das schon bei Benutzernamen wie *2001Durchblicker*, *Konfuziussagt* oder *Gottsiehtalles123*?). Beanspruchen unangenehm viel Raum im weltweiten Netz, um in repetitiven 15 Seconds of Fame dem tumben Volk die Welt mittels Plattitüden zu erklären.

3.) *Hater*. Hängen der kruden Strategie an, trotz Bösartigkeit Zuwendung zu verdienen. Sie spucken ihre Gewaltfantasien und Verwünschungen ins Netz. Machen die Welt definitiv zu keinem besseren Ort.

Während sich Typ 2.) in bekannten Argumenten verlor, wonach Verzicht wenig zielführend wäre und einzig technischer Fortschritt allumfassendes Heil brächte, arbeitete sich Typ 3.) an Rosas Aussehen, Geschlecht und der zwangsläufig daraus resultierenden Inkompetenz ab. Zudem boten die Hater schier endlose Behandlungsempfehlungen für Rosas Sexualleben an.

»Später, weil es doch wurscht ist, wie ich ausschaue«, sagte Rosa.

»Anscheinend nicht, sonst würdest du dich nicht so dagegen wehren«, sagte Mila und klappte das Stativ zusammen, das sie soeben in Rosas Küche aufgestellt hatte. Bertrams Kamera steckte noch in der geschulterten Tasche.

»Eine Bedingung, Rosa, ich habe eine einzige Bedingung gestellt, und nicht einmal dazu bist du bereit. Obwohl es keinen Strom braucht, keinen Konsum darstellt und es nichts gegen DIY einzuwenden gibt. Du bist eben null kompromissfähig.«

Mit dem Stativ unterm Arm griff sie nach der Türschnalle.

»Die Abnahme der Albedo im Himalaya verdient Aufmerksamkeit, nicht meine Frisur!«, rief Rosa. »Wege aus der Abhängigkeit von Erdgas und Erdöl sind essenziell, nicht mein Erscheinungsbild!«

»Whatever«, sagte Mila und war bereits auf dem Flur, als Rosa ihr endlich nachrief, sie solle warten. Mit lautem Poltern zog Rosa einen Sessel in die Mitte der Küche, setzte sich rittlings darauf und ließ die Hände über die Lehne hängen. Insgeheim ermahnte sie sich, nicht so eitel zu sein.

»Also gut, bitte mach!«, sagte sie trotzig.

»Okay?«, sagte Mila und kam wieder in die Wohnung zurück. Sie legte Kameratasche und Stativ ab, holte Rosas

Schere aus der Tischlade. Den Holzkamm fand sie auf der Ablage über dem Waschbecken.

»Haare waschen, Handtuch umlegen?«, schlug Mila vor. Rosa schüttelte den Kopf.

»Du wirst überall Haarschnipsel haben.«

Genervt sprang Rosa auf und zog sich völlig nackt aus.

»Ich wasche mich nachher. Na los!«, sagte sie und setzte sich wieder. Sie schloss ihre Augen und streckte den Rücken durch, als erwarte sie ihre Exekution.

»Okay, as you like«, sagte Mila, von Rosas unerwarteter Entblößung überrascht. Sie betrachtete Rosas struppige Haare, den dünnen Körper, ihre Wirbelsäule, die sich als regelmäßige Mugelpiste am Rücken abzeichnete. Nach kurzer Überlegung begann Mila zu schneiden. Rosa spürte, wie Haare an ihr herunterrieselten. Leise, kitzelig und endgültig. Sie fühlte sich ausgeliefert, als käme ihr bei jedem Schnitt ein Stück Autonomie abhanden. Schon lange hatte niemand über ihr Aussehen bestimmt. Doch es war Milas Bedingung gewesen, um ein weiteres Video mit ihr zu machen. Rosa wollte eine Entgegnung auf die ärgerlichen Kommentare der Nörgler und Besserwisser. Mila wollte eine neue Frisur für Rosa. Und Rosa hatte zugestimmt.

Jetzt merkte sie, wie sehr sie es verabscheute, fremder Willkür ausgeliefert zu sein. Kontrollverlust war nicht ihre Stärke. Doch sie überwand den Flucht- und Widerstandsreflex und begab sich ins ungewohnte Terrain des Vertrauens. Sie rief sich in Erinnerung, dass es nur Haare waren, die nachwachsen würden.

»Voilà«, sagte Mila nach getaner Arbeit und hätte den Friseurumhang weggezogen, wenn ein solcher vorhanden gewesen wäre. Stattdessen hielt sie Schere und Kamm in den Händen wie eine Cheerleaderin ihre Pompons.

»Jawohl! Ich muss sagen, ich bin eine Frau mit vielen Talenten«, lobte sie sich. Rosa wischte sich Haarschnipsel vom Gesicht und lief zum Wandspiegel. Unwillkürlich wich sie zurück. Erst nach eingehender Begutachtung von allen Seiten gewöhnte sie sich an den Anblick.

»Du bist ja doch eitel!«, sagte Mila und erschien neben ihr im Spiegel.

»Bin ich nicht. In Anbetracht von eisfreier Arktis ist Eitelkeit mehr als unangebracht.«

»Sicher«, sagte Mila und grinste. »Willst du für etwas Struktur Rapsöl einarbeiten?«

»Nein!«, rief Rosa in unpassend scharfem Ton. »Nein, danke«, sagte sie milder.

Sie fuhr sich mit beiden Händen durch die Haare, über Stirn und Nacken, um ihr neues Aussehen mit ihrem Körpergefühl in Übereinstimmung zu bringen. Sie lächelte dabei ihre Reflexion an, die Ähnlichkeit mit Jean Seberg hatte, wäre die jemals fünfzig geworden.

Noch bevor Mila ihren Tabak aus der Tasche ziehen konnte, sprang Rosa ins Weinfass und bat Mila, sie mit Wasser aus dem Emailtopf zu übergießen, um die juckenden Haarspitzen abzuspülen. Während sich Rosa abtrocknete und ankleidete, rauchte Mila lässig zum Fenster hinaus. Rosa wollte unbedingt die Wohnung verlassen. Sie war zu aufgekratzt, um länger hierzubleiben. Sie schlug vor, die geplante Aufnahme auf den Steinhofgründen zu machen.

Rosa fuhr mit dem Rad, Mila nahm den Bus. Sie trafen sich unterhalb des Holzstadels. Rosa setzte sich in die kniehohe Blumenwiese. Mila filmte mit Handkamera. Im Hintergrund des Bildausschnitts Wienerwald mit Ausblick auf Schneeberg und Wechsel. Im Vordergrund Rosa im neuen Look. Eine schlanke, schnörkellose Frau, der man ihre Prinzipien ansah. Ernster Blick mit feinen Falten in den Augenwinkeln.

»Werte Personen vor den Endgeräten!
Kritik drang an mein Ohr. Ich solle bitte positiv formulieren. Doch ich werde euch nicht mit Lügen einlullen, damit ihr gemütlich weitermachen könnt wie bisher. Von mir aus suhlt euch in ewig gleichen Debatten, glänzt in falschen Argumenten, schiebt Verantwortung vor euch her wie heiße Luft. Die Zukunft kommt ungeachtet eurer Äußerungen. Sie bringt die Auswirkungen eurer Ignoranz mit sich.

Ihr glaubt, die letzte Pandemie wäre hart gewesen? Überlegt, wie viele in der Bevölkerung irrational auf eine Viruserkrankung reagiert haben. Überlegt, wie viele Menschen Verschwörungstheorien, Panikattacken, Gewaltverbrechen, Ausnahmezustände, ja selbst den Tod einer Impfung vorgezogen haben. Versucht euch vorzustellen, was passiert, wenn es an mehreren Ecken gleichzeitig kracht, die Zusammenhänge jedoch komplex sind und kein Schutz in Form eines Impfstoffs zur Stelle ist. Stellt euch vor ... Kreisläufe, die ineinandergreifen und voneinander abhängen. Eingespielte Teams aus hochspezialisierten Insekten, Pflanzen und Mikroorganismen ausgerottet durch Pestizide, Kunstdünger und intensive Landwirtschaft. Was wächst, sind nährstoffarme Lebensmittel, die schwächen und krankheitsanfällig machen. Ausgelaugtem Boden fehlt die Vielfalt an Arten, was unheilvolle Kettenreaktionen auslöst.

Nicht alles hängt mit allem zusammen, sondern alles steht mit etwas in Verbindung, und das ist wiederum auf spezifische Art mit anderem verbunden. Wir allerdings baumeln am seidenen Faden.

Für unser Wohl, für unseren Lebenswillen brauchen wir Luft, Licht, Leben. Wasser, Grün.

Plankton. Weltgrößter CO_2-Speicher. Produziert bis zu achtzig Prozent des Sauerstoffs der Atmosphäre. Lebensgrundlage für Meeres- und Landtiere einschließlich des

Menschen. Plankton treibt mit zyklischer Meeresströmung im Ozean. Die steigende Wassertemperatur verändert die Strömung und die CO_2-Anreicherung, was zum teilweisen Absterben führt. Ein größerer Abbau dieser Biomasse würde enorme Mengen an Faulgasen freisetzen. Mit Konsequenzen für Korallen, Muscheln, Fische, Wale und uns.

Es wird nach Verwesung riechen.

Neue Lebensformen entwickeln sich unter geänderten Bedingungen mit ungeahnten, unbeabsichtigten Eigenschaften und unkontrollierbar verheerenden Wirkungen. Corona war nur eine davon.

Wozu sind Menschen aus Hoffnungslosigkeit, Todesangst und Hunger fähig? Wir wissen es aus unserer Vergangenheit.

Welche Anklage werden unsere Nachfahren gegen uns vorbringen? – Denn wir wissen, was wir tun.

Wer wird demonstrieren, wer zur Lynchjustiz greifen?

Wie viele werden dem Zwang des Daseins entfliehen? Wie groß wird die Trauer sein, um den Verlust des gewohnten Standards? Wer wird mit der eigenen Wertlosigkeit leben können, nachdem erkannt wurde, um welchen Gegenwert die Zukunft verschleudert wurde? Deine Lebensgrundlage für den gesellschaftlichen Status deiner Eltern. Deine Welt für den Langstreckenflug. Dein Leben für den Jahresbonus geopfert.

Wie damit umgehen?

Die Empfindsamen werden die Ersten sein, die sich von der Existenz in der ihnen überlassenen Welt befreien. Die Verantwortungsbewussten sind die nächsten. Wie lange werden es jene aushalten, die jetzt noch voller Hoffnung und Tatendrang sind? Was tun sie im Moment der Erkenntnis: Trotz meines maßvollen Handelns kann ich den Schaden nicht aufhalten, den die zerstörerische Mehrheit verursacht? Mein rücksichtsvolles Tun zeigt keine positive Wirkung. Ich kann trotz Einsatz meiner Kraft und Willensstärke das Unheil nicht abwenden.

Wer wird nicht verzweifeln?
Wer in Ödnis ohne Zuversicht leben wollen?
Wer ohne Vertrauen in die Gemeinschaft leben können?
Und wer kann sich die Überlebenden vorstellen?
Eine Gesellschaft von Übeltätern.

Die Gesamtenergie unseres geschlossenen Systems Erde ändert sich nicht. Energie lässt sich nicht erzeugen oder vernichten, noch verschwindet sie. Sie kann im geschlossenen System unseres Planeten lediglich in verschiedene Formen umgewandelt werden. Und wir wandeln wertvolle Rohstoffe in heiße Luft um.

Wir haben verabsäumt, einen ernst zu nehmenden Plan zum Erhalt unserer Lebensgrundlage anzugehen. Wir setzen auf Hoffnung, dass die Folgen unseres unbegrenzten Wirtschaftens ausbleiben. Wie unmündige Kinder halten wir uns die Augen zu im Glauben, die Nebenwirkungen unseres Handelns würden uns nicht treffen. Wir reagieren anlassbezogen auf Extremwetterereignisse und lokale Katastrophen. Wir sind zu Anpassungsmaßnahmen bereit, mit denen sich Geld verdienen lässt. Doch die Großwetterlage unseres kollektiven Gemüts werden wir damit nicht aufheitern können.

Alles hängt mit etwas zusammen, und wir hängen mittendrin. Wir kennen zwar erst ein Prozent der Bodenmikroben, doch das stört uns nicht, die Artenvielfalt in allen Lebensbereichen zu dezimieren. Wir dringen in jedes noch so entlegene Territorium vor und stören jedes Biotop.

Wir haben uns zur acht Milliarden zählenden Monokultur gemacht. Wir sind die Hauptnahrungsquelle neuartiger Viren, Bakterien und Pilze.

Wir sind abhängig von den fein austarierten Zusammenhängen dieses Planeten. Unsere menschliche Gesellschaft, schwierig, brüchig, instabil und verbesserungsfähig, ist Bestandteil der Biosphäre. Unser Dasein ist eingewoben in das Zusammenspiel der natürlichen Prozesse. Weder sind wir der Natur entglitten noch entkommen. Wir hängen mit jedem Atemzug an einer dünnen Luftschicht, mit jedem Bluttropfen fließt Hydrosphäre durch uns, jeder Herzschlag pocht im Rhythmus der Erdkruste.

Wir befinden uns nicht im Kampf, es herrscht Krieg, und außer uns gibt es keine Aggressoren. Schon haben wir uns an erste Todesopfer gewöhnt. Doch in Anbetracht des Abgrunds vor uns fragt euch bitte:

Wollt ihr wirklich das totale Wirtschaftswachstum?

Wollt ihr die totale Ausbeutung?

Die Auslöschung der menschlichen Lebensform?

Wollt ihr alle gesellschaftlichen wie natürlichen Ressourcen umfassend für unbeschränkte Profitmaximierung in Anspruch nehmen und somit die totale Vernichtung?

Soll die volle Ausschöpfung aller Kräfte des gesamten öffentlichen Lebens den Erfordernissen des totalen Konsums angepasst werden und unter restlosem Einsatz von Menschen und Mitteln das Höchstmaß von Kräften für die totale Zerstörung freigemacht werden?«*

Mila drehte die Kamera zur Seite und filmte die Blumenwiese mit Insektenbesatz. Rosa blieb sitzen. Über ihr spannte sich blauester Himmel, von Sonne beschienen, stellenweise neckisch mit Wolkenschleiern dekoriert. Samenkapseln knisterten in der Hitze. Rosa legte den Kopf in den Nacken und genoss die schwache Brise, die ihre Wangen streifte. Mila holte eine Aludose aus ihrer Tasche, öffnete sie mit einem Zischen und trank in großen Schlucken. Der Duft künstlicher Aromen wehte heran. Rosa empfand ihn als Gestank. Nachdem Mila abgesetzt hatte, wischte sie sich über den Mund.

»Jetzt mal ehrlich, glaubst du wirklich, dass es so schlimm wird? Volle Science-Fiction mit Erdbeben, Lavastrom, atomarem Winter und ewiger Finsternis? *Waterworld*, *Armageddon* und *The Day After* zusammen? Eine degenerierte Schrumpfmenschheit haust verstrahlt und verkommen in unterirdischen Höhlen und ernährt sich voneinander, nur noch zu Urlauten fähig?«, fragte Mila.

Rosa war erstaunt über ihr kinematografisch geschultes Vorstellungsvermögen.

»Ich muss dich enttäuschen. Die Realität wird wie immer weit hinter der Faszination theatralen Grauens zurückbleiben. Wir werden weiterhin lieben, weinen, Geburtstage feiern und uns über Kleinigkeiten freuen oder ärgern. Die Angst der meisten bleibt bei der Vorstellung von Hangrutschungen stehen. Aber die grundlegende Katastrophe hat längst begonnen, indem wir perfekt aufeinander abgestimmte Abläufe in Tier- und Pflanzenwelt und das System der ozeanischen und atmosphärischen Zirkulation durch die von uns freigesetzte Energie in Unwucht versetzt haben. Wir stören den Blutkreislauf des Planeten, an dem wir hängen wie Dehydrierte am Tropf. Der jahrmillionenalte Rhythmus ist bereits massiv aus dem Takt gekommen, was uns ins Schleudern bringt. Zudem destabilisiert die von uns in Gang gesetzte, sich nunmehr selbst verstärkende Erderhitzung in unaufhaltsamen Rückkopplungsschleifen das Feintuning.

Ozeanische Ströme, die wiederum mit Luftströmen verbunden sind, versorgen den Planeten wie ein Förderband. Unter anderem mit der Nahrungsgrundlage für 80 Prozent der Meereslebewesen. Wenn Plankton zu einem bestimmten Zeitpunkt wegen eines verzögerten oder beschleunigten Meeresstroms nicht an einem ganz bestimmten Ort in ausreichender Menge vorhanden ist, sterben Massen an Kleinstlebewesen und in weiterer Folge wir. Wenn Grundlagen aussterben, folgt der Zusammenbruch komplexerer Formen und Systeme.

Das Massensterben von Algen führt bereits heute zu regional begrenzten menschlichen Hungersnöten, woraufhin zum Beispiel Fischer auf andere Betätigungsfelder ausweichen. Es kommt zu lokalen Bürgerkriegen, die wiederum Versorgungsengpässe und Massenflucht auslösen. Notleidende Menschen suchen in anderen Weltregionen wie Europa Zuflucht, was einige politische Interessensvertretungen für ihre Zwecke zu instrumentalisieren wissen. Sie schaffen eine Atmosphäre der Entsolidarisierung. Aus Angst vor sozialem Abstieg erhöht sich der Leistungsdruck auf Besitzende. Besitzlose allerdings sehen sich mit dem Vorwurf konfrontiert, selbst schuld an der eigenen Not zu sein. Sprich, die Leute drehen durch und flippen völlig aus, sobald sie befürchten, ihr Lebensstandard würde zu bröckeln beginnen. Es reichen wenige Zutaten, und die Stimmung kippt. Das kommt uns doch bekannt vor: Alle auf die Schwachen und Randgruppen! Es ist historisch verbrieft, dass jede Katastrophe unverhältnismäßig starke Auswirkungen auf die Schwächsten einer Gruppe hat. Und daran wird sich voraussichtlich auch künftig nichts ändern.

Zivilisation gedeiht eben nur in einer hauchdünnen Zone aus idealen Bedingungen. Da ich allerdings nirgendwo ernsthafte Bemühungen sehe, unser wirtschaftliches und gesellschaftliches Handeln diesen Bedingungen und natürlichen Regenerationszeiten anzupassen, werden wir uns sehr bald von unserer gemütlichen Komfortzone verabschieden müssen.

Kaum jemand kann oder will sich den Zusammenbruch unserer weltumspannenden Infrastruktur vorstellen. Jene, die es tun, werden schnell als Spinner abgetan. Wären allerdings mehr Menschen bereit, sich den intensiven Geruch enormer Mengen verwester Biomasse auszumalen, fiele unsere Bereitschaft, zu einer klimagerechten Wirtschaftsform zu finden, weit höher aus. Oder wir verlören umgehend unseren Lebenswillen.«

Mila legte sich in die Wiese und rauchte. Halme ragten rings um sie auf, boten Ausblick auf blühende Gräser, wildes Getreide und Himmel. In Bodennähe staute sich Wärme. Kein Windhauch drang zu ihr. Insekten tummelten sich auf Augenhöhe.

»Du bist also die Gute, weil unschuldig, und kommst beim jüngsten Gericht gut davon?«

»Gut und Böse, daran glaube ich leider nicht«, lachte Rosa. »Ich versuche einfach so wenig Schaden wie möglich anzurichten.«

In einiger Entfernung saßen andere Grüppchen friedlich im Gras. Es summte und zirpte im satten Grün, das sich in unzähligen Schattierungen über Hügel bis an den Horizont legte. Am Rand der Wiese trat ein Reh mit Kitz aus dem Wald.

»Schau dir das an«, sagte Rosa. »Das ist genau das Problem. Angesichts intakter Natur können wir nicht glauben, dass wir sie gerade zerstören. Jahrtausende mussten wir ihr jedes Überleben abtrotzen, waren mickrig klein, ihr schutzlos ausgeliefert. Und plötzlich sollen wir ihr relevanten Schaden zufügen? Das übersteigt die Vorstellungskraft der meisten.«

Rosa sperrte Hartmans Wohnung auf. Eine fremde Jacke hing in der Garderobe. Zwei Taschen standen im Flur, eindeutig aus medizinisch-sanitärem Bereich.

»Frau Hartman?«, rief Rosa.

Es kam keine Antwort, aber Stimmen aus dem Schlafzimmer. Durch die geöffnete Flügeltür sah sie zunächst das höhenverstellbare Krankenbett, daneben einen Pfleger in weißem Kurzarmshirt und weißen Jeans. Die Liegefläche befand sich auf rückenschonender Tischhöhe. Die Bewegungen des Pflegers wirkten, als knete er eine riesige Teigrolle. Aber es war Hartman, die gerade gewaschen wurde.

»Bitte warten Sie draußen«, sagte der Pfleger.

»Nein, Rosa soll bleiben«, sagte Hartman.

»Was ist denn passiert?«, fragte Rosa, trat ins Zimmer, aber blieb auf Respektabstand.

»Später, meine Liebe, später«, sagte Hartman. »Zuerst stelle ich Ihnen Andi, meinen Pfleger, vor.«

Andi grüßte, aber unterließ es, Rosa die Hand zu reichen. Seine Hände steckten in Latexhandschuhen und waren voller Salbe, die er großzügig auf Hartmans Gesäß verteilte. Ihr nackter weißer Körper lag seitlich gekrümmt, die Arme hatte sie vor der Brust gekreuzt, das Bein mit der Narbe an der Hüfte lag über dem anderen leicht angezogen. Andi schob eine Vorlage unter ihr Becken und bat Hartman, sich zurückzulegen. Er half ihr in ein Nachthemd, dessen Druckknöpfe im Nacken offen bleiben sollten.

»Sonst ersticke ich«, meinte Hartman.

Fürsorglich zog Andi die Decke bis unter ihr Kinn und legte die Fernbedienung in ihre Reichweite. Zwischen Bettende und Fußsohlen stopfte er ein rechteckiges Kissen, gegen das Hartman sich stemmen konnte, kurzzeitig jedenfalls. Sie stellte den Kopfteil des Betts hoch und rutschte trotz Spitzfußprophylaxe etwas nach unten. Andi stellte einen gut gefüllten Wasserkrug, ein Trinkglas sowie zwei Tabletten in einem kleinen Plastikbecher auf das Nachtkästchen.

»Für später«, sagte er.

»Ich danke Ihnen«, sagte Hartman.

Nachdem er sich vergewissert hatte, dass alles Nötige in ihrer unmittelbaren Nähe war, verabschiedete er sich mit dem Versprechen, in fünf Stunden wieder vorbeizukommen. Erst als im Vorzimmer die Tür ins Schloss fiel und Andi aus der Wohnung war, löste sich Rosas Erstarrung. Sie rückte einen Sessel ans Bett und setzte sich zu Hartman.

»Also, was ist los mit Ihnen?«, fragte sie.

»Ja, wenn man das immer wüsste«, sagte Hartman und legte ihre Arme über die Decke.

Die Reha war um einige Wochen verlängert worden, so viel hatte Rosa neben ihren Aufregungen rund um *Dunkel rosa* mitbekommen. Weshalb Hartmans Remobilisierung anscheinend gänzlich fehlgeschlagen war und sie stattdessen Andi bekommen hatte, war Rosa noch unklar.

»Mitten in den Übungen war plötzlich meine Kraft weg, von einem Moment auf den anderen«, erzählte Hartman und schnippte mit den Fingern, um die Schnelligkeit des Vorgangs zu verdeutlichen. »Meine Beine sind unter mir weggesackt und verweigern seither ihren Dienst.«

»Aber warum?«, fragte Rosa.

»Ich nehme an, sie haben wie alles an mir ihren eigenen Willen, und der entspricht nach neunzigjähriger Unterjochung nicht mehr dem meinen.«

»Frau Hartman, es muss doch eine medizinische Erklärung für Ihren Zustand geben. Wurde ein MRT gemacht? Wurde die Nervenleitgeschwindigkeit getestet?«

»Rosa, die haben alles Mögliche und Unmögliche untersucht, aber welchen Unterschied macht eine Diagnose? Ich kann nicht mehr gehen! Ich bin uralt. Keine Maschine hält bei täglichem Gebrauch so lange.«

»Was lediglich beweist, dass Sie keine Maschine sind«, sagte Rosa.

Hartman erwähnte dann doch noch irgendetwas von Osteoporose, Wirbeleinbrüchen und eingeklemmtem Nerv.

Sie wirkte auf Rosa, als wäre sie während des Reha-Aufenthalts abgetragen worden. Wie ein Rohstoffvorkommen nach Fracking-Einsatz mit fragiler Terrassenkonstruktion und zweifelhafter Statik. Rosa verspürte den Impuls zu helfen, wusste aber nicht wie.

»Schauen Sie nicht schon wieder so besorgt«, sagte Hartman.

In ihrem blassen Gesicht saßen die Augen wie dunkle Kohletupfen, die schmalen Lippen waren wie ein Pinselstrich in Aquarell.

»Holen Sie mir lieber mein Tablet. Ich habe nämlich Ihren Kanal abonniert und bin bestens über Ihre Aktivitäten informiert. Nur weil ich immobil bin, heißt das noch lange nicht, dass ich nicht surfen und swipen kann. Da schauen Sie, was?«

Rosa reichte ihr das Tablet. Sofort tippte und wischte Hartman darüber, als wäre das in den vergangenen Wochen ihre Hauptbeschäftigung gewesen.

»Die Frisur steht Ihnen übrigens gut. Endlich schauen Sie wie ein Mensch aus.«

»Muss ich mich für diese Wortmeldung bedanken? – Ich glaube nein«, sagte Rosa und schüttelte innerlich den Kopf, weil etwas gänzlich Unwichtiges wie ihr Äußeres derartige Aufmerksamkeit erhielt.

»Sie mit Ihren Hitler-Provokationen haben sich in ein schönes Schlamassel hineingeritten. Immer diese Bezüge zum Dritten Reich. Das ist inflationär und verharmlost die Sache doch völlig.«

»Das war nicht als Provokation gemeint, das ist mein Ernst. Was wir jetzt betreiben, zeigt deutliche Parallelen zur Mobilisierung für den Zweiten Weltkrieg zehn Monate vor dessen Ende. Auch damals war die Niederlage schon absehbar. Aber anstatt umzukehren, um Leben zu retten, wurden rücksichtslos Menschen getötet. Und wir opfern jetzt alles für unbeschränktes Wachstum, obwohl wir genau wissen, dass wir nicht gewinnen können.«

Rosa wunderte sich, dass Hartman die Ähnlichkeiten nicht erkannte.

»Jedenfalls sind Sie jetzt ein Star, sagt meine Urenkelin. Sie findet Sie übrigens trendy und cool, nicht zu fassen, oder?«

Hartman legte das Tablet ab und griff zu dem kleinen Becher mit den Tabletten.

»Meine Urenkelin sagt, Sie sind jetzt eine Influencerin. Ich habe ihr gesagt, das heiße Influenza, aber sie behauptet, das wären Verkäufer im Internet, die richtig viel Geld verdienen. Stimmt das?«

Hartman kippte die Tabletten in ihren Mund und spülte sie mit reichlich Wasser hinunter.

»Maximal bin ich eine Anti-Influencerin. Ich will ja eben NICHTS verkaufen«, sagte Rosa.

»Es ist ein Hype um Sie, sagt meine Urenkelin. Das geht schnell, meint sie, ein paar Klicks, die sich millionenfach fortsetzen, schon ist man jemand, sogar Sie.«

»Also von Millionen bin ich weit entfernt«, sagte Rosa.

Sie wollte nicht vom anhaltenden Shitstorm auf *Dunkelrosa* reden, wegen ihrer Anspielung auf Übereinstimmungen von marktradikalem Denken und Totalem Krieg. Sie wollte das Thema wechseln.

»Viel entscheidender ist, dass Sie in Ihrem Adlerhorst sitzen und nicht runter können, wie ich es befürchtet habe.«

»Ich sitze nicht, ich liege. Daran würde auch eine barrierefreie Wohnung nichts ändern. Und selbst wenn ich im Rollstuhl sitzen würde, was sollte ich denn vor dem Haus? Da braust und saust alles. Das ist doch nicht mehr schön! Wenn ich das mit früher vergleiche. Als Kind war ich den ganzen Tag auf der Gasse.«

»Frau Hartman, ich spreche nicht vom Spielen im Hof, sondern von selbstständiger Verrichtung täglicher Besorgungen.«

Aber Hartman hatte den Gefallen an Meinungsverschiedenheiten verloren. Was kümmerten sie gegenwärtige Probleme? Sie wollte in ihre Vergangenheit. Mit der flachen Hand strich sie die Decke glatt und erinnerte sich.

»Sie können sich nicht vorstellen, wie anders die Gegend früher ausgesehen hat. Eine Tramway fuhr über den Margaretenplatz und hatte beim Brunnen ihre Haltestelle. Ich war den ganzen Tag draußen und spielte mit anderen Kindern. Da gab es keine Autos, und falls doch eines kam, hörten wir es schon von Weitem. Die Straße gehörte uns. Ab und zu lieferte ein Bierkutscher von Ottakring Fässer für die Wirtshäuser am Platz. Starke Rösser mit langen Mähnen und Fell über den Hufen zogen den Wagen. Die waren absolut gutmütig, selbst ich traute mich, sie zu streicheln. Die größte Belustigung bot allerdings der Eismann im Sommer. Der saß auf seinem Kutschbock und läutete mit einer Glocke. Die Leute kamen runter, um sich Eis für ihre Speisekammer zu holen oder um es in die Kastenfenster zu legen. Wer hatte denn damals schon einen Kühlschrank?

Hinten am Fuhrwerk lag das Blockeis, von dem der Eismann Stücke mit dem Pickel hackte. Wir Kinder schnappten uns die abgesprungenen Splitter, um sie zu lutschen. Es war nur gefrorenes Wasser, aber wir waren ganz wild drauf.«

Sie schaute noch länger auf ihre Bettdecke, als könnte sie dort den Margaretenplatz mit vergangenen Szenen sehen.

»Frau Hartman, Sie wollen mir doch nicht weismachen, dass früher alles besser war, oder?«, fragte Rosa.

»Auf keinen Fall! Was halten Sie denn von mir? Weder bin ich blöd noch dement, schon gar nicht will ich die damalige Zeit verklären. Ich finde nur, wir waren freier als die meisten Kinder heute. Denen mag es materiell weitaus besser gehen und ihnen fliegen weder Bomben um die Ohren noch werden sie von Nazis drangsaliert. Trotzdem tun sie mir leid mit ihren Helmen und Handys, ständig unter Beobachtung.«

Sie stemmte sich am Fußkissen ab, um sich wieder ans Kopfende hochzuschieben. Es glich dem aussichtslosen Versuch eines Regenwurms auf trockenem Boden, die Straßenseite zu wechseln.

»Soll ich helfen?« Rosa sprang von ihrem Sitz auf. Hartman hob beide Arme wie eine Vogelscheuche. Rosa griff ihr unter die Achseln und zog sie Richtung Kopfteil. Ein stechender Schmerz in Höhe der Lendenwirbel erinnerte Rosa an aufrechte Haltung. Sie konnte sich einen Aufschrei verkneifen, biss stattdessen die Zähne zusammen und ging in die Knie. Mit einer Hand im Rücken richtete sie sich langsam auf und hoffte, dass alle Bandscheiben geblieben waren, wo sie sein sollten.

»Immer aus den Knien heben, nie aus dem Rücken!«, belehrte Hartman.

»Zu spät!«

Rosa glitt zurück auf ihren Sessel.

»Ich sehe schon, Sie müssen noch viel lernen. Warten Sie, ich stelle Ihnen das Bett auf Ihre Höhe ein«, sagte Hartman und griff nach der Bedienkonsole an der Seite. Sie senkte die Liegefläche ab wie einen fliegenden Teppich.

»Gönnen Sie mir bitte eine kurze Pause, Frau Hartman, bis ich ausschließen kann, mich zu Ihnen legen zu müssen.«

Rosa versuchte eine gerade Sitzhaltung einzunehmen. Hartman betrachtete sie abschätzig.

»Sie müssen einen Pflegekurs für Angehörige machen«, entschied sie.

»Ich bin keine Angehörige«, sagte Rosa.

»Zum Glück! – Für uns beide, meine ich. Innerhalb einer Familie, na ja, da gibt es oft Reibereien.«

Rosa fand, dass auch andere Beziehungskonstellationen beschwerlich sein konnten, hörte aber dennoch Hartmans implizite Freundschaftsbezeugung heraus.

»Von Kursen habe ich vorerst genug. Ich werde einfach Andi über die Schulter schauen und ansonsten sagen Sie mir bitte, wie ich helfen kann.«

Hartman lächelte Rosa an wie eine Mutter ihre Tochter, wenn sie von ihr nicht allzu viel erwartete, aber gerade deshalb oft überrascht wurde. Rosa versuchte ihre Beine auszustrecken, worauf ihr Rücken eine leise Warnung aussandte, dass er auch heftiger schmerzen könne, sobald sie unachtsam würde.

»Wie sind Sie überhaupt in diese Wohnung im letzten Stock gekommen?«, fragte Rosa nach dem Ursprung des Übels.

»Ich wurde hier geboren, wissen Sie das nicht?«, rief Hartman. »Meine Mutter hat mich in diesem Zimmer zur Welt gebracht.«

Sie deutete mit beiden Zeigefingern zum Boden, was ihn zu einem geheiligten machte.

»Mein Vater war Hausmeister im Margaretenhof, das wissen Sie, oder?«

»Weiß ich. Aber Hausmeister wohnen für gewöhnlich nicht auf zweihundert Quadratmetern unterm Dach.«

»Anfangs hat er in Ihrer Küche-Kabinett-Wohnung gelebt.«

»In meiner Wohnung?«

»Ja, genau. In der Portiersloge. Aber die damalige Besitzerin des Margaretenhofs, Frau Baronin von Was-weiß-ich-Wo, war äußerst zufrieden mit seinen Diensten und hat ihm die größere Wohnung im letzten Stock zugewiesen.«

»Aha«, sagte Rosa.

»Nix aha. Mein Vater war ein fleißiger junger Mann, vielleicht nicht allzu ehrenwert, aber lebenstüchtig und sehr zuvorkommend.«

Rosa unterdrückte jede Wortmeldung, was Hartman jedoch ebenfalls missfiel.

»Unterlassen Sie Ihre Unterstellungen, so zutreffend sie auch sein mögen. Bedenken Sie lieber, früher war eine Dachwohnung eine Zumutung. Im Sommer zu heiß, im Winter zu kalt. Davon abgesehen stellte der Adlerhorst das ungestörteste Plätzchen im Haus dar, will heißen, niemand hätte Frau Baronin hier vermutet.«

Hartman erzählte ausführlich. Die Eckpunkte lauteten, Hartmans Vater lernte trotz Baronin eine junge Frau kennen, heiratete sie, worauf 1931 Sophia Hartman geboren wurde, die Kindheit sowie Jugend im Margaretenhof verbrachte. Nach einer kurzen Unterbrechung, in der Hartman mit ihrem Ehemann in einem anderen Bezirk gewohnt hatte, kam sie nach dem frühen Tod ihrer Eltern Anfang der Sechzigerjahre zurück ins Dachgeschoss.

»Sie sehen, bis auf wenige Jahre habe ich mein gesamtes Leben an diesem Ort verbracht und gedenke nicht, dies für die letzten Meter zu ändern. No way, wie meine Urenkelin sagen würde.«

Rosa stand auf, kontrollierte, ob in ihrem Rücken alles war, wo es sein sollte.

»Trotzdem beunruhigt es mich, Sie hier oben allein zu wissen.«

»Aber Kindchen, ich bin doch nicht allein! Ich habe meine Familie, meinen Andi, einen Alarmknopf für Notfälle, und wenn ich nicht aufpasse, sitzen Sie mir auch noch auf der Pelle.«

Rosa ging in breitem Stand in die Hocke, fasste Hartman unter den Armen und hob sie mit der Streckung ihrer Beine Richtung Kopfteil.

»Jawohl, so macht man das, Rosa. Danke!«, lobte Hartman. »Und lassen Sie endlich Ihre Sorgen. Klima, Artensterben, die alte Hartman. Hören Sie endlich auf damit!«

Rosa saß in Bertrams Büro vor dem Computer. Sie switchte zwischen den Kanälen, ging die Posts unter ihren Beiträgen durch. Mila hatte ihr das Wichtigste für die Navigation in den Sozialen Plattformen gezeigt.

Die wollen nicht verstehen, die wollen es besser wissen, ärgerte sich Rosa über manche Kommentare. Sie kannte sinnlose Diskussionen von früher. Jetzt waren sie von Trollen perfektioniert worden, die Nebensächlichkeiten zerpflückten und sich im Hickhack profilierten. Das ersparte Taten und verhinderte Ergebnisse. Klugschwätzer, dachte Rosa.

Aluminiumdosen versus Glasflaschen? Braucht Tetrapack weniger Energie wegen geringeren Transportgewichts? Haben E-Reader geringere CO_2-Emissionen als Bücher?

Unwichtig!

Wir müssen alles in unserer Macht Stehende tun als Individuen und Kollektiv auf allen gesellschaftlichen, politischen, wirtschaftlichen, rechtlichen Ebenen. Es ist wie mit jeder Form moralischen Handelns, wir wissen, was wir sollen, aber wir tun es nicht, schrieb Rosa.

Sie war wütend, obwohl sie all die Behauptungen, Befindlichkeiten und Ablenkungsmanöver kannte und geplant hatte, sie zu ignorieren.

Ja, sicher braucht es Gesetzesänderungen und Gerichtshöfe für Umweltrechtsverletzungen, aber reduziert doch bitte schon mal euren Verbrauch, bis sie installiert werden! Hört endlich auf zu kaufen und betreibt gleichzeitig politischen Druck!, schrieb sie, während ihr Adrenalinspiegel stieg.

Sie checkte ihren Instagram-Account, wo ihr Herzchen und Küsse entgegenflogen, gemeinsam mit purem Hass.

Wir müssen nicht das Klima oder den Planeten schützen. Begreift doch, dass wir uns selbst retten, indem wir unseren Lebensraum bewahren. Es ist nicht schwer zu verstehen, dass wir uns selbst auslöschen, wenn wir weitermachen wie bisher. Wir entziehen uns unsere Lebensgrundlage!

Fünfzig Jahre nach dem Bericht an den Club of Rome kreisten diese Zauderer noch immer um dieselben Fragen. Nicht zu fassen! Rosa sprang von Bertrams Schreibtischsessel hoch, griff sich das Video-Kit und stürmte aus dem Büro.

Mir reicht's, euch Deppen zeig ich's!, zog sich als rote LED-Schrift durch ihren Frontallappen. Vor dem Brunnen am Margaretenplatz bremste sie sich ein.

Kann ja wohl nicht so schwer sein, dachte sie und schaltete Kamera und Mikro ein. Sobald die Fußgänger*innenampel auf Grün sprang, lief Rosa zum ersten Auto an der Haltelinie. Sie klopfte an die Fensterscheibe, hielt die Kamera in Hüfthöhe und filmte dem überrumpelten Autolenker ins Gesicht.

»Ich mache eine private Umfrage für meinen Videoblog. Wie viel ist für Sie genug?«

Der Mann blinzelte ins Objektiv, sah hoch zu Rosa, behielt die Ampel mit einem Auge unter Beobachtung.

»Äh, was?«, fragte er.

»Ob Sie wissen, wann Sie genug haben?«, wiederholte Rosa ungeduldig.

»Beim Trinken oder was?«, fragte er sichtlich überfordert. Die Ampel sprang um und befreite ihn von weiteren Peinlichkeiten. Er gab Gas und Rosa flüchtete auf den Gehsteig. Sie war unzufrieden.

Bei der folgenden Ampelphase versuchte sie es erneut.

»Wann ich genug habe?«, fragte ihr nächstes Opfer hinter dem Lenkrad. »Wenn ich satt bin und nichts mehr essen will, dann habe ich genug.«

Cut – »Genug? Mir ist jetzt schon alles zu viel«, sagte eine Frau mit leicht gerötetem Gesicht, ihr Hund bellte am Rücksitz aus dem Fenster.

Cut – »Kommt darauf an wovon.«

Cut – »Ich krieg nie genug.«

Aus.

Rosa betrachtete die Aufnahmen am Display. Der Ton rauschte schmerzhaft, die Belichtung war grauenvoll, das Bild verwackelt. Die Qualität konnte mit jener von Milas Aufnahmen nicht mithalten. Doch die Zusammenarbeit mit Mila war vorüber, der gemeinsame Deal abgewickelt. Filmen war nicht so einfach, wie sie angenommen hatte, musste sich Rosa eingestehen. Sie würde niemals ein Video zustande bringen und könnte es noch weniger hochladen. Sie müsste einen anderen Weg für ihre Wut finden. Rosa schürzte die Lippen. Ratlos drehte sie die Kamera in ihren Händen. Kurz konnte sie sich einreden, dass ihr dilettantischer Stil genau jenem der Influencer entsprach und unglaublich authentisch wirkte. Aber dann musste sie zugeben, dass ihr auch die Antworten der Befragten nicht gefielen. Was soll's, dachte sie und legte die Kamera neben sich auf die Bank, das war's dann wohl.

Ein Bus bremste an der Haltestelle vor ihr, seine Hydraulik zischte, der Motor wummerte im Standgas, als Leute ausstiegen. Noch bevor sich seine Türen richtig geschlossen hatten, brauste er wieder los.

Gut, sagte Rosa im Stillen zu sich, dann bringe ich das Equipment eben zurück und verzichte auf Entgegnungen. Ist ohnehin besser, die Trolle unbeachtet zu lassen.

»Hey Rosa! Was machst du hier?«, rief Bertram.

Seine Frage klang, als gleiche Rosas Sitzen im öffentlichen Raum einem okkulten Maya-Ritual, dessen höherer

Zweck Menschen des 21. Jahrhunderts für immer unzugänglich blieb. Sie blickte auf. Bertram stand vor ihr, einen Arm um Milas Schulter. Er sah blendend aus, war bestens gelaunt und gab Mila einen Kuss auf ihren tätowierten Hals. Rosa schwieg. Mila schnappte sich die Kamera.

»Ich hoffe, du hast nichts dagegen«, sagte Rosa zu Bertram und deutete auf das Gerät. Er machte eine Handbewegung, die jedes weitere Wort erübrigte.

»Bist du verrückt, Rosa?«, fragte Mila. »Das ist so old school, absolut cringy. Außerdem voll illegal. Du weißt, dass du keine Aufnahme ohne ausdrückliche Zustimmung online stellen darfst.«

Rosa sackte der Unterkiefer ab. Wer hatte sie noch mal ohne ihre Einwilligung als Lachnummer im Netz verteilt?

»Komm, ich zeig dir, wie man das heute macht.«

Im Hinterzimmer fuhr Mila den Rechner hoch, steckte die Kamera an und drehte sich auf dem Schreibtischsessel erfreut im Kreis.

»Mit einem Online-Survey auf deinem Blog kannst du deine Zielgruppe direkt erreichen. Interaktion, Rosa. Beteiligung, Engagement, dafür ist Social Media da. Nicht voll 80er-aktivistisch irgendwelchen Randoms ein Mikro vor die Fresse halten.«

Sie wirbelte mit Tastatur und Maus umher, während Rosa und Bertram aus Angst vor einem Kugelblitz wie Wachsfiguren im Zimmer standen.

»Okay, wir müssen uns einen Mix aus offenen und geschlossenen Fragen ausdenken. Fragen, die eine von dir gewünschte Antwort hervorrufen. Was willst du mit dem Survey erreichen, Rosa? – Den bösen Trollen zeigen, dass du recht hast, korrekt?«

Mila sprach im Stakkato. Rosa überlegte, ob dafür Drogen verantwortlich waren oder ob Hyperaktivität ihren

Normalzustand darstellte, dem nur dank Hanf beizukommen war?

»Ähm«, machte Bertram, womit er sich in Milas Redefluss drängte. »Du hast mir eigentlich versprochen ... wir wollten doch meinen Post ...?«

Er streckte ihr sein Smartphone entgegen, darauf war das Foto einer Holzsteige mit reifen Kirschen zu sehen.

»Oh, stimmt«, sagte Mila und presste die Lippen zusammen. »Okay, Rosa, pass auf! Kannst du kurz warten, bis ich Bertrams Internetauftritt ein wenig aufgemöbelt habe? Geht ganz schnell, ich feile nur kurz an der SEO, checke Tags und Verlinkungen für sein besseres Ranking, wird nicht lange dauern.«

Da sie nicht wusste, was sie sonst tun sollte, zuckte Rosa mit den Schultern und zog sich artig aufs Sofa zurück. Bertram überließ Mila sein Handy und rückte einen zweiten Schreibtischsessel heran, um ihr während ihrer Social-Media-Kunststücke auf die Finger zu schauen. Sie saßen nebeneinander wie beim vierhändigen Klavierspiel, eingerahmt vom Widescreen. Es kam beinahe romantische Stimmung auf. Rosa seufzte. Sie beobachtete, wie sich die Bilder am Monitor blitzschnell abwechselten. Mila komprimierte Fotos, schnitt zu, versah sie mit Untertiteln. Irgendwann überließ sie Bertram die Tastatur, damit er seinen Beitrag zur soeben eingelangten Kirschenrarität verfassen konnte.

»Du bist auch auf Facebook?«, fragte Rosa erstaunt, als sie die blaue Benutzeroberfläche wiedererkannte. Mila und Bertram drehten sich gleichzeitig zu ihr um, als hätte sie soeben laut gefurzt.

»Was glaubst du, wie ich meine Kund*innen über aktuelle Lieferungen informiere?«, fragte er. Rosa blinzelte wie eine Ahnungslose. »Hast du nicht bemerkt, dass ich *Dunkelrosa* folge und deine Beiträge like und teile?«

Rosa traute sich nicht, Nein zu sagen, weil das Bertram offensichtlich gekränkt hätte.

»Rosa, genau das macht man in den Sozialen Medien, vernetzen. Nicht nur pushen und senden, sondern Kontakte knüpfen, sichtbar werden, Benefit liefern«, sagte Mila.

Rosa klapperte mit den Augendeckeln wie ein Roboter bei Kurzschluss. Sie ließ sich auf die Liegefläche gleiten und lagerte die Beine hoch. Sie nahm sich vor, demnächst ein Buch über Social Media in der Bücherei auszuborgen. Es konnte doch nicht angehen, dass nur sie nichts von Sozialen Plattformen verstand. Ihr kam ein Bild von einer Lokomotive in den Sinn, die sich vor Urzeiten in Bewegung gesetzt hatte. Sie konnte den Heizer sehen, der unentwegt Kohle in den Kessel schaufelte, um in gesteigerter Geschwindigkeit an Rosa vorüberzuziehen.

»Knackige, große Gemersdorfer!«, rief die Stimme von Darth Vader. Rosa schaute auf. Am Schreibtisch krümmte sich Mila vor Lachen. Bertrams Gesicht war rot angelaufen, in seinen Augen standen Lachtränen. Mila nahm ihm sein Mikro aus der Hand.

»Was?«, sagte sie und drang als Imperator der dunklen Seite der Macht über die Surroundboxen ins Hinterzimmer. Bertram kriegte sich vor Freude über seinen Voice Decoder nicht mehr ein.

»Seid ihr endlich fertig?«, fragte Rosa in die gute Laune hinein. Wieder drehten sich die beiden zu ihr um. Diesmal wie zu jemandem, der bei einer Schmuseparty plötzlich das Licht eingeschaltet hatte. Mila spielte mit dem Regler und hielt sich das Mikro an die Lippen.

»Okay Boomer«, sagte eine Mickey-Mouse-Stimme.

Die Party war zu Ende. Bertram erledigte rasch, was er glaubte erledigen zu müssen. Mila zeigte ihm dafür ein paar Shortcuts. Dankbar küsste er sie zum Abschluss auf Wange, Nase, Mund und ihre Weinranke. Rosa vermutete ein bereits etabliertes Ritual dahinter. Dann löste er sich von ihr und seiner Workstation.

»Hey, sehen wir uns zum Abendessen bei mir?«, fragte er vor dem Hinausgehen.

»Nein«, sagte Rosa.

»Ja«, sagte Mila.

Als er weg war, legte sich kristallene Stille ins Büro. Plötzlich wollte Rosa nach Hause. Sie hatte ihren Zorn und ihre Entgegnungen auf die Hater vergessen. Aber Mila erinnerte sie daran.

»Hast du dir Fragen überlegt? – Und bitte verschone mich mit dem #wievielistgenug-Shit.«

Rosa setzte sich neben Mila, die das missglückte Video hochlud.

»Sind Sie für Selbstzerstörung und gegen das Überleben der Menschheit?«, schlug Rosa vor. Mila schnalzte mit der Zunge.

»Sind Sie für Wirtschaftswachstum oder für Lebensqualität?«, lautete der nächste Vorschlag.

»Zu kompliziert. Kein Entweder-oder«, sagte Mila. Sie switchte zwischen mehreren Programmen am Desktop hin und her.

»Weshalb bilden Menschen als Gesamtheit Gemeinschaften, die sie als Individuen lieber ändern würden?«

»Oh no, Rosa, du willst Involvement, kein sophisticated Boredom.«

Mila kappte die Tonspur des Videos und konzentrierte sich auf die Mimik der Befragten. Wie Filmstills reihte sie ein Gesicht an das andere, jeweils in dem kurzen Moment der Nachdenklichkeit, in dem sich eine Frage in eine Antwort transformierte.

»Wird die moralische Kraft der Menschheit ausreichen, um das von ihr verursachte Problem der Umweltzerstörung zu lösen?«, lautete Rosas nächstes Angebot.

Mila wackelte langsam mit dem Kopf.

»Schon besser. Funktioniert vielleicht mit einem Ja/Nein-Antwortbalken zur besseren Visualisierung. Eindeutige Mehrheiten erleichtern oft die Entscheidung für Unentschlossene. Oder beeinflussen sie«, sagte Mila grinsend. Ihre Finger rasten über die Tastatur und Bilder über den Schirm. Plötzlich rückte sie zur Seite.

»Bitte, der Einstimmungsclip für deinen Online-Survey!«

Sie gewährte Blick auf eine Aneinanderreihung von Porträts. Menschen auf der Straße wie du und ich im Moment höchster Konzentration. Der kurze Clip, unterlegt mit einem unaufdringlichen Sound, erweckte den Eindruck, *Dunkelrosa* hätte mit ihren Fragen einen Denkanstoß angeregt. Selbst Rosa, die das Rohmaterial kannte, spürte den Impuls, der von der Ernsthaftigkeit der Großaufnahmen ausging. Sie blickte Mila mit einer Mischung aus Bewunderung und Argwohn an und überlegte, woher sie das alles konnte. Mila schrieb Rosas letzte Frage unter den Clip und fügte einen Ja/Nein-Button ein.

Teile deine Gedanken mit uns!
Schreibe uns, was dir wichtig ist.
Lies hier, was andere aus der Gruppe dazu meinen.
Klicke hier für weitere Informationen.
#verzicht
#enoughisplenty
#stopoekozid

»Klare Frage, klare Anweisung und Emotion. Ich wette, die Beteiligung wird enorm sein«, sagte Mila und ihr Tattoo schien vor Zufriedenheit einen neuen Trieb auszubilden.

Einige Tage später, es war Mitte Mai, kam Rosa in Hartmans Schlafzimmer. Es stank.

»Rosa, bitte!«, sagte Frau Hartman weinerlich. Sie lag seltsam verkrampft im Bett. »Mir ist was passiert.«

Rosa schaute, ob etwas verschüttet worden oder ausgeronnen war. Doch das Zimmer befand sich in unauffälligem Zustand.

»Ich traue mich nicht, mich zurückzulehnen, sonst mache ich was schmutzig.«

Hartman hielt mit ausgestrecktem Arm die Bettdecke vom Körper.

»Darf ich?«, fragte Rosa und nahm ihr die Decke behutsam ab. Hartman zog ihren Arm an, wie ein Kind, das bei einer heiklen Operation nicht im Weg stehen wollte. Rosa deckte Hartmans Rücken ab. Das hinten offene Nachthemd war verrutscht und bauschte sich an der Vorderseite, dennoch ragten die Enden in den beinahe flüssigen Kot, der sich über Leintuch, Decke und Gesäß verteilt hatte.

»Ich kann nichts dafür«, weinte Hartman.

»Natürlich nicht, ist schon gut. Ich mach das weg, keine Sorge«, sagte Rosa, aber sie hatte keine Ahnung, wie sie das tun und womit sie beginnen sollte.

Im ersten Impuls wollte sie alle Fenster öffnen, um den Gestank zu vertreiben. Aber das wäre ungünstig gewesen. Hartman hätte sich verkühlen können. Lüften dürfte folglich erst der letzte Arbeitsschritt sein. Rosa schaute auf die Uhr. Der Pfleger würde erst in zwei Stunden kommen, so lange konnte Hartman nicht im beschmutzten Bett liegen bleiben. Rosa musste das alleine schaffen.

»Ich schäme mich so«, wimmerte Hartman, die sich die Hand vor das Gesicht halten wollte, um sich zu verstecken und ihre Schmach ungeschehen, zumindest ungesehen zu machen.

»Bitte nicht!« Rosa hielt sie davon ab. »Greifen Sie bitte nichts an.«

Entsetzt starrte Hartman auf ihre Finger, an denen etwas Kot haftete. Rosa lief ins Badezimmer, brachte ein Lavoir mit warmem Wasser und Seife zurück. Andi hatte eine Packung Baumwolltücher im Schlafzimmer deponiert, weil man die immer brauchen konnte, was sich nun bewahrheitete. Rosa befeuchtete eines der Tücher und wischte Hartmans Hände sauber.

»Frau Hartman, ich werde sie jetzt ausziehen und waschen, gut?«, bereitete Rosa sowohl Hartman als auch sich selbst auf die nächsten Handgriffe vor. Sie legte die Decke unweit des Betts auf den Boden. Um die würde sie sich später kümmern. Dann half sie Hartman aus dem Nachthemd, darauf bedacht, den Kot nicht weiter zu verteilen.

»Bitte etwas vorbeugen«, sagte Rosa, drehte die nackte Hartman sanft an der Hüfte nach vorn, damit sie das schmutzige Leintuch unter dem Körper hervorziehen, einschlagen und mit der sauberen Seite nach oben legen konnte.

»Darf ich mich zurücklehnen? Mir tut schon alles weh«, raunzte Hartman.

»Bitte nicht, noch kurz durchhalten«, bat Rosa.

Sie griff sich einen Packen Tücher und wischte zunächst den gröbsten Dreck weg, danach reinigte sie Rücken, Gesäß und Oberschenkel.

»Entschuldigung«, sagte sie, als sie Hartmans Po abwischte. Erst nachdem das Epizentrum rein war, wusch sie den restlichen Körper. Dazwischen lief sie mehrmals ins Bad, um sauberes Wasser zu holen. Sobald Hartman gewaschen war, tupfte Rosa sie mit einem weichen Badetuch trocken. Die Frau bat um ein feuchtes Tuch für ihr Gesicht. Beinahe zwanghaft wischte sie sich über Augen und Stirn, als ob sie dadurch das Wissen um ihre Inkontinenz und die Ahnung künftiger gleichartiger Erlebnisse entfernen könnte.

Obwohl bereits alles an ihr sauber war, bestand sie darauf, dass Rosa auch noch Reinigungsschaum anwendete. Rosa sah die hellblau-weiße Sprühdose auf der Kommode, nahm die Plastikkappe ab, trug weißen Schaum auf Hartmans Gesäß auf und entfernte ihn mit einem weiteren Baumwolltuch. Es war unnötig, übertrieben, bloße Verschwendung, aber Rosa konnte Hartmans Bedürfnis nach absoluter Sauberkeit nachvollziehen. Sie warf das schmutzige Tuch auf den Boden zu den anderen, sah daneben die dreckige Wäsche liegen und verdrängte den Gedanken an den Müll, den sie soeben produzierte.

»Gut, Sie sind jetzt sauber. Als nächstes kommt das Bett dran«, sagte Rosa.

Sie wickelte das schmutzige Leintuch zusammen, wie sie es bei Andi beobachtet hatte, schob es unter Hartmans Körper, rollte sie über das Bündel auf die andere Seite. Danach zog sie das alte Leintuch ab und kontrollierte, ob die Unterlage sauber geblieben war. Sie holte ein frisches Tuch aus dem Kasten, breitete es über die Hälfte des Betts, rollte Hartman über das saubere, eingeschlagene Bündel wieder zurück, um danach die andere Hälfte zu überziehen. Endlich durfte sich Hartman entspannt ausstrecken.

»Ich finde, das haben wir gut gemacht«, sagte Rosa erleichtert und stolz.

»Aber ich brauche eine Vorlage, außerdem cremt Andi mich immer ein und mein Nachthemd fehlt auch noch!«

Patientin Hartman war unzufrieden, aber zu Recht. Rosa legte ihr einen Kopfpolster unter und drehte sie erneut in die Seitenlage. Sie schmierte Ringelblumensalbe auf Hartmans Po und rieb Arme und Beine mit duftendem Körperöl ein. Sie half ihr in ein frisches Nachthemd, griff sich die Ersatzdecke aus dem Kasten, überzog sie mit neuem Bettzeug und deckte Hartman zu. Jetzt konnte sie endlich das Fenster öffnen. Sie sammelte die gebrauchten Tücher ein und entsorgte sie im Hausmüll. Die Schmutzwäsche stopfte sie nach vorherigem Ausspülen in die Waschmaschine. Rosa versuchte, nicht an Wasser- und Stromverbrauch dieser Reinigungsaktion zu denken.

Als sie ins Schlafzimmer zurückkam, weinte Frau Hartman still vor sich hin. Rosa setzte sich auf die Bettkante und berührte ihren Arm.

»Ich schäme mich so. Ich wollte das nicht«, sagte Hartman.

»Das weiß ich doch. Wer will das schon? Es passiert einfach. Das ist unangenehm, aber kein Grund, sich zu schämen.«

Hartman schüttelte den Kopf. Sie wollte sich wieder hinter ihren Händen verstecken, aber schreckte in letzter Sekunde davor zurück.

»Frau Hartman, es ist nur Scheiße, kein Atommüll, der eine Million Jahre radioaktiv strahlt.«

Aber Hartman war noch nicht bereit zu ironischer Selbstreflexion.

»Warum tut mir mein Körper das an? Warum lässt er mich im Stich?«

Darauf fiel Rosa nur eine Antwort ein, die sie lieber nicht aussprach. Sie blieb ruhig sitzen, hörte das Brummen der Waschmaschine aus dem Badezimmer und spürte, wie unglaublich erschöpft sie war. Aber sie merkte auch, wie froh sie war, Frau Hartman geholfen zu haben. Womöglich hätte sie es besser machen können. Sicher auch schlechter. Hartman hätte aus dem Bett fallen oder sich anderweitig verletzen können. Im Grunde war Rosa glücklich, dass ihre Hausmitbewohnerin sicher und sauber unter einer frischen Decke lag.

»Das Malheur muss wohl mit meinen neunzig Lebensjahren zusammenhängen, was?«, fragte Hartman plötzlich ohne weinerlichen Klang in ihrer Stimme. Rosa verzog das Gesicht.

»Na, ich weiß nicht, scheint mir eine ziemlich gewagte Hypothese zu sein, die Sie da aufstellen.«

»Meinen Sie? Na gut, dann hat mein Alter nichts damit zu tun. Was auch logisch erscheint, denn jetzt bin ich schon so lange alt und noch nie ist mir Derartiges passiert. Ich werde vermutlich etwas Schlechtes gegessen haben.«

Rosa lächelte Hartman an, dankbar für deren wiedererlangten Humor.

»Das wird's gewesen sein, ganz bestimmt.«

Sanft drückte sie ihren Unterarm.

»Was wollten Sie eigentlich hier, Rosa? Einfach kurz vorbeischauen und mir den Arsch abwischen?«

»Ach, ich wollte nur fragen, ob Sie hungrig sind und ich mich bei Ihnen über den Zustand der Welt ausheulen darf. Aber wie ich sehe, widmen Sie sich neuerdings eher der entgegengesetzten Seite des Stoffwechsels.«

»Rosa, wie gustiös Sie das wieder in Verbindung bringen, einfach köstlich!«

Kurz lachte auch Hartman, dann verstummte sie und wurde neuerlich ernst.

»Sie können sich nicht vorstellen, wie sehr ich mich vor mir selbst ekle und geniere«, sagte sie.

»Nein, Frau Hartman, das kann ich wahrscheinlich nicht. Aber ziemlich sicher werde auch ich mich irgendwann einmal anmachen und Hilfe brauchen. Jetzt sind eben Sie an der Reihe.«

»Ich weiß, Rosa. Und trotzdem ekelt es mich.«

»Na gut, wenn Sie sich unbedingt grausen wollen, tun Sie es. Aber ich denke, Sie brauchen Ablenkung.«

Rosa griff sich das Tablet vom Nachtkästchen. Sofort stellte Hartman ihren Kopfteil hoch, stützte sich am Fußkissen ab (das Rosa nach Andis Vorbild zwischen Bettende und Füße geklemmt hatte) und schaute aufmerksam auf das Display in Rosas Hand.

Sie sah einen Feelgood-Spot im Biobauernhofmilieu. Rosa erklärte ihr bei jeder Einstellung, was sie darüber wissen musste. Es war Lies' und Lenas Hof in warmen Farben. Aufnahmen von Handy und Steadicam kreierten die dynamische und zugleich entspannte Atmosphäre eines naturverbundenen, guten Lebens. Hübsche, glückliche Menschen und gesunde Tiere in schöner Landschaft. Eine Totale vom Bauernhaus in kräftigem Gelb des Sonnenaufgangs. Bob der Labrador begrüßte mit wedelndem Schwanz die Kamera. Katze fauchte in Verteidigung ihres Bibliotheksplatzes. Lena beim Ausmisten des Stalls winkte kurz ins Bild. Lies umarmte den benachbarten Winzer. Mit ihrem rot-weiß-gepunkteten Kopftuch, der Arbeitsschürze über dem Kleid und den Bergschuhen an ihren Füßen sah sie wie das Klischee einer Biobäuerin aus. Rote Lippen, schwarzer Kajal, lachendes Gesicht. Ihre dunklen Locken lugten unter dem Kopftuch hervor. Ein Schwenk über die Kuhweide samt Kälbchen. Totale auf Schwarznasenschafherde. Gänse und Hühner liefen über die Wiese. Close-up auf eine Biene am Löwenzahn. Danach Bienen im Gegenlicht, die um ihre bunt bemalten Stöcke flogen. Ein Ort, wo Mensch und Tier selbstbestimmt lebten. Genuss und Freude. *Das will ich auch!*, war die unterschwellige Message, die Milas Film transportierte.

»Schön«, sagte Hartman, als der Spot aus war. »Sehr schön.«

»Propaganda«, sagte Rosa.

Hartman sah die beachtliche Anzahl der Aufrufe.

»Na und? Es gefällt den Leuten.«

»Der Hofladen wird gestürmt. Die sind beinahe leer gekauft worden, hat mir Lies erzählt. Ständig klingelt das Telefon, Leute fragen um ein Praktikum an, wollen kurz mal vorbeischauen oder Urlaub am Bauernhof machen. Sogar die Stadtzeitung und ein Magazin für nachhaltigen Lebensstil haben sich gemeldet. Selbst Hans, der benachbarte Winzer, geht in Anfragen für Keller- und Weingartenführungen unter. Zeitweise musste er seinen Webshop wegen Überlastung vom Netz nehmen«, klagte Rosa.

»Das ist doch gut so. Freuen Sie sich doch für Ihre Freunde.«

Sie wollte das Tablet weg- und sich bequemer hinlegen.

»Frau Hartman, der Spot weckt Begehrlichkeiten. Schauen Sie sich das an.«

Rosa wischte über das Display und hielt ihr einen weiteren Youtube-Clip hin. Etwas widerwillig, weil doch schon müde, richtete Hartman ihren Blick auf das Gerät.

»Ah, der fesche Bertram«, sagte sie, froh, endlich jemanden zu kennen.

Von einem verwackelten Bild zeichnete sich nach kurzer Unschärfe Bertrams lachendes Gesicht ab. *What a wonderful world* erklang – eines seiner Lieblingslieder, wie Rosa erklärte. Es war aus rechtlichen Gründen so stark verfremdet worden, dass keine Tantiemen bezahlt werden mussten, aber es noch harmonisch klang. Die Kamera folgte Bertram durch seinen Laden; Kundinnen und Kunden plauderten miteinander, wurden von Bertram begrüßt, die Stimmung war locker und entspannt. Man lachte, nahm sich Zeit füreinander. Nahaufnahme von rieselnden Getreidekörnern. Holzkisten mit Rüben, Äpfeln, Marillen. Alles appetitlich und ohne Verpackung. Unauffällig, aber wahrnehmbar waren im Hintergrund Einweckgläser, Weidenkörbe, Stofftaschen zu sehen. Hier entsteht kein Müll, hier ist man verantwortungsbewusst. Ortswechsel. Ein grüner Acker. Eine Hand zog einen Bund Karotten aus der Erde. Bertram hielt einen Korb mit frischen Brokkoli, Fenchel und allerlei Grünzeug, stellte ihn in die Transportkiste seines Lastenrads. Er lächelte in die Kamera, schräge Nachmittagssonne blendete ihn. Er winkte wie auf einem Super-8-Urlaubsfilm. Dann stieg er auf sein Rad und fuhr der Sonne entgegen.

»Auch schön«, sagte Hartman. »Kommt gut an.«

Sie deutete auf eine Flut an Likes, Herzchen, Smileys und Smileys mit Herzchen unter dem Post.

»Das ist Werbung! Mila hat das über meine Kanäle verteilt«, sagte Rosa.

»Na und?«

»Das ist Anleitung zum Konsum, ausgespielt an 150 000 meiner Kontakte.«

»Jetzt beruhigen Sie sich bitte wieder. Seien Sie froh, dass Sie Ihrem Freund etwas zurückgeben können. Er hat Sie mit Ihrem Unsinn im Internet unterstützt. Es ist doch nur fair, dass er dafür etwas Aufmerksamkeit bekommt.«

»Seit Beginn meiner Social-Media-Aktivitäten ist sein Umsatz merklich gestiegen, hat er gesagt, einfach weil er mir folgt oder sich irgendwie mit mir verlinkt hat.«

»Ja wunderbar, ist doch hervorragend. Was regen Sie sich auf? Sie helfen Bertram, nicht *Lockheed Martin* oder *ExxonMobil* – wenn ich da auf Ihre Vergleiche zurückgreifen darf.«

Rosa sprang auf und lief im Zimmer auf und ab.

»Das geht alles irgendwie in die falsche Richtung. Das wird alles immer mehr. Mehr Follower, mehr Klicks, mehr bösartige Kommentare. Je ausführlicher ich mich erkläre, desto gründlicher werde ich missverstanden. Aber es soll doch weniger werden! Weniger Konsum, weniger Umsatz, geringerer Verbrauch. Doch nichts kann die Kaufwut dämmen oder den Energiehunger stillen. Deshalb wird es nie genug Sonnenkollektoren, Windräder, Biothermikanlagen für unseren ständig steigenden Verbrauch geben können. Freiwillig wird nie ein Sättigungsgefühl erreicht werden. Das ist, als steckten wir alle gemeinsam in einem riesigen Nachkriegsversorgungstrauma, das wir nicht und nicht überwinden, obwohl die Zeit abläuft.«

Hartman beobachtete Rosa, die wie ein Tennisball von einer Wand zur anderen lief. Sie konnte Rosas Aufregung beim besten Willen nicht nachvollziehen. Schließlich gab es härtere Schicksalsschläge als einen Werbespot mit Weichzeichner. Aber weil Rosa darüber ernsthaft beunruhigt schien und Hartman ihre verrückte Nachbarin mit dem Ökosparwahn wirklich mochte, wollte sie nicht abschätzig über deren Sorgen urteilen.

»Also, wenn es Sie so sehr bedrückt, löschen Sie doch Ihre Konten oder wie das heißt. Hören Sie einfach mit dem Internet auf. Es zwingt Sie doch niemand dazu.«

Aber Rosa schien nicht zu hören.

»Irgendetwas geht da vor sich. Ich weiß nicht genau was, aber da ist etwas in Gang.«

Rosa ließ sich auf den Sessel neben Hartmans Bett fallen.

»Kindchen, nicht böse sein, aber es tut sich eine ganze Menge ohne Ihr Wissen, daran sollten Sie inzwischen gewöhnt sein, finde ich«, sagte Hartman.

»Er wäre der Haupttreffer in einer Romantic Comedy, hat sie gesagt, und dass sie nur ein bisschen miteinander schlafen.«

Rosa sprach vor sich hin mit Blick auf den Boden.

»Aha, daher weht der Wind. Sie sind also doch eifersüchtig!«

Hartman wusste sofort, von wem die Rede war, auch wenn sie Mila noch nie gesehen hatte.

»Daher weht überhaupt kein Wind. Es geht nicht um Bertram, Mila beschäftigt mich. Sie sagt, Zitat: Ihr gehe die ganze Ökosache am Arsch vorbei. Sie hätte andere, reale Probleme, aber jemand wie Bertram oder ich ignorierten Existenzsorgen und ließen nur Umweltkatastrophen gelten. Alles andere wäre zu banal für uns. Jeder, der sich um die eigene Miete kümmern müsse, würde sich in unseren Augen disqualifizieren. Wir betreiben, Zitat: Ökosegregation. – Aber das stimmt überhaupt nicht! Bei der Wachstumskritik geht es ganz zentral um die Entwicklung einer sozial gerechten Gesellschaft. Außerdem muss ich doch auch Miete zahlen und weiß nicht einmal, woher ich das Geld nehmen soll! Also, weshalb dieser Vorwurf? Und warum macht sie trotzdem ein Video für Bertrams Laden?«

Diese jungen Leute, dachte Hartman, immer Zores für nichts.

»Vielleicht hat Bertram sie mit dem Video beauftragt?«, schlug Hartman vor.

Rosa zuckte mit den Schultern.

»Meines Wissens nicht. – Und warum findet sie keinen Job, wo sie doch so geschickt ist? Da stimmt was nicht.«

Diesen Verdacht hegte Rosa bereits länger, aber als sie die perfekten Werbefilme gesehen hatte, wurde ihr Mila ungeheuer. Sie hatte Mila zur Rede gestellt, doch die hatte ausweichend geantwortet und etwas von fehlenden Referenzen gesagt.

Hartman drehte sich etwas fahrig zur Seite und legte das Tablet weg.

»Lassen Sie das jetzt, das langweilt mich«, sagte sie. »Gehen Sie lieber rüber zum Schrank. Kommen Sie schon, machen Sie die Tür auf, die zweite beim Fenster. Na los!«

Sie deutete mit wedelnder Hand zu ihrem Einbauschrank. Rosa erhob sich schwerfällig. Sie merkte erst jetzt, wie erledigt sie von der Reinigungsaktion war. Sie öffnete die Tür. Beißender Naphtalingeruch schlug ihr entgegen, nahm ihr den Atem und brannte in den Augen.

»Verdammt, Frau Hartman! Wollen Sie mich vergiften?«, rief sie und hielt sich die Hand über Mund und Nase.

»Führen Sie sich nicht so auf, man stirbt nicht gleich von ein paar Mottenkugeln. Dort, das kleine Schwarze, sehen Sie es? Nehmen Sie es heraus!«

Hartman war plötzlich quirlig, wie ein Teenager vor dem ersten Schulball.

»Probieren Sie es an!«

Rosa zog ein schwarzes Cocktailkleid hervor, befreite es von seinem Plastiküberzug und hielt es mit ausreichend Sicherheitsabstand vor ihren Körper.

»Sie sind zwei Köpfe kleiner als ich, wie sollte ich da hineinpassen?«, fragte sie.

Hartman richtete sich euphorisch in ihrem Bett auf.

»Nicht widersprechen, anziehen!«

Rosa stülpte das kleine Schwarze einfach über T-Shirt und Hanfhose, dann stellte sie sich vor die verspiegelte Schranktür. In der Breite passte es tatsächlich, doch es zwickte unter den Achseln und reichte nur knapp übers Knie. Es war ein schickes, schlichtes Modell aus den Sechzigern. An Rosa wirkte es wie eingelaufen.

»Kommen Sie her, lassen Sie sich anschauen«, sagte Hartman.

Gierig streckte sie ihre Arme nach Rosa aus, wie ein Zauberer, der Kraft seiner Magie Dinge und Menschen bewegen konnte. Rosa stellte sich ein wenig angewidert vom Geruch vor Hartmans Bett, darauf bedacht, das Kleid nicht an allzu vielen Körperstellen in Hautkontakt kommen zu lassen.

»Drehen!«, kommandierte Hartman, und Rosa tat wie ihr befohlen. »Wundervoll. Sie sehen wunderschön damit aus, wie Audrey Hepburn. Vielleicht sollten Sie den Saum auslassen und ihre komische Hose ausziehen, aber im Grunde passt es wie angegossen.«

Hartmans Blick verklärte sich vor Entzücken. Mit einem Seufzer ließ sie sich zurückfallen.

»Ich habe es oft an gemeinsamen Abenden mit meinem Mann getragen. Ist eine Ewigkeit her.«

Auf ihrem Gesicht lag die Seligkeit süßer Erinnerung. Rosa zwängte sich aus dem Kleid, was ihr beinahe eine Schulterdislokation einbrachte. Sie hängte es über den Haken, breitete den Plastiküberzug darüber und wollte es zurück in den Schrank geben.

»Nein, bitte behalten Sie es! Ich schenke es Ihnen«, sagte Hartman. »Sie werden sehen, es bereitet große Freude, einen festlichen Anlass durch gediegene Kleidung zu würdigen. Nehmen Sie es, bitte. Und machen Sie sich keine Sorgen um mein Auslangen, ich werde mir für die nächste Tanzveranstaltung ein neues kaufen.«

Sie lächelte schwach. Rosa brachte es nicht übers Herz, das Geschenk auszuschlagen, obwohl sie wusste, dass sie es nie tragen würde.

Nach Haferbrei, Kräutertee und Zähneputzen mit Salz und Minze beschloss Rosa, wieder ins Bett zurückzukehren, welches dankenswerterweise ihre Körperwärme gespeichert hatte. Sie zog die Decke bis unters Kinn, hielt ihr Buch vor die Nase und rollte sich ein. Regentropfen trippelten am Schlafzimmerfenster herab. Blog, Foren, Hater und Follower sollten für einen Tag unbeachtet bleiben. Stattdessen wollte sich Rosa in den Wahnsinn der Atomsemiotik vertiefen. Rauchende Köpfe brüten bei dieser Wissenschaft unter anderem über Türschilder für undichte norddeutsche Salzstöcke, in denen Tonnen an Atommüll lagerten. Die Schilder sollen alle Wesen, die künftig Türen öffnen können, auch nach einer Million Jahren davon abhalten, den lecken Aufbewahrungsort zu betreten. Rosa stellte sich Wissenschaftler*innen und Designer*innen vor, die sich Zeichen für die Warnung: *Achtung Lebensgefahr – Zutritt verboten!*, ausdachten. Sie amüsierte sich über die Gesichter zukünftiger Wesenheiten nach der Entdeckung undichter Kastorbehälter. Atomenergie, ein auf europäischer Ebene hoch subventionierter Weg der, wie neuerdings beschlossen worden war, »grünen« Stromgewinnung.

Kurz schweiften ihre Gedanken zu den goldenen Schallplatten der radionuklidbetriebenen Voyager-Sonde ab. Auch die würden (falls jemals gesichtet) Außerirdischen ein Verblüffen aufs Antlitz zaubern. Weshalb vertrauen Menschen darauf, von fremden Spezies trotz zwischengeschaltetem Medium verstanden zu werden, wenn ihnen schon die direkte Kommunikation mit ihren Artgenossen misslingt?

Rosa lächelte im Halbschlaf. Sie fragte sich, ob niemand der für Atommülllager Zuständigen Märchen las. Offensichtlich nicht. Sonst wäre bekannt, dass dort regelmäßig versperrte Schlosszimmer vorkamen, die keinesfalls betreten werden durften, aber zu den ersten gehörten, die aufgebrochen wurden.

Darüber wäre Rosa erneut eingeschlafen, hätte sie nicht ein entschiedenes Klopfen davon abgehalten. Sie wartete, ob die Störung versehentlich gewesen war. Aber sie wiederholte und steigerte sich. Träge glitt Rosa vom Bett in ihre Filzpatschen und schlurfte zur Tür. Ein Mann stand davor, den das Prädikat aufgeweckt umfassend beschrieb. Er grüßte freundlich.

»Ich schätze, Sie kennen mich?«, fragte er mit gewinnendem Lächeln.

»Nein«, sagte Rosa, obwohl er ihr trotz ihres Desinteresses für Berühmtheiten bekannt vorkam. Er stellte sich als PR-Experte der Umweltpartei auf Landesebene vor und wollte mit ihr über ihre Internetaktivitäten sprechen. Rosa fragte, woher er ihre Wohnadresse kannte und weshalb er sie zwecks Terminvereinbarung nicht schriftlich kontaktierte. Er deutete gemeinsame Bekannte an, die ihn auf *Dunkelrosa* aufmerksam gemacht hatten.

»Ich wurde darüber informiert, dass Sie ein persönliches Gespräch bevorzugen«, antwortete er.

Sie lehnte am Türrahmen, mit einem Arm versperrte sie ihm den Zutritt. Sie schaute in seine Augen. Sie waren verschiedenfarbig. Trotz maßgeschneidertem Anzug und teurem Schuhwerk war er ihr wegen seines wachen Blicks sympathisch. Sie ließ ihren Arm sinken und ihn eintreten. Er setzte sich an den Küchentisch und brauchte keine Aufforderung, um von seinem Anliegen zu sprechen. Synergien nützen, Kräfte bündeln, Gelegenheiten ergreifen. Rosa zupfte Minzblätter von einem Topf am Fensterbrett, gab sie in einen Krug und goss mit kaltem Wasser auf.

»Mit Ihrer eigenwilligen Art erreichen Sie Tausende Menschen. Ich verfolge Ihre Beiträge schon länger. Je klarer Sie Ihre Ansichten formulieren, desto größer ist Ihre Reich weite.«

Rosa schlurfte im Pyjama mit ihren Filzpatschen durch die Küche. Sie stellte den Krug und zwei Gläser auf den Tisch und setzte sich.

»Ich bin davon überzeugt, dass unsere Wählerinnen und Wähler bereit sind, mit der unbequemen Wahrheit konfrontiert zu werden. Sie sind bereit, unpopuläre Maßnahmen mitzutragen. Aber sie verlangen klare Ansagen und verlässliche Positionen. Politisches Taktieren wird nicht länger toleriert. Wer die Szenarien des letzten Weltklimaberichts ernst nimmt – was wir tun –, muss rasch und unverzüglich handeln.«

Der PR-Experte merkte, dass seine Worte Rosas Interesse erregten.

»Viele Bürgerinnen und Bürger machen sich Sorgen um die Zukunft ihrer Kinder und Enkelkinder. Sie fürchten den Vorwurf, zu wenig für den Klimaschutz getan zu haben, als es noch möglich war. Deshalb wollen und müssen sie sich darauf verlassen können, dass wir mit ihrer Stimme verantwortungsvoll und effektiv gegen die Klimakatastrophe vorgehen.«

Rosas Augen begannen zu leuchten.

»Unser zögerliches Vorgehen in jüngster Vergangenheit hat selbst unsere Stammwähler*innen vergrault. Das lag zum Teil auch an parteiinterner Uneinigkeit. Einige warnten vor einer allzu radikalen Linie, die sowohl den Koalitionspartner als auch unschlüssige Wähler*innen verschrecken würde. Aber das hat nun ein Ende. Frau Steininger, Ihre Resonanz in den Sozialen Medien bestätigt mir, dass jetzt der entschlossenere Zweig unserer Partei am Zug ist. Wir haben keine Angst vor zukunftsweisender Politik. Unsere Wähler*innen erwarten Klarheit und Durchsetzungsvermögen.«

Rosa stand auf und holte Karotten und einen Kohlrabi aus der Speisekammer. Sie legte ein Holzbrett auf den Tisch, setzte sich wieder und begann das Gemüse zu schneiden.

»Ihr medialer Erfolg ist ein eindeutiges Signal. Die Bevölkerung verlangt nach ökologischen Lösungen ohne Wenn und Aber. Daher müssen wir unmissverständlich zu hundert Prozent als Klimapartei auftreten. Wir setzen uns bedingungslos für den Freiraum für Mensch, Tier und Natur ein. Die Interessen von Finanzwirtschaft, Auto- oder Erdölindustrie dürfen keine Beachtung mehr finden.«

Rosa biss von einem Kohlrabistück ab. Es knackte, dann knabberte sie. Der PR-Experte ließ sich dadurch nicht irritieren.

»Frau Steininger, Sie fragen sich sicher, weshalb ich Ihnen das alles erzähle? Ich biete Ihnen eine Kooperation an. Wien steht vor einer entscheidenden Landtags- und Gemeinderatswahl. Die Umweltpartei braucht Sie. Wir wollen Sie mit unserem Parteiprogramm vertraut machen. Sie unterziehen unsere politischen Pläne einem strengen Faktencheck und treten darüber mit Ihrer Community in offenen Austausch. Frei heraus. Einzig Ihr Urteil zählt.«

Rosa schnappte sich ein Karottenstiftchen, schob es in ihren Mund und hob eine Augenbraue als Zeichen, dass sie ihm nach wie vor zuhörte.

»Frau Steininger, Sie sollen das Social-Media-Gesicht der Umweltpartei werden. Sie stehen für hohen ökologischen Anspruch und unbestechliche Urteilskraft. Sie lassen sich weder täuschen noch sind Sie käuflich. Das wissen Ihre Follower. Wenn Sie unser Wahlprogramm als konsequente Maßnahme im Sinne nachhaltiger Klimapolitik beurteilen, vertraut Ihnen unsere Wählerschaft. Seien Sie so radikal, kritisch und authentisch wie immer. Ganz egal wie Ihre Kritik ausfällt, sie wird ehrlich und glaubwürdig sein. Und darum geht es uns, Vertrauen!«

Rosa schenkte Minzwasser in beide Gläser. Sie hielt freilich wenig von seiner Rede. Ein Parteiprogramm – selbst dieser politischen Richtung – über ihr Netzwerk in ihrer Zielgruppe verbreiten, weshalb sollte sie das tun?

»Sie fragen sich, was dabei für Sie herausspringt? Neben einer branchenüblichen Gage haben Sie die Möglichkeit zu politischer Mitsprache und Gestaltung. Als Social-Media-Face unserer Kampagne sollen Sie die jungen Aktivistinnen und Aktivisten von Extinction Rebellion, Fridays for Future und anderen engagierten NGOs und Vereinen ansprechen. Wir waren bislang zu nachgiebig gegenüber Regierungspartner und Opposition, weshalb sich viele Aktivist*innen von uns nicht ernst genommen fühlen. Sie, Frau Steininger, können mit Ihrer kompromisslosen Art genau diese jungen Menschen erreichen und ins Boot holen. Sie bekommen natürlich ein professionelles Team zur Seite gestellt. Monitoring und Community-Management übernehmen selbstverständlich auch wir.«

Der Experte nahm einen Schluck Minzwasser und wartete auf Rosas Reaktion. Die blieb aus. Rosa wählte stattdessen ein weiteres Stück Kohlrabi. Doch weil der Experte seinen Berufstitel nicht zu Unrecht trug, wandelte er umgehend seine Strategie ab.

»Ich weiß, Frau Steininger, Sie sind Idealistin. Ihnen ist der Kampf gegen den Klimakollaps ein persönliches Anliegen. Sie leben für den Erhalt unserer Existenzgrundlage und unserer rechtsstaatlichen, demokratischen Gesellschaft. Sie sind eine integre Person. Nicht von ungefähr nennt man sie *Greta für Fortgeschrittene*. Was ich Ihnen anbieten kann, ist Einfluss auf politische Inhalte. Sie werden direkt auf Entscheidungsträger einwirken. Sie können die Entwicklung dieser Stadt im Sinne von Klimagerechtigkeit ein Stück weit mitgestalten. Frau Steininger, Sie könnten wirkmächtig werden, wenn Sie Ihre Abscheu vor Parteipolitik überwinden und mein Angebot annehmen.«

Rosa hielt ihr Glas mit beiden Händen. Kühlende Minze klärte ihren Kopf. Sie hatte ihm zugehört. Seine Worte sickerten. Zwar hatte Rosa gleich unterhalb der Haut eine Art dünne Schutzschicht, die ihr seit ihrem Erlebnis im Versicherungskonzern gegen jegliche kommerzielle wie persönliche Verlockung gewachsen war. Sie war sozusagen imprägniert gegen Versprechen auf Ruhm und Reichtum. Es war ausgeschlossen, dass sie diesen Pakt einging. Aber da waren ihre innigst gehegten Wunschvorstellungen von Autofahrer*innen, die ihre SUVs stehen ließen und beglückt auf begrünten Straßen schlenderten. Da waren Bilder von Rollstuhlfahrer*innen, die Vorrang im flächendeckend barrierefreien Stadtgebiet hatten. Da war der Traum von dichten Baumkronen, Vogelgezwitscher, Blumenwiesen und spielenden Kindern, wo jetzt versiegelter Asphalt und Motorenlärm waren. Da war die Sehnsucht, die Bewohner*innen dieser Stadt würden endlich einsehen, wie schön sie es haben könnten.

»Nein«, sagte Rosa.

Der Experte lächelte und griff in die Innenseite seines Sakkos.

»Damit habe ich gerechnet, Frau Steininger. Um ehrlich zu sein, wäre ich von jeder anderen Antwort enttäuscht.«

Er legte seine Visitenkarte auf den Tisch. Rosa warf einen Blick auf das kleine Stück Papier, das er ihr zuschob.

Hellgelber Grundton, kräftig grüner Farbakzent. Der Experte bedankte sich für ihre Aufmerksamkeit. Da sie keine Anstalten machte, ihn zur Tür zu begleiten, ging er allein.

»Warum denn nicht?«, fragte Bertram neben Weidenkörben mit frischen Erdbeeren. Nach einem Spaziergang durch die Stadt, auf dem sie ihre Gedanken geordnet hatte, war sie zu ihm in den Laden gekommen und hatte von ihrem Besuch erzählt.

»Damit bekommst du die Möglichkeit, aktiv Zukunft zu gestalten. Vielleicht nur auf Stadt- oder Bezirksebene, aber du weißt ja – Politik der kleinen Schritte.«

Rosa sagte, sie sei nicht korrupt und wolle weder ihre Autonomie noch ihre Glaubwürdigkeit verlieren. Beides sah sie bedroht, sobald sie für eine Partei – selbst für diese – tätig wäre.

»Rosa, wie könnte das bei dir passieren? «, fragte er und machte ein Selfie von sich und den Erdbeeren.

#frischeware
#fruchtdesmonats

»Ich will eben nicht vereinnahmt werden.«

»Hey Rosa, schau es dir doch erst mal an. Vielleicht kannst du ja echt eine Verhaltensveränderung bewirken oder einen Beitrag zur Verkehrs- und Energiewende leisten? Wenn es scheiße ist oder dich nervt, dann lässt du es eben wieder. Und wenn du Bedenken wegen der Bezahlung hast, spende deine Gage. So kannst du doppelt Gutes tun.«

Er hielt sich einen Karton Himbeeren vors Gesicht und machte noch ein Foto. Dann lachte er, weil die Farbe der Beeren angeblich dem Teint seiner Wangen entsprach.

»Ich würd's machen. Was soll schon groß passieren? Mehr kann ich dazu nicht sagen.«

»Aber woher weiß der Typ, wo ich wohne?«

Bertram wollte soeben Rhabarber aus seinem Lastenfahrrad holen. Er stoppte auf halbem Weg.

»Deine Adresse hat er von mir«, sagte er überrascht, dass sie sich darüber den Kopf zerbrach.

»Was? Du kennst den? Du hast ihn zu mir geschickt?«

»Kennen ist zu viel gesagt. Du weißt ja, im Laden komme ich mit vielen Leuten ins Gespräch. Ich glaube, Mila hat ihn mir vorgestellt. Irgendwie sind wir unter anderem auch auf dich zu sprechen gekommen.«

Sie wunderte sich, dass er Mila noch immer traf. Sie selbst hatte sie seit der Umfrage nicht mehr gesehen. Mittlerweile konnte Rosa ihre Fotos selbst hochladen, ihre Beiträge und Kommentare problemlos ohne fremde Hilfe veröffentlichen. Seit Wochen betreute sie den Social-Media-Auftritt von *Dunkelrosa* allein und beteiligte sich an Diskussionen in etlichen Foren, wofür sie den Großteil ihrer Zeit aufwendete, ohne es zu merken.

Bertram strich sich die blonden Locken aus der Stirn und ging zu seinem Rad. Rosa stand verdutzt in der Obstabteilung. Sie machte nur einen kleinen Schritt zur Seite, als jemand zu den Kirschen wollte.

Letztlich bewirkten die Worte *ausprobieren* und *Verhaltensänderung* Rosas Umdenken. Nach einigen Tagen schrieb sie einen Brief, in dem sie ihre Bedingungen nannte: keine Telekommunikation, nur persönlicher Kontakt. Sie allein bestimme Inhalt und Art der Vermittlung. Ausschließlich Barzahlung.

Der PR-Experte willigte ein und schickte einen zehnseitigen Vertrag samt Besprechungstermin.

Pünktlich um elf Uhr vormittags sperrte sie ihr Fahrrad am Radbügel vor dem Gebäude ab. Der Experte erwartete sie am Empfang, um sie in die hellen Räumlichkeiten einer ehemaligen Fabrik zu führen. Als sie sich einer Gruppe von jungen Menschen näherte, die auf hochwertigen Designerstühlen um einen Vollholztisch saßen, brachen diese ihre Diskussion ab, erhoben sich und begrüßten Frau Steininger hocherfreut. Einer nach der anderen stellte sich namentlich vor, nannte Ausbildung, berufliche Tätigkeit und spezifische Aufgabe in der jeweiligen Arbeitsgruppe. Rosa war erstaunt über den ehrfürchtigen Umgang, der mit ihr betrieben wurde, als wäre sie eine lebende Legende und die jungen Menschen geadelt, sie kennenzulernen. Sie forderten Rosa auf, sich an die Stirnseite des Tischs zu setzen, um ungehinderte Sicht auf die Videowall zu haben. Man drängte ihr eine eigentümliche Keramiktasse (wahrscheinlich von guatemaltekischen Kleinbäuerinnen geformt und in Raku-Technik gebrannt) mit Frauenmanteltee auf. Sie sollte sich offensichtlich wertgeschätzt und wohlfühlen.

Eine hochmotivierte Städteplanerin mit Schwerpunkt Klimagerechtigkeit machte den Anfang. Sie stellte die Arbeitsgruppe *Green City* mit den Themenbereichen Stadtbaum, Fassaden- und Straßenbegrünung sowie Fußgänger*innen-Empowerment vor. Ihr zur Seite stand eine Botanikerin, die sich in dieselbe AG einbrachte. Als Duo klärten sie Rosa über die Problematiken des Stadtbaums auf. Stress mit Umwelteinflüssen, Hundeurin, Zigarettenfiltern sowie erschwerter Zugang zum Erdreich schlugen sich in einer dramatisch verkürzten Lebenserwartung von durchschnittlich zehn Jahren mit dürftigen Baumkronen und beträchtlichen Kosten nieder.

»Ich weiß«, sagte Rosa etwas knapp. Wen glaubten sie, vor sich zu haben? Niemand brauchte ihr diese Grundlagen mitzuteilen. Sie hatte sich bereits in Pflanzkooperativen und für Baumpatenschaften engagiert, als diese Frauen noch hybride Pelargonien in ihre Balkonkästen setzten.

Weil die Mitglieder der *AG Green City* neben fachlicher auch hohe soziale Kompetenz aufwiesen, bemerkte die Städteplanerin Rosas Reserviertheit und verstummte betroffen.

»Diese grundlegenden Fakten erwähnen wir nur, weil sie Teil der öffentlichen Aufklärungs- und Sensibilisierungskampagne sind, um die Akzeptanz für notwendige Umbauarbeiten zu erhöhen und die Bereitschaft für geplante Begrünungen und damit einhergehende Verluste bei Autostellplätzen zu steigern«, erklärte sie.

Rosa blinzelte nachdenklich. Ihr stand nicht der Feind gegenüber, rief sie sich in Erinnerung, bloß eine engagierte junge Frau, die Gutes wollte. Rosa bat fortzufahren. Auf der Videowall hinter der Vortragenden erschien der Ausschnitt eines Stadtplans. Die darauf markierten Straßenzüge sollten autofrei oder verkehrsberuhigt werden. Die Umgestaltung beinhaltete breitere Gehsteige, entsiegelte Fahrbahnen, Wegfall einiger Park- und Ladezonen. Kleine und mittelgroße Bäume sollten mitten auf der Fahrbahn gepflanzt werden, wo weder Abwasserkanal noch andere Straßeneinbauten eine Verwurzelung im Erdreich verhinderten. Ein unterirdischer Bach sollte als kleines Rinnsal wieder an der Oberfläche geführt werden. Auch das Projekt eines zentral gelegenen Parkplatzes, umfunktioniert zum öffentlichen Park, sowie Eisenbahngründe, die vor dem Verkauf und damit vor der Verbauung stünden, aber zum grünen Erholungsort auf Stadtgebiet umgewidmet werden sollten, wurden erläutert. Begrünte Pergolen, Sitzmöbel, Wasserspender und Blumentröge waren ohnehin allerorten vorgesehen. Alle betreffenden Straßenzüge sollten der innerstädtischen Erwärmung entgegenwirken und die Durchfahrtsgeschwindigkeit des Autoverkehrs reduzieren.

»Und zu einem guten Miteinander beitragen, auch in künftigen, hitzigen Zeiten«, endete die Städteplanerin ihre Präsentation mit versöhnlichen Worten.

Sie und die restlichen Mitglieder der *AG Green City* standen wie Orgelpfeifen vor Rosa und lächelten zufrieden. Das sind nicht die Feinde, erinnerte sich Rosa erneut und bedankte sich.

Im darauffolgenden Moment entstand betretenes Schweigen, das die Botanikerin mit Blick auf den Experten zu brechen suchte.

»Nein, heute keine Diskussionsrunde. Auch das Feedback entfällt.« Der Experte leitete zur nächsten Gruppe über, die den Themenkomplex *Smartcity & E-Mobility* behandelten.

Fünf junge Männer nahmen vor Rosa Aufstellung. Man dunkelte den Raum ab. Über die Videowand schwirrte eine fünfminütige Animation, in der ein Smartphone zu Rosa sprach. Es erzählte von verschiedenen Mobilitätsapps, von E-Scootern und E-Bikes, E-Carsharing-Systemen und digital ansteuerbaren E-Tankstellen. Dem sprechenden Smartphone war klar, dass Elektromobilität und deren smarte Nutzung das Allheilmittel für CO_2- und Lärmreduktion war. Auf etwaige negative Folgen oder Schwachstellen des Green Deals kam es nicht zu sprechen.

Nachdem die Jalousien wieder hochgefahren, die Oberlichte geöffnet und die Jungs der E-Truppe abgetreten waren, stellte sich die dritte und letzte Arbeitsgruppe *Soziale Gerechtigkeit* vor. Die finanziellen Ausgaben in den Bereichen Energiewende, Verkehrstransformation und Umstieg auf ökologische Landwirtschaft sollten zu keiner Mehrbelastung von sozial Schwachen führen. Alle Gesellschaftsschichten müssten Zugang zu biologischen Lebensmitteln, erneuerbaren Energien und CO_2-freien Transportmitteln haben. Die Worte Partizipation, Teilhabe und Beteiligung kamen häufig vor. Die konkreten Vorschläge der AG lauteten: CO_2-Abgaben für Energie aus fossilen Brennstoffen müssten von Vermieter*innen, nicht von Mieter*innen bezahlt werden; Zuteilung von Essensgutscheinen für biologische Nahrungsmittel an sozial Bedürftige; Förderung bzw. steuerliche Absetzbarkeit für klimaschonende Investitionen in Transport, Energie und Wohnen; Aus für Subvention fossiler Brennstoffe inklusive steuerfreiem Kerosin und Pendlerpauschale.

Nach den Präsentationen kannte Rosa sowohl das Wahlprogramm wie auch die daran geknüpften Umsetzungspläne. Sie wusste, was sie davon zu halten hatte. Der Experte betonte nochmals, dass es zu keiner Diskussion im Plenum käme, sondern Frau Steininger sich ausschließlich über ihre sozialen Kanäle äußern würde und ihr dafür ab morgen ein Kamera- und Produktionsteam zur Verfügung stünde. Das wäre eben das Neue, Lebendige seiner PR-Aktion, die dynamische, spontane Reaktionen auslöse und authentischen Austausch ermögliche, erklärte er. Knapp eine Stunde nachdem sie die Parteizentrale betreten hatte, verließ Rosa sie wieder.

Ihr Videoblog fiel knapp aus. Was sie damit lostreten würde, ahnte sie nicht. Das Team traf am Nachmittag bei ihr ein. Rosa lotste sie an den Platz vor dem MuseumsQuartier zur Fußgänger*innenampel mit Bedarfsmelder an der Zweierlinie. Ein Radstreifen in jede Richtung, sechs Spuren für den Autoverkehr. Auf dem Gehsteig warteten immer mehr Menschen auf die Erlaubnis, ihren Fußweg fortsetzen zu dürfen. Der Strom der Autos ließ nach, die Ampel blieb rot. Rosa klärte das Team über ihren Plan auf. Die Kamerafrau filmte. Sobald die Ampel auf Grün sprang, setzte sich die angestaute Horde in Bewegung. Rosa mit ihnen, die Kamerafrau hinter ihr. Sofort begann die Ampel zu blinken und schaltete auf Rot, noch bevor Rosa in der Mitte der Fahrbahn angelangt war. Während die übrigen Fußgänger*innen zur anderen Straßenseite eilten, blieb Rosa, wo sie war und drehte sich zur Kamerafrau um. Der Autoverkehr setzte ein, brauste an den beiden vorbei. Wo Rosa den Fließverkehr störte, entsprangen unbändige Aggression und ein Hupkonzert. Autolenker*innen steuerten ihre Fahrzeuge gefährlich nahe an sie heran. Sie fühlten sich zu dieser Lebensbedrohung berechtigt, da Rosa sich erdreistete, den von Gott gegebenen Platz für Autos einzuschränken. Die Kamerafrau rückte aus Angst, von einem der hupenden Fahrzeuge gerammt zu werden, so weit an Rosa heran, dass nur eine Nahaufnahme möglich war. Der Lärm war betäubend, die Kamerafrau sichtlich gestresst. Rosa sprach langsam und deutlich in ein wuscheliges Outdoor-Mikrofon.

»Die als klimawirksame Städteplanung angepriesene kosmetische Oberflächensanierung mit dekorativer Begrünung wird weder etwas an den massiven gesundheitlichen Auswirkungen der Klimaerhitzung ändern noch den Kollaps urbaner Infrastruktur abwenden. Ich betrachte den geplanten Flickenteppich an verkehrsberuhigten Nebenstraßen daher als wohlgemeinten, aber verspäteten und ungenügenden Versuch. Alle übrigen Parteien machen sich durch vorsätzliche Unterlassung, Ignoranz und fehlendes Problembewusstsein grober Fahrlässigkeit schuldig. Fortschreitende Versiegelung und Ausbau des Straßennetzes, wie von allen übrigen Parteien forciert, töten durch Verkehrsunfälle, steigende Temperaturen und Verringerung von Artenvielfalt, das möchte ich im Zusammenhang mit meiner Kritik am Programm der Umweltpartei ausdrücklich betonen.

Es ist zu spät für Anfänge, kleine erste Schritte und lieb gemeinte Versuche. Wir brauchen ein Gesamtkonzept zur strukturellen Hierarchie-Umkehr im Stadtverkehr. Die Vorherrschaft des Automobils muss heute noch gebrochen werden. Tempo und Sicherheitskonzepte müssen sich nach den schwächsten Teilnehmer*innen richten. Das menschliche Maß muss oberste Priorität haben, nicht die Ausmaße von Kraftfahrzeugen. Alle Flächen den Fußgänger*innen und Radfahrer*innen. Keine Autostellplätze im öffentlichen Raum. Generelles Fahrverbot für Verbrennungsmotoren. Elektrofahrzeuge ausschließlich für Einsatzkräfte und Krankentransporte. Die Stadt ist Aufenthaltsraum, nicht Verkehrsstrecke.«

Da die Ampel wieder umsprang, hetzten nun Fußgänger*innen an Rosa vorbei. Kurzzeitig war der Motorenlärm abgeflaut.

»Leider hat die Umweltpartei kein dahingehendes Gesamtkonzept vorgelegt. Auch nachdem die geplanten Maßnahmen umgesetzt werden, stehen dem motorisierten Individualverkehr 66 Prozent des öffentlichen Raums zur Verfügung, obwohl nur 27 Prozent aller Wege mit dem Auto zurückgelegt werden. Die Aufrechterhaltung des Verbrennungsmotorendiktats wird weiterhin zu 100 Prozent das Stadtbild prägen. Solange Kinder ihre Bewegungsfreiheit einschränken und sich nach den Bedürfnissen des Autoverkehrs richten müssen, ist die geplante Oberflächensanierung lediglich nette Dekoration und darf weder klima- noch flächen- oder menschengerecht genannt werden. Ich betone erneut, dass die Verkehrspolitik aller anderen Parteien sich der fahrlässigen Tötung aufgrund von Unterlassung schuldig macht.«

Während der letzten Sätze war der Verkehrslärm erneut aufgebrandet. Die Kamerafrau trat einige Schritte parallel zur Fahrspur zurück, um einen größeren Bildausschnitt einzufangen. Rosa wartete, bis sie gefahrlos an den Straßenrand gehen konnte, wo neuerlich eine Menschenmenge wartete und sich gemeinsam mit abgestellten E-Rollern, Verkehrs- und Baustellenschildern, Werbeständern und parkenden Autos den Gehsteig teilte.

Rosa verbrachte die Zeit bis zur Fertigstellung des Videos in den Räumlichkeiten der Postproduktion, um Schnitt und Bearbeitung zu beobachten. Sie war dabei, als der fertige Beitrag auf ihrer Plattform hochgeladen und über ihre Kanäle sowie die der Umweltpartei verteilt wurde. Ein Screenshot mit kurzem Kommentar und Link zum Video inklusive Wahlprogramm ging an unzählige NGOs, Vereine, gut vernetzte Klimaaktivist*innen und an 50 000 Abonnent*innen von *Dunkelrosa* sowie 300 000 Followern.

#flächengerechtigkeit
#mehrplatzohneautos
#hierarchieumkehr
#gehzufuss

Als sie auf ihrem Blog über Anlass und Entstehung des Videos schrieb und ihre Ansichten zum Parteiprogramm mitteilte, schaute ihr eine hilfsbereite Mitarbeiterin des Departments Social Media über die Schulter. Zum Punkt E-Mobilität postete sie ein klares NEIN mit Links zu Hintergrundinformationen über den CO_2-Ausstoß bei der Herstellung von Elektroakkus, eine Dokumentation über die Zerstörung einzigartiger Ökosysteme am Tiefseeboden durch Abbau Seltener Erden und Wiedereinleitung von Produktionswasser sowie einen Bericht über die Entsorgungsproblematik von Windkraftrotorblättern nach nur zwanzigjähriger Nutzung. Bezüglich sozialgerechter Energiewende teilte sie Artikel und Unterschriftenlisten zu progressiver Besteuerung und effektiver CO_2-Bepreisung der Energieindustrie.

#rausausgasundkohle
#atomkraftneindanke
#dekarbonisierung

Sobald ihr Beitrag fertiggestellt und von den Social-Media-Spezialist*innen in ausspielbare Häppchen transformiert worden war, betrachtete Rosa ihren Part des Auftrags als erfüllt. Was danach kam, wurde zwar teilweise ihr zugeschrieben, fiel jedoch nicht mehr in ihren Einflussbereich. Wie vereinbart, übernahm das Social-Media-Team das Community Management. Rosa war gestattet, den Respons einzusehen. Darauf antworten durfte sie nicht. Auch die Tweets des Nachrichtendiensts (bisher von ihr vernachlässigt, weil sie die rigide Zeichenlimitierung als persönliche Einschränkung ablehnte) liefen über den Partei-Account, wirkten sich aber wie verstärkende Rückkopplungsschleifen auf *Dunkelrosa* aus. Ihr flogen Herzchen, Daumen-hoch, klatschende Hände und Blumensträuße zu, doch im Schlagschatten davon empörten sich auch Trolle in überreichem Ausmaß. Wie gewohnt, störten sie sich an Rosas Alter, Aussehen und Geschlecht. Die repetitiven Ratschläge zum Umgang mit *so einer alten Schlampe* blieben ebenfalls nicht aus, wobei *Kopf abschneiden und hineinficken, aufhängen* und das historisch erprobte *vergasen* zu den herkömmlicheren gehörten. Auch den brutalen Widerstand der Autolobby kannte Rosa bereits. Schließlich beschäftigte sie sich seit über vierzig Jahren mit Umweltschutz und wusste, wie heißblütig Ottomotoren in diesem Land geliebt wurden. *Die schiache Drecksau will uns unsere Autos wegnehmen!*, lautete die erste Stufe der nach oben hin offenen Skala motorisierter Rage.

»Wird freilich alles sofort von uns gelöscht, Frau Steininger«, versicherte ihr ein Mitarbeiter des Teams. Rosa nickte nur stumm bei ihrem Besuch in der Parteizentrale. Sie war gekommen, um den PR-Experten zu sprechen. Denn sie irritierten nicht Art und Heftigkeit des ihr entgegengebrachten Widerstands, sondern der unverhoffte Zuspruch.

»Großartig! Ich wusste, weshalb ich Sie an Bord haben wollte«, sagte der Experte, als er auf sie zukam und sich zufrieden die Hände rieb. »Sie sind der Startschuss, der die Debatte anheizt. Der Paukenschlag, der aufhorchen lässt. Ich wusste, Sie bereiten den Weg für echte Klimapolitik. Frau Steininger, ich bin stolz auf Sie.«

Er geleitete sie zur Videowall im Raum mit den hohen Fabrikfenstern und dem Vollholztisch.

»Ich habe ein untrügliches Gespür für Trends und habe Ihr Potenzial sofort erkannt. Aber dass wir mit Ihnen so einen Coup landen, hätte ich mir nie träumen lassen.«

Er lachte laut auf und warf dabei seinen Kopf mit weit aufgerissenem Mund in den Nacken, wie eine Comicfigur. Sobald sein Ausbruch an Selbstzufriedenheit abgeklungen war, drückte er Rosa in einen der gepolsterten Designersessel, um ihr den »Sympathisantenbeitrag« zu zeigen, wie er das Video von *ExRevolution* nannte, das im Windschatten ihres Posts für Aufregung sorgte:

Wiener Innenstadt bei Nacht. Einige Gestalten in schwarzen Kapuzenshirts gingen die Straße entlang und traten gegen jedes Hindernis, das ihnen im Weg stand. Sie warfen Baustellenschilder um, stießen Müllcontainer auf die Fahrbahn. Eine Person zog einen Baseballschläger hervor und schoss damit einen E-Scooter vom Gehsteig. Drei Personen der Gruppe traten so lange auf ihn ein, bis sein enervierendes Piepsen aufhörte.

Einblendung eines gesprayten Schriftzugs: *Unsere Stadt – Kein Geschäftsfeld für gewinnorientierte Unternehmen. Stop Capitalism!*

Die vermummte Gruppe zog weiter. Einer davon schwang plötzlich eine Eisenstange, ließ sie auf die Windschutzscheibe eines SUVs sausen. Sofort ging die Alarmanlage los. Andere zertrümmerten Scheinwerfer und Fenster. Plötzlich zuckte ein Sturmfeuerzeug, und aus dem Autowrack stiegen Flammen auf. Im Hintergrund schlugen einige Gestalten auf weitere Autos ein.

Insert: *Kein Platz für Autos – Platz für uns.*

In Dutzenden Sequenzen sah man zerstörte Ampeln, beschädigte Verkehrsschilder, brennende Motorräder und demolierte Privatpanzer. Statt eines Abspanns zog eine Liste mit Hashtags aus der linken, anarchistischen Antikapitalismusecke über die Videowand und endete mit dem Slogan: *Ihr nehmt unsere Zukunft, wir nehmen eure Gegenwart.*

Zur Urheberschaft bekannte sich die jüngst gegründete Organisation *ExRevolution*, die sich als schwarzer Block der Klimabewegung betrachtete und weitere Aktionen unter »Anwendung gezielter Gewaltausübung« ankündigte. In ihrem beigefügten Gründungsmanifest bezeichneten sie ihre Aktion als Notwehr gegen Ausbeutung und Zerstörung ihres Planeten. Rosa fand die Wut der jungen Menschen verständlich und gerechtfertigt, deren Methoden logisch konsequent. Hinter *ExRevolution* standen für sie keine Rowdys, sondern engagierte, besorgte Menschen mit fundiertem Wissen über den Zustand des Planeten und die dafür Verantwortlichen. Sie addeten Links von Universitäten und Forschungseinrichtungen zu Ergebnissen von alternativen Energie- und Wirtschaftsformen. Sie teilten Hintergrundpapiere zu fragwürdigen Methoden international agierender E-Scooter- und Bikeverleiher, deren Geschäftsmodell auf prekären Arbeitsbedingungen, Steuerflucht und Handel mit Bewegungsdaten basierte. *ExRevolution* legitimierte den Einsatz von Gewalt mit ihrer Verzweiflung über das jahrzehntelange Business-as-Usual, was Rosa nachvollziehen konnte. Wie lange dachten Auto-, Erdöl- und Finanzindustrie, ungehindert weitermachen zu können, ohne von ihren Kindern gefressen zu werden? Irgendwann mussten sich die um ihre Zukunft Betrogenen zur Wehr setzen. Rosa überraschte, dass es für eine militante, gewaltbereite Umweltorganisation so lange gebraucht hatte.

Dennoch fühlte sie sich, als hätte sie mit ihrem Post einen Kipppunkt überschritten, der nun unkontrollierbare Kettenreaktionen auslöste.

»Ist das nicht großartig?«, wiederholte sich der Experte in seiner Euphorie. »Frau Steininger, Sie sind ein Social-Media-Phänomen. Österreichs Antwort auf Greta Thunberg! Und wissen Sie was? Der ORF hat wegen eines Interviews angefragt. Die wollen ein kurzes Porträt über Sie machen, dem neuen Gesicht der Umweltpartei. Auch die Stadtzeitung ist interessiert. Was sagen Sie dazu?«

»Nein.«

»Selbstverständlich. Wie ich mir dachte. Und wissen Sie was? Sie haben recht. Die tradierten Medien soll unser Pressesprecher übernehmen. Sie treten nur über Ihre Kanäle in Erscheinung, als Garant grüner Inhalte, quasi ein Gütesiegel für höchsten ökologischen Anspruch.«

Er fasste Rosa um die Schulter und flüsterte ihr ins Ohr.

»Frau Steininger, ich verrate Ihnen etwas, damit Ihnen das Ganze nicht zu nahe geht und Sie sich nicht unnötig mit dem Trubel belasten. Sie dürfen nie aus den Augen verlieren, welches Ziel wir mit *Dunkelrosa* als Kritikerin unseres Programms anstreben: die emotionale Bereitschaft einer breiten Öffentlichkeit, unpopuläre Maßnahmen mitzutragen, damit wir unsere Klimapolitik gegenüber politischen Gegnern (oder sagen wir Mitstreitern) durchsetzen können. Sobald eine Mehrheit der Bevölkerung realisiert, wie entschlossen einige unter uns für Klimaschutz eintreten, wenn sozusagen das ökologische Stimmungsbarometer sichtbar wird, kann das zu Entwicklungsschritten führen, die mit sachlichen Argumenten bislang nicht erreicht wurden.«

Er klopfte ihr auf die Schulter und richtete liebe Grüße von der Spitzenkandidatin aus. Sie gratuliere Rosa zur gelungenen Medienpräsenz, die ihr den Rücken im Wahlkampf gegen konservative Bremserparteien stärke. Der

PR-Experte verabschiedete sich mit beiden Daumen oben und ließ Rosa im hellen Konferenzraum allein zurück.

Nachdem im österreichischen Rundfunk von der Frau hinter dem Medienphänomen berichtet worden war, nachdem die österreichische Zeitungslandschaft (soweit vorhanden) Parteiprogramme und Wahlkampfstrategien analysiert hatte, zog auch der Boulevard mit Talkshows zum geänderten Medienauftritt der Umweltpartei nach. Es ging um *Dunkelrosa* und wie eine Frau mit Rosas Aussehen, die nur einem eingeschworenen Kreis als Öko-Influencerin bekannt war, über Nacht die öffentliche Klimadiskussion ändern konnte. Es wurden Parallelen zu Greta Thunberg gezogen, was Unattraktivität und psychische Erkrankung anging, nicht ohne auf den eklatanten Altersunterschied hinzuweisen. Meist wurden Rosa Glaubwürdigkeit und fachliche Kompetenz zugestanden, aber ihre sachliche Art als unweiblich kritisiert. Den Hype um ihre Person führte man auf den berühmten PR-Strategen zurück, der seinem Ruf als genialer Politberater erneut gerecht geworden war. Der Boulevard konzentrierte sich hingegen vorwiegend auf Rosas unmögliches Styling und auf Mutmaßungen betreffend ihrer sexuellen Ausrichtung.

Die Medienberichte hatten zur Folge, dass sie nicht nur mit Herzchen, Smileys und Hasspostings zugemüllt wurde (die das Social-Media-Team gewissenhaft entsorgte), sondern sich Gewalt- und Morddrohungen in gemilderter Form auf offener Straße zutrugen. Auch hier blieb man anonym, ging rasch an Rosa vorüber und zischte Beleidigungen und verbales Gift über sie, war allerdings längst außer Hörweite, bis Rosa realisiert hatte, was geschehen war. Sie hätte eine Erwiderung nachschreien können, wäre dann aber als lärmende Aggressorin, ja als schreiende Irre dagestanden.

Sie unterließ daher längere Aufenthalte im Freien. Selbst in Bertrams Bioladen fühlte sie sich unwohl. Für gewöhnlich war sie dort unbeachtet geblieben, aber nun wurde sie unvermittelt angestarrt. Eine Frau lächelte sie bei den offenen Kräutertees an. Eine andere machte böse Schlitzaugen, als sie neben Rosa vor der Theke stand. Selbst eine der studentischen Schönheiten fragte, ob sie ein Autogramm von Rosa auf den aktuellen Zustandsbericht des Weltklimarats bekäme (sie hatte ihn extra dafür ausgedruckt). Bertrams Büro mied sie großräumig, damit sie der Versuchung, ihre Accounts zu checken, besser widerstehen konnte.

Auch auf ihr stundenlanges Zeitungsstudium in der Bibliothek verzichtete sie, nachdem sie eines Tages in der dafür vorgesehenen Sitzecke hinter einem großformatigen Blatt Platz genommen hatte und im Inlandsressort auf ihr Foto gestoßen war. Sie spähte über den Zeitungsrand wie in einem schlechten Spionagefilm. Als sie alle Augenpaare auf sich gerichtet fühlte, faltete sie die Zeitung und verließ die Bücherei mit dem Vorsatz, erst wiederzukommen, wenn sich die medialen Wogen geglättet hatten.

Es war Ende Juni, als Rosa einen Teller mit Erdäpfelpuffer, Blattspinat-Topping und Sauerrahm auf Hartmans Betttisch stellte und das Tablett zurechtrückte. Hartman fuhr ihren Kopfteil hoch und behielt die Nachmittagstalkshow im Blick, während sich Rosa mit einem Teller neben sie setzte. *Reif und sexy – wer spricht hier von Alter?*, lautete das Thema der Sendung. Irgendwie kamen die Talkgäste auf *Dunkelrosa* zu sprechen, die trotz ihres Alters oder gerade deswegen Karriere machte.

»Können Sie das bitte abschalten?«, sagte Rosa und fand, dass ihr Puffer und Spinat sehr gut gelungen waren.

»Sie machen Karriere?«

»Nicht, dass ich wüsste.«

»Hätte mich auch sehr gewundert.«

Hartman griff in einer Langsamkeit, die an die Zeitlupenszenen aus Matrix erinnerte, zu ihrer Fernbedienung und knipste den Fernseher aus. Sie war müde. Seit sie kaum mehr aus dem Bett wollte, hatte sie an Gewicht verloren. Immer seltener konnte Rosa sie dazu überreden, sich von ihr in den Rollstuhl heben zu lassen. Rosa hatte von Andi, dem Pfleger, eine Technik erlernt, wie sie Hartman über ein Rutschbrett, das sie ihr unter das Gesäß schob, vom Bett in den Rollstuhl ziehen konnte. Dass Hartman kaum mehr vierzig Kilo wog, erleichterte die Mobilisierung obendrein. Rosa war trotzdem jedes Mal stolz auf sich und Hartman, wenn sie den Platzwechsel ohne Verletzungen geschafft hatten. Sobald die Frau im Rollstuhl saß, schob Rosa sie in die Küche, wo sie gemeinsam das Abendessen zubereiteten. Rosa gefiel es, wenn Hartman in Matrix-Zeitlupe neben ihr Karotten oder Erdäpfel schälte und mit ihr plauderte. Doch immer häufiger verzichtete Hartman darauf, als Küchenhilfe zu fungieren und wartete lieber im Bett auf ihr Essen.

»Können Sie nicht mal was Normales kochen? Rindsgulasch oder Schweinsbraten zum Beispiel?«, fragte Hartman und stocherte im Spinat herum.

»Da klingt mir ein leiser Vorwurf durch«, sagte Rosa. »Und nein, kann und will ich nicht. So was kriegen Sie doch von Essen auf Rädern, oder?«

»Von denen schmeckt's mir aber nicht.«

»Von mir würde es Ihnen auch nicht schmecken.«

Hartman ließ die Gabel sinken und schaute Rosa betrübt an.

»Ich fürchte, das stimmt. Ich bin zu einem keppelnden alten Weib geworden, das nichts anderes mehr im Leben hat, als sich über das Essen zu beschweren. Grauenvoll. So wollte ich nie werden.«

»Frau Hartman, Sie wollten wahrscheinlich auch nicht bettlägerig und pflegebedürftig werden. Ihre Nörgelei ist nicht weiter schlimm. Ich hör sie gar nicht mehr.«

Rosa deutete an, auf beiden Ohren taub zu sein. Dann ging sie und holte sich Nachschlag aus der Küche. Als sie wiederkam, hatte Hartman den Spinat an den Tellerrand geschoben und aß den Erdäpfelpuffer. Rosa schmunzelte.

»Und wie lebt es sich als Berühmtheit?«, fragte Hartman mit vollem Mund und angepatzten Fingern.

»Wie soll ich das wissen? Ich hab nur mit heißer Luft zu tun.«

»Wie meinen Sie das?«

Hartman tunkte ein Stück Puffer in den Sauerrahm, schob es sich umständlich in den Mund, wobei Rahm an ihrer Wange hängen blieb und Erdäpfelteilchen in den Falten des Bettzeugs verschwanden. Rosa würde nach dem Essen umfassende Putzmaßnahmen ergreifen müssen.

»Ach, wissen Sie, die Qualität einer Diskussion erhöht sich nicht automatisch proportional zur Teilnehmer*innenzahl. Der Lärm wird mehr, der Stumpfsinn bleibt gleich. Seit Jahren dreht sich die Debatte um Scheinargumente, die zu nichts als Stillstand führen.«

Hartman bemerkte, dass etwas an ihrer Wange klebte. Sie wischte mit der Hand darüber, nur um den Rahm auf Finger und Nachthemd zu verteilen. Mit fortgeschrittener Bewegungseinschränkung derartige Unordnung anrichten zu können, beeindruckte Rosa.

»Ich gebe Ihnen ein Beispiel, die Aussage lautet: keine Autos in der Stadt. Sofort kommt das Gegenargument: Autos haben keine Schuld an der Klimaerwärmung. Die Energieindustrie sei Hauptverursacher. Nein, zuerst müsse die Bauindustrie bei Beton- und Zementerzeugung zur CO_2-Reduktion verpflichtet werden. Falsch, wenn im Flugverkehr effizientere Maschinen eingesetzt würden, könnten zwanzig Prozent der Emissionen eingespart werden. Ohne China hätte alles keinen Sinn. Nein, die USA hätten den größten Verbrauch. Europa müsse anfangen. Alles falsch, die Überbevölkerung in Afrika und Asien sei an allem schuld. Außerdem helfe nur Geoengineering. Es folgen Statistiken, Rechenbeispiele, wirre Theorien. Am Ende bleibt alles beim Alten, denn bei jedem einzelnen Punkt wird gebremst. Plastikverbot, Pfandsysteme oder Recycling? Verantwortung und Umsetzung werden von sich geschoben. Aber die CO_2-Konzentration in der Atmosphäre steigt stetig an. Auch der Trubel um das Wahlprogramm oder mich werden daran nichts ändern. Ich weiß das, aber es kotzt mich trotzdem an.«

Rosa gabelte eine Portion Spinat auf.

»Na, da sind Sie ja wieder ganz schön frustriert.«

»Ich bin es leid, über die Verbesserung der Lebensqualität durch freiwilligen Verzicht mit Leuten zu diskutieren, die unfähig für Gratifikationsaufschub sind, als wären sie Kleinkinder«, murmelte Rosa.

Sie wusste, es war überflüssig, sich zu Degrowth zu äußern. Allseits herrsche zu viel Stammhirn, hatte sie unlängst wo gelesen. Deswegen hatte sie sich anfangs gegen die Mitarbeit bei Milas Projekt gewehrt. Trotzdem war sie in diesen Social-Media-Schlamassel hineingeraten.

»Sie halten mich womöglich für senil, aber ich weiß, dass ich mich wiederhole: Weshalb hören Sie damit nicht auf? Lassen Sie Ihr Internet in Ruhe. Gehen Sie raus aus Instagram und Facebook.«

Hartman schob ihr Tablett samt Teller von sich. Den Spinat hatte sie nicht angerührt. Vielleicht werden wir im Alter alle trotzige Kinder, dachte Rosa und lächelte Hartman liebevoll an. Sie stand auf, trug beide Teller in die Küche. Hartman senkte den Kopfteil ab, streckte sich flach im Bett aus und starrte an den Plafond. Rosa kam mit einem feuchten Tuch zurück und entfernte Essensreste. Die Betreuung ihrer Nachbarin kam ihr wie eine andauernde Katastrophenübung vor, von der sie besser nie länger fortblieb, sonst dürfte sie sich auch über Kometeneinschläge, Lavaausbrüche oder Murenabgänge nicht wundern.

»Ich werde damit aufhören«, sagte Rosa und wischte Spinat vom Matratzenrand.

»Womit?«

»Mit meinem Internet, wie Sie es nennen. Es gibt keinen Grund, *Dunkelrosa* weiterzuführen. Ich hab mich da hineinziehen lassen, aber jetzt ist Schluss damit.«

Hartman stellte den Kopfteil wieder hoch und bat Rosa, ihren Polster aufzuschütteln.

»Und was machen Sie dann? Wovon wollen Sie leben?«

Rosa zuckte mit den Schultern, als ob diese ungelöste Frage, die sich schon wieder aufdrängte, langsam lästig wurde.

»Die nächste Zeit werde ich schon irgendwie durchkommen. Ich habe ja das Geld von der Kampagne.«

»Gehen Sie wieder zum AMS?«

»Sicher nicht! Dort kann ich mich nie mehr blicken lassen. In Wahrheit habe ich keine Ahnung, was ich machen soll.«

Sie wischte gedankenverloren über die Seitenteile des Bettgestells.

»Haben Sie das schwarze Cocktailkleid ändern lassen?«, fragte Hartman völlig unvermittelt, als wäre das eine Tätigkeit, die Rosas Zukunft ausfüllen könnte.

»Nein.«

»Dann tun Sie es, Rosa.«

Rosa saß mit angezogenen Beinen auf Bertrams Wohnzimmercouch und hielt sich an einem Rotweinglas fest. Bertram hatte gut eingeschenkt. Sie sah am Schwedenofen vorbei, der sich in dunkler Untätigkeit auf Sommerpause befand. In der offenen Küche deckte Bertram den Esstisch für ein Festmahl. Seine Altbauwohnung war ein Loft mit französischen Fenstern, die zur Straße hin Balkone mit schmiedeeisernen Gittern hatten.

»Danke für die Einladung«, sagte Rosa.

Sie nippte am Wein. Mit der freien Hand fuhr sie über die Sitzfläche der Couch. Die harte Polsterung und der strapazierfähige Bezug beruhigten sie. Von der offenen Balkontür kam laue Abendluft herein.

»Schön, dass du endlich Zeit gefunden hast, meine Einladung anzunehmen.«

Er zündete Stabkerzen am Kandelaber an und legte Servietten neben die Teller. Er lief in marokkanischen Hausschuhen zum Herd und kontrollierte den Zustand im Kochtopf. Sein weißes Hemd war aufgekrempelt, die oberen beiden Knöpfe geöffnet. Er rührte um, schmeckte die Topinambursuppe ab. Seine Raulederschürze gab dem, was er tat, einen professionellen Touch. Er drehte Rosa den Rücken zu, öffnete die Tür des Backrohrs und bückte sich, um mit dicken Kochhandschuhen eine Auflaufform herauszuheben. Rosa schoss die Magensäure vor Vorfreude ein. Zuvor hatte er im Mörser exotische Ingredienzen zu einer Gewürzmischung zerstoßen, die er nun über das Gemüsegratin streute und es erneut ins Rohr schob.

»Dauert es noch lang?«, fragte Rosa.

»Bisschen«, sagte er. »Aber lass uns mit der Vorspeise beginnen.«

Er stellte eine Platte mit Artischockenböden und Dijonsauce auf den Tisch. Rosa entknotete ihre Beine, streckte sich und ging in die Küche. Jetzt erst merkte sie, wie sehr sie der Rotwein entspannte.

»Bitte, danke«, sagte Bertram und drückte ihr eine Wasserkaraffe in die Hand. Sie befüllte die Gläser am Tisch. Er entledigte sich seiner Kochschürze und ließ die Hemdsärmel hinunter, sehr zu Rosas Missfallen. Sie setzte sich, er setzte sich ihr gegenüber.

»Hey Rosa!« Er hob sein Glas, »endlich geht es dir so schlecht, dass du mit mir zu Abend isst. Ich freue mich. Prost!«

»So schlecht geht's mir eigentlich gar nicht.«

»Danke«, sagte er und lachte sie mit erhitzten Wangen an. Die blonden Locken hingen ihm in die Stirn, das Hemd war so weit aufgeknöpft, dass sie den Ansatz seiner Brustmuskulatur unter dem Schlüsselbein sah. Sie lachte zurück.

Ihre Gemütsverfassung hatte sich tatsächlich gebessert, gemeinsam mit ihrem Kopf, der sich langsam von den verletzenden Kommentaren der vergangenen Wochen erholte.

Sie hatte sich mit dem PR-Experten getroffen und ihm das Ende ihrer Social-Media-Tätigkeit mitgeteilt. Zunächst wollte er sie zum Weitermachen motivieren. Er meinte, das sei erst der Auftakt gewesen, die Einstimmung auf den kommenden heißen Herbst, wenn die Spitzenkandidatin weiterführende Pläne vorstellen würde, wofür erneut Rosas Expertise vorgesehen wäre. Er bot Geld und mehr Unterstützung durch sein Team an. Sie stieg auf keines seiner Angebote ein.

»Es war eine lehrreiche Erfahrung, aber eine genügt mir. Sie wissen, ich komme mit wenig aus«, hatte Rosa gesagt. Er begriff, dass ihre Entscheidung endgültig war.

»Reisende soll man nicht aufhalten«, hatte er gesagt und ihr viel Erfolg gewünscht (bei was auch immer).

Erst nach einigen Tagen ohne Soziale Netzwerke, dafür mit freundlichen Kontakten im echten Leben hatte sie bemerkt, wie die zornige Beklemmung, die sich in ihr eingenistet hatte, von ihr abbröckelte und sie wieder gelöster durchatmen konnte.

»Ich habe viel zu lange damit gewartet. Diesen unverhältnismäßigen Widerstand gegen meine Person, der vielleicht bei einem kriegsführenden Staatsoberhaupt oder Waffenproduzenten angebracht gewesen wäre, hätte ich nicht hinnehmen dürfen. Ich habe meine Grundsätze verraten und mich von meiner Sehnsucht verleiten lassen«, sagte sie zu Bertram und aß ihre Artischocken.

Sie erzählte ihm nichts von den gut bezahlten Angeboten, die sie für Produktbesprechungen bekommen hatte. Etliche Firmen wollten, dass *Dunkelrosa* ihre Biowaren testete. Aber Werbung kam freilich nicht infrage.

»Sei nicht so streng mit dir«, sagte Bertram. Er holte den Topf vom Herd und schöpfte Suppe auf Rosas Teller, dabei erkundigte er sich nach ihrem Getränkewunsch. Sie blieb bei Rot.

»Lass es gut sein.« Er kam auf das vorherige Thema zu sprechen. »Du hast versucht, Gutes zu bewirken. Wer nicht mitmachen will, ist selber schuld. Ich finde, du bist großartig. Auf dich, meine Heldin!«

Ihr wären vor Rührung fast die Tränen gekommen. Wie konnte er sich in einer Welt voller Geiferer seinen Frohsinn und seine gnadenlos offenherzige Art erhalten?

»Wenn du mich jetzt stürmisch umarmen und küssen möchtest, würde ich das voll und ganz verstehen«, sagte er und streckte ihr seine Arme entgegen. Sie lehnte lachend ab.

»Weißt du, du machst es mir viel zu leicht, dich zu mögen. Ich bin eine Frau, die Herausforderungen sucht. Probier es mal mit: Dich alte Schlampe sollte man vierteilen und den Hunden vorwerfen, wobei dich nicht einmal Straßenköter fressen würden.«

Bertram zog die Augenbrauen zusammen wie ein Schutzschild gegen die Grausamkeit der Welt. Er ging zu ihr hinüber, hielt sie fest und drückte sein Gesicht auf ihren

Scheitel. Mit seiner Umklammerung wollte er Rosa nachträglich vor allem Bösen bewahren.

»Es ist vorbei, Rosa. Du hast das Richtige getan. Sollte ich dich jemals wieder an meinem Computer erwischen, stell ich dich unter Hausarrest. Okay?«

Sie wartete reglos, bis sein Beschützerinstinkt abflaute und er sie losließ. Dann schaute sie auf ihre Finger und schürzte die Lippen.

»Es ist allerdings so, dass mein Intermezzo mit den Sozialen Medien kein Nullsummenspiel war. Ich habe in etwa 200 Watt pro Stunde verbraucht, exklusive der Energie für Rohstoffgewinnung, Produktion und Transport deiner Geräte, hinzu kommen die Schäden durch Landgrabbing für Serverfarmen und deren Stromverbrauch für Rechner und Kühlanlagen. Das multipliziere mit allen, die ich dazu angestiftet habe, stundenlang vor ihren Endgeräten zu bleiben, um Videos zu streamen und Kommentare zu verfassen. Ich rechne mit rund zwanzig Tonnen CO_2, die ich zu verantworten habe. Aus reiner Dummheit und Eitelkeit! Bertram, ich habe großen Schaden angerichtet.«

Sofort fand sie sich wieder in einer heftigen Umarmung, als wollte Bertram allen Selbstzweifel aus ihr herausdrücken.

»Hey Rosa, calm down! Davon wird die Welt schon nicht untergehen.«

Nach Gemüseauflauf und Clafoutis fiel Bertram mit einer Flasche Roggenbier neben Rosa auf die Couch. Er legte einen Arm um sie und reckte seinen Bauch heraus. Sie winkelte die Beine an, lehnte sich an ihn und schloss die Augen. Zum offenen Fenster kam der Abendgesang einer Amsel und fröhliches Quietschen von Mauerseglern herein. Rosa ging die letzten Monate in Gedanken durch und wunderte sich, wie alles gekommen war. An einem Tag kündigt sie bei

Novotny, am anderen sitzt sie im AMS-Kurs, als nächstes steht sie als Social-Media-Maskottchen der grünen Stadtpartei im Fokus. Ein schlechter Traum konnte keinen bizarreren Verlauf aufweisen. Sie überlegte, wie sie mit ihren Gewissensbissen umgehen sollte, und wusste, dass ihre Selbstvorwürfe andauern würden, bis sie sich ihre Schwäche verzeihen könnte. So lange müsste sie die unguten Erinnerungen an die vergangenen Wochen beiseiteschieben und darauf hoffen, dass sich der aufgewirbelte emotionale Morast legen und der Ekel über die Menschheit ihr Denken nicht vernebeln würde.

Bertram betätigte die Fernbedienung und gewährte den Abendnachrichten Zutritt in sein Wohnzimmer. Rosa behielt die Augen geschlossen. Ihre Ohren jedoch hörten den kurzen Bericht gegen Ende des Nachrichtenblocks, der weniger aufgrund seines Informationsgehalts, sondern wegen seiner Kuriosität hervorstach. Rosa begriff nicht sofort, dass mit *neue Sauberfrau* sie gemeint war. Erst als von einem Amateurvideo die Rede war, welches die Degrowth-Influencerin Rosa Steininger in für sie untypischen Szenen zeigte, fuhr Rosa hoch.

Die Stimme des Sprechers klärte das Publikum über Steiningers asketisches Image auf. Sie gäbe auf ihrem Blog Tipps für nachhaltigen Lebensstil an der Grenze zur Kasteiung und wäre das Aushängeschild der Umweltpartei im aktuellen Wahlkampf. Der Bericht sollte Objektivität suggerieren, doch schwang skurriler Unterhaltungswert im süffisanten Unterton mit. Rosa sah Archivaufnahmen von ihrem TV-Porträt, danach folgten Ausschnitte des anonym zugespielten Materials. Eine Frau, die Rosa sehr ähnlich sah, stand in Designerklamotten mit eingefärbter Nerzstola und Stilettos in einer Edelboutique. Trotz Sonnenbrille und Dutzenden Einkaufstaschen war Rosa eindeutig zu erkennen.

Es folgten weitere Aufnahmen, die Rosa bei einem Trinkgelage in einer angesagten Innenstadtbar zeigten. Auch explizit sexuelle Szenen würden sich auf dem zugespielten Video befinden, unterrichtete der Sprecher, weshalb womöglich von einem sogenannten Revenge Porn eines Exliebhabers ausgegangen werden könne.

Rosa lachte laut auf.

Der Redaktion läge ein Bekennerschreiben zum Motiv der Tat vor. Demnach solle die Öffentlichkeit über den wahren Charakter von Rosa Steininger aufgeklärt werden, die mit ihrer Inszenierung von Konsumverzicht und Wachstumskritik lediglich täuschen und manipulieren wolle. Die Aufnahmen hingegen böten Einsicht auf ihren ausschweifenden Lebenswandel, der im Widerspruch zu ihrem Image einer sauberen Klimaaktivistin stünde. Die Staatsanwaltschaft ermittle gegen unbekannt wegen Rufschädigung nach Anzeige vonseiten der Umweltpartei.

Nach dem Beitrag schmunzelte die Moderatorin in die Kamera und meinte, das wäre wohl weder erstes noch letztes Beispiel für jemanden, der Wasser predigen und Wein trinken würde. Damit verabschiedete sie sich bei den Zuschauerinnen und Zuschauern und wünschte noch einen schönen Abend.

Bertram drehte den Fernseher ab.

»Was war denn das? Ein Witz? Absolut lächerlich!«, rief Rosa und holte sich ihr Glas vom Esstisch. Sie leerte es in einem Zug.

»Wer war das überhaupt? Ich ganz bestimmt nicht! Ich habe noch nie im Leben eine Sonnenbrille getragen. Von einem Pelz und solchen peinlichen Täschchen ganz abgesehen.«

Sie schüttelte den Kopf und füllte Wein nach. Allmählich erwachte Bertram aus seiner Starre.

»Das darf nicht wahr sein«, murmelte er.

»Das ist völliger Schwachsinn. Kein Mensch kann ernsthaft glauben, dass ich auf Shopping-Tour gehe. Oder Sex habe!«

Rosa trank ihren Wein aus und setzte das Glas ab. Sie fuhr sich über die Augen und lachte wegen der Szenen.

»Hey Rosa, da wäre ich mir nicht so sicher. Irgendetwas bleibt bei solchen Deepfakes immer hängen. Wo bist du da nur hineingeraten?«

»Ich? Ich hab gar nichts gemacht!«

»Da will dir jemand schaden. Das sind kriminelle Machenschaften, dagegen musst du dich wehren.«

Rosa runzelte die Stirn. Bertram klang, als wäre er der ganz großen Verschwörung auf der Spur. Sie fand den Bericht nur lächerlich und unglaubwürdig. Vielleicht hatte sie einen Teil des Beitrags überhört und deshalb falsch verstanden? Vielleicht hatte sie geträumt? Schon bezweifelte sie, ihn überhaupt gesehen zu haben.

»Vergiss es«, sagte sie und machte sich in der Küche auf die Suche nach Essen. Schlagartig war sie trotz vollem Bauch hungrig geworden.

»Rosa, hör mir gut zu, das war ein sogenanntes Face Swapping. Die haben dein Gesicht auf den Körper einer anderen Frau gesetzt. Damit wollen die deine Reputation desavouieren.«

»Wen meinst du bitte mit *die*?«

»Irgendwelche einflussreichen Typen, reiche Pinkel, die ihre Geschäfte durch dich gefährdet sehen.«

»Bertram, bitte! Ich gefährde irgendetwas? Sei doch nicht kindisch. Ich bin eine Exputzfrau, die jüngst ihre Meinung zu den Folgen von unbeschränktem Wirtschaftswachstum geäußert hat, so wie sehr viele und weitaus wichtigere Personen vor mir.«

»Rosa, du musst das bitte ernst nehmen. Du kannst diesen persönlichen Angriff nicht auf dir sitzen lassen. Du hast gegen die Autoindustrie, gegen E-Mobilität, Erdöl- und Erdgasförderung, Kohleabbau und Atomenergie gewettert. Du weißt genau, welch skrupellose Machtmenschen sich in diesen Gefilden herumtreiben. Mit deinen Aussagen hast du großes Medienecho erhalten und bist dabei irgendjemandem auf die Zehen gestiegen. Und der will dich jetzt fertigmachen.«

Rosa lachte über sein besorgtes Gesicht.

»Hallo Bertram, ich bin's, Rosa! Dass Verbrennungsmotoren nicht gut für das ökologische Gleichgewicht sind und Akkus mit fünfjähriger Nutzungsdauer auch keine Lösung sein können, hat sich auch ohne mich herumgesprochen. Ich habe keine Staatsgeheimnisse ausgeplaudert oder Firmeninterna geleakt. Ich habe lediglich mehrfach publizierte Tatsachen wiederholt.«

Sie fand ein Stück Nussbrot und tunkte es gierig in die Reste des Gemüseauflaufs.

»Hey, ich hab's! Ich weiß was los ist.« Bertram sprang auf und klatschte in die Hände. »Es geht nicht um dich, du bist nur ein Kollateralschaden. Die haben es auf die Umweltpartei abgesehen. Wenn sie dich verunglimpfen und deinen Ruf ruinieren, schwächen sie damit die Glaubwürdigkeit der grünen Stadtpartei.«

Rosa kaute mit vollen Backen. Während Bertram überzeugt von seinem Politthriller war, fand sie, das Ganze gleiche einer Verwechslungskomödie.

»Ich wette, man wird dich zwingen, öffentlich zu den Vorwürfen Stellung zu nehmen. Schließlich hast du einen Deal mit einer wahlkampfführenden Partei, da geht's um Stimmen und viel Geld. Wenn die wegen dir verlieren, bist du geliefert.«

Schön langsam beunruhigte er sie mit seinem Gerede.

»Bertram, reg dich ab und denk logisch. Es wurde Anzeige erstattet, die Deepfake-Sache wird untersucht, die Vorwürfe werden sich als haltlos in Luft auflösen. Ich bin, wie du richtig bemerkt hast, die Geschädigte. Nicht ich werde mich verteidigen müssen, sondern die, die das Video in betrügerischer Absicht in Umlauf gebracht haben.«

»Hundertprozentig steckt was Politisches dahinter. Russland. Oder die Kohleindustrie. Oder die Autolobby. Irgendwas Einflussreiches. Sonst hätten sie die Meldung nicht in den Abendnachrichten gebracht.«

Bertram hörte ihr nicht zu, er arbeitete weiter an seinem Krimiplot. Rosa nahm sich vor, den PR-Experten für ein klärendes Gespräch aufzusuchen. Sie war überzeugt, dass sich dieser Wahnwitz leicht aus der Welt schaffen ließ.

»Es ist völlig eindeutig, was hier abgeht. Das ist der erbitterte Widerstand gegen jeden noch so kleinen Versuch des Systemwechsels! Patriarchat, Energiewirtschaft, Autoindustrie, Agrarlobby, name it, beim geringsten Anzeichen von Machtverlust und Gewinneinbußen holen sie zum Gegenschlag aus. Du glaubst, du bist nur eine kleine Exputzfrau? Nur eine Öko-Influencerin mit 500 000 Followern? Ich sag dir was, Rosa, nimm dich in Acht!«

»Bertram, hör auf, mir Angst zu machen.«

»Rosa, denk doch mal nach! Allein im Vorjahr wurden 212 Umweltschützer*innen ermordet. Das sind vier getötete Menschen pro Woche! Weil sie den Regenwald oder eine vom Aussterben bedrohte Tierart retten wollten. Ich wette, die haben alle geglaubt, dass sie nur kleine, unbedeutende Aktivist*innen sind. Der Widerstand, den die Profiteure des gegenwärtigen Systems jeder Geschäftsstörung entgegenbringen, ist brutaler und ausdauernder, als wir glauben. Es ist mein voller Ernst, Rosa, du musst dich gegen diese Verleumdung wehren.«

Er war zu ihr in die Küche gekommen und betonte jedes Wort mit seinem auf sie gerichteten Zeigefinger. Sie schaute ihn mit großen Augen an und schluckte. Ihre Kehle war trocken.

»Okay, Bertram, wenn du meinst. Ich werde mir was überlegen.«

Und die primäre Frage ist in dieser Situation, warum eigentlich die unendliche Vielzahl weithin bekannter Problemdiagnosen, Strategievorschläge und Handlungsaufrufe in der Praxis so wenig Wirkung zeigt und die sozial-ökologische Transformation einfach nicht stattfindet.

Ingolfur Blühdorn:
Nachhaltige Nicht-Nachhaltigkeit (2020)

6

Sie klopfte und grinste die geschlossene Tür in Erwartung von Novotnys erstauntem Gesichtsausdruck an. Sie stellte sich vor, wie er seine Augen aufriss: »Ja Fräulein Rosa, welch freudige Überraschung!«, rief, ihrem Vorschlag dankbar zustimmte, um ihr im Anschluss daran mit abgespreiztem Finger ein Gläschen Likör zu reichen.

Doch die Tür öffnete sich nur einen kleinen Spalt. Dahinter hörte Rosa schleifende Schritte, dann erst zog Novotny die Tür ganz auf. Sie erkannte ihn an seinem beigen Hemd, dessen Kragen wie eine Einfassung um Novotnys dünnen Hals stand. Der alte Pullunder rutschte über seine Schultern, als wären ihm kurze Ärmel gewachsen. Auch die Anzughose schien etliche Nummern größer geworden zu sein. Nur die Lederpantoffeln hatten Sitz und Passform bewahrt. Wer nun überrascht dreinschaute, war Rosa, als sie überriss, dass nicht seine Kleidung, sondern Novotny seine Konfektionsgröße geändert hatte.

»Frau Steininger, wie schön, Sie zu sehen. Kommen Sie bitte herein«, sagte er mit fester Stimme. Sie ging ins Wohnzimmer, war jedoch völlig aus dem Konzept gebracht. Er folgte ihr, auf den silbernen Knauf seines Stocks gestützt.

Mit einer langsamen Handbewegung lud er sie ein, Platz zu nehmen. Sie setzte sich auf die Kante des Ledersofas unterhalb der gerahmten Dienstauszeichnung, genau dorthin, wo sie an ihrem letzten Arbeitstag vor knapp sechs Monaten gesessen war.

»Was führt Sie zu mir?«, fragte er. »Die jüngsten Enthüllungen über Sie?«

Mit kleinen Schritten schob er sich zwischen Couchtisch und Lederfauteuil. Sobald sich sein Gesäß oberhalb des Sitzes befand, ließ er sich kraftlos fallen. Die Mühe, die ihm jede Bewegung bereitete, war schmerzhaft anzusehen.

Rosa hatte sich die Szene unbeschwerter vorgestellt. In Anbetracht von Novotnys körperlicher Verfassung schrumpfte ihr kühnes Unterfangen auf einen peinlich belanglosen Kern zusammen. Aus der Komödie in ihrer Vorstellung war ein Trauerspiel in der Realität geworden. Sie schämte sich wegen ihrer Kleingeistigkeit.

»Entschuldigen Sie die Störung, Herr Novotny. Es war eine blöde Idee, herzukommen, geradezu töricht«, sagte sie.

»Töricht?«, lachte er. »Frau Steininger, ich bin froh, dass Sie mich stören. Sie bringen eine fast vergessene Normalität in meinen Tag.«

Sie erinnerte sich, dass sie bei den letzten Zusammentreffen seine Gewichtsabnahme bemerkt, ihr aber keine Beachtung geschenkt hatte. Seine eingefallenen Wangen und Augenhöhlen, seine hervortretende Nase hätten Hinweis auf seinen verschlechterten Gesundheitszustand geben können.

»Es tut mir leid«, sagte sie.

»Weshalb denn? Sind Sie ein neuartiges Virus oder Fatigue?«

»Manche würden das mit Ja beantworten«, sagte sie.

Nach dem missglückten Aufheiterungsversuch schaute sie betreten zu Boden. Ihr Blick fiel auf seine Pantoffeln.

»Was?« Er bemerkte ihr mildes Lächeln.

»Ihre Sachen, also, speziell Ihre Kleidung fand ich schon immer abscheulich. Aber sie sind definitiv nachhaltig, und das schätze ich.«

»Frau Steininger, ich bin mir nicht ganz sicher, ob Sie die Kompetenz mitbringen, über Modeerscheinungen und Styling-Trends zu urteilen.«

»Touché«, sagte Rosa.

Sie lächelte ihn an und verspürte plötzlich eine freundschaftliche Verbindung zu ihm. Als wäre Putz von ihnen abgebröckelt, was ihnen erlaubte, sich ungeniert über die Trümmer ihrer niedergerissenen Blendfassaden hinweg miteinander zu unterhalten.

»Verraten Sie mir, weshalb Sie hier sind?«

Seine Augen blinzelten wissbegierig, was Rosa irritierte. Seine geistige Wachheit stand in Kontrast zu seiner gesundheitlichen Beeinträchtigung. Erst etwas später, als sie die Modalitäten des künftigen Umgangs miteinander besprachen, meinte er, sein Kopf arbeite einwandfrei, abgesehen von einigen Einschränkungen, die seine Konzentrationsfähigkeit betrafen. Ausdauer und Belastbarkeit wären stark gemindert bei ansonsten intakter Gesundheit.

Rosa biss sich auf ihre Unterlippe. Ihr schlechtes Gewissen hielt sie davon ab, ihm ihr Ansinnen zu verraten.

Sie war nicht immer nett zu ihm gewesen. Bei einem gesunden Novotny hätte sie ihr Verhalten schönreden und herunterspielen können. Aber da er offenbar unter postviraler Belastungsstörung litt, war die Idee, ihn um einen Gefallen zu bitten, keine glorreiche. Andererseits war sie eigens deshalb hergekommen. Darüber hinaus stünde es ihm frei, Nein zu sagen, überlegte sie.

»Gut, ich wollte Sie fragen, ob Sie Zeit haben, ob Sie sich vorstellen könnten, nächste Woche, falls Sie Lust dazu hätten, mich zu begleiten, zu den Salzburger Festspielen?«, stammelte sie.

Er lehnte sich zurück und verschränkte die Arme.

»Nicht doch«, sagte er, »was erlauben Sie sich? Jetzt, wo Sie als shoppingwütiges Luxusgirl entlarvt worden sind, glauben Sie, ich würde mich freiwillig unter diese korrupten Finanzkapitalisten und Robbenschlächter begeben?«

Rosa presste ihre Lippen zusammen. Sie konnte ihm nicht verübeln, sich über sie lustig zu machen.

»Ja, da hat mich wohl der Irrsinn gestreift. Tut mir furchtbar leid, verzeihen Sie. Ich dachte nämlich, dass ich mit Ihnen an meiner Seite der verwerflichen Zusammenrottung des obersten Perzentils der Eigentümergesellschaft einen Mehrwert abringen könnte, der an Vergnügen grenzt«, sagte sie.

»Da haben Sie mich aber sträflich falsch eingeschätzt«, sagte Novotny.

Sie schnaufte und war bereit, sich zurückzuziehen und ihren Plan sein zu lassen.

»Gut, dann kann man da wohl nichts machen. Ich akzeptiere Ihren Entschluss und werde die Reise in den Sündenpfuhl eben alleine antreten. Schade, ich erhoffte einen unterhaltsameren Aufenthalt gemeinsam mit Ihnen«, sagte sie.

Er hob die Augenbraue, nickte und schaute sie zufrieden an.

»Ich fühle mich von Ihrer Frechheit geschmeichelt, Frau Steininger, und bin heilfroh, Karten und Unterkunft bereits organisiert zu haben. Ich freue mich auf Ihre Gesellschaft!«

Zaghaft klopfte sie an die Verbindungstür zu seiner Suite. Da sie keinen Laut vernahm, öffnete sie und rief seinen Namen. Er meldete sich nicht. Spätestens jetzt hätte sie, aus Angst, ihn zu stören, kehrtgemacht. Doch sie trat ein, ging in den Salon, in dessen Mitte ein runder Tisch mit Blumenbukett stand. Von dort sah sie Novotny durch den Spalt der angelehnten Badezimmertür.

»Gunnar?«, fragte sie erneut.

Auf der Zugfahrt nach Salzburg hatten sie die Bedienungsanleitung füreinander erstellt und waren auf einige Gemeinsamkeiten gestoßen. Sie bevorzugten, beim Vornamen genannt zu werden und boten einander das Du-Wort an. Beide liebten es, spät zu frühstücken und früh abendzuessen. Sie versicherten, größten Wert auf Privatsphäre zu legen, einigten sich jedoch auf direkte Kontaktaufnahme ohne falsche Zurückhaltung. Jeder sollte sich um die eigenen Angelegenheiten kümmern, im Bedarfsfall dürfe jedoch nicht gezögert, sondern um Hilfe gerufen werden.

»Es gibt kein Stören«, hatte Gunnar gemeint.

»Komm nur rein!«, rief er.

Sie stieß die Badezimmertür auf. Er saß auf einem Stuhl vor dem Waschbecken. Der Raum war in heller Natursteinoptik verfließt, geräumig, mit viel Glas und Edelstahl. Gunnars Gesicht war bis zu den Augen unter Rasierschaum verborgen. Um Hemd und Hose zu schützen, hatte er ein Handtuch als Latz umgelegt. Er saß zu tief, um sich im Wandspiegel sehen zu können. Deshalb hatte er den Rasierspiegel zu sich hinuntergezogen.

»Kann ich helfen?«, fragte Rosa. Er schüttelte den Kopf.

»Nein, nein, setz dich nur. Wenn ich das nicht mehr allein kann, wird's ernst«, sagte er, hob sein Kinn in die Höhe und spitzte die Lippen, um seinen Hals in maximale Streckung zu bringen. Er setzte den Rasierer unterhalb des Kehlkopfs an und zog ihn in einer Linie nach oben. Um die

Spannung der Haut zu erhöhen, übte er mit der freien Hand Gegenzug am Schlüsselbein aus. Rosa setzte sich auf den Badewannenrand und beobachtete ihn.

Die Klinge hinterließ eine Schneise im weißen Gesicht, einen präzisen Streifen glatter Haut. Gunnar legte Bahn um Bahn frei, mit Handbewegungen, die er seit früher Jugend eingeübt hatte. Immer wieder tauchte er den Rasierer ins Waschbecken, spülte Schaum und Bartstoppeln ab. Ein perfektionierter Ablauf in optimaler Reihenfolge. Rosa überschlug die Anzahl seiner bisherigen Rasuren mit zirka 18 000. Putzroutine, dachte sie. Er stülpte die Oberlippe über die Schneidezähne und machte sich an die heikle Stelle zwischen Nase und Lippe. Abschließend prüfte er die Glattheit von Kinn und Wangen.

»Gut geschlafen?«, fragte er Rosa.

Das hatte sie. Nach der Zugfahrt war sie in ihrem Hotelzimmer sofort unter die frischen Bettlaken geschlüpft. Als sie aufwachte, wusste sie im ersten Moment nicht, wo sie war. An auswärtige Übernachtungen nicht gewohnt, tat sich ihr Gehirn schwer mit dem Abgleich der Realität. Es missbilligte jegliche Abweichung, bis Rosa ihren Kopf zur Seite drehte und einen goldgeprägten Notizblock auf dem barocken Nachtkästchen entdeckte. Zusammen mit der Entschlüsselung des Hotelnamens musste der alternative Aufenthaltsort anerkannt werden.

Auf der Zugfahrt hatte sie mit Gunnar über die hohen Kosten des Quartiers diskutiert. Die könne sie sich nicht leisten, weshalb sie beabsichtigte, eine Jugendherberge zu nehmen. Gunnar widersprach heftig. Es sei widersinnig, bei einer gemeinsamen Reise getrennte Unterkünfte zu beziehen. Außerdem habe er das Zimmer neben seiner Suite bereits bezahlt.

Nach einer heißen Dusche (sie hatte ihre Ringelblumenseife mitgebracht) rieb sie sich mit Distelöl ein und zog ihr grün-weiß gestreiftes Leinenkleid an. Es war über zehn Jahre alt, aber wegen seltenen Gebrauchs wie neu. Ihre Frisur erhielt keine gesonderte Behandlung. Obwohl sie ihre Haare seit dem letzten Schnitt von Mila wachsen ließ, genügte es, sie mit dem Badetuch trocken zu rubbeln.

Gunnar legte den Rasierer beiseite. Er drehte das Warmwasser auf, um sein Gesicht von letzten Schaumresten zu befreien. Nachdem er aufgehört hatte zu prusten und spritzen, drückte er sich das umgebundene Handtuch auf sein Gesicht. Er kam in einer frischeren Version dahinter hervor. Zufrieden mit dem Resultat, lächelte er sein Spiegelbild an und hängte das Tuch über den Halter.

»Hunger?«, fragte er. Sie nickte. Er hatte im Hotelrestaurant reserviert, um Zeit und Wege zu sparen. »Keine Widerrede!«, sagte er.

Er klatschte sich Aftershave ins Gesicht, seine Poren glänzten feucht davon. Rosa brannte der Geruch in der Nase, sie ging aus dem Bad und entkam dem Duft. Gunnar scheitelte sein Haar und wurde daraufhin noch zufriedener mit seinem Aussehen. Rosa beobachtete ihn diskret von der Sitzgruppe im Salon aus. Sie sah, wie mühsam er von seinem Stuhl aufstand. Mit kleinen Schritten kam er aus dem Bad. Vor dem Blumenbukett nahm er eine Krawatte vom Tisch, legte sie unter den Hemdkragen und band sie. Er bat Rosa, ihm in die Anzugjacke zu helfen. Nachdem ein letzter prüfender Blick in den Wandspiegel seine Erscheinung guthieß, hakte er sich bei ihr ein und sagte: »Danke«.

Kurz vor der Tür fielen ihm plötzlich ihre Sandalen zum Leinenkleid auf.

»Willst du etwa damit ...?«, fragte er, erinnerte sich aber noch rechtzeitig an ihre Abmachung. Kein Kommentar zu Äußerlichkeiten. »Hoffentlich wird dir nicht kalt«, sagte er.

Sie merkte seine Erschöpfung, als sie ihn in den ausverkauften Saal der Felsenreitschule führte. Sie fragte, ob er stehen bleiben und kurz verschnaufen wolle. Er verneinte.

»Bring mich einfach ohne großes Aufsehen zum Platz«, sagte er und versuchte mit der Menge Schritt zu halten. Sie hatten Randsitze im Parkett. Die Karten mussten ein Vermögen gekostet haben, schätzte Rosa.

Geld spiele an seinem Punkt im Leben eine gewandelte Rolle, hatte er ihr während der Zugfahrt erklärt. Sie hatte erneut ihre Bedenken bezüglich Reisespesen geäußert und ihre finanzielle Situation geschildert. Sie solle keinen Gedanken daran verschwenden, bei ihm läge das Zeug nur unnötig herum. Früher hätte er geglaubt, zu wenig Geld zu haben. Was zu andauernden Anspannungen und dem Bedürfnis geführt hätte, mehr zu arbeiten, um mehr zu verdienen. Seit seiner Erkrankung hatte sich das radikal geändert. Er war nun sicher, zu viel Geld für die ihm verbleibende Kraft und Zeit zu haben. Deshalb wolle er nicht länger auf die Erfüllung seiner Träume warten, selbst wenn sie so bieder waren wie eine Sommerfrische in Salzburg.

Sie hatte aus dem fahrenden Zug geschaut. Am Horizont standen die Silhouetten des Toten Gebirges. Sie dachte, es wäre die passende Gelegenheit, ihre Gedanken zu seinem Gesundheitszustand loszuwerden.

»Weißt du, ich sehe Krankheiten wie deine als systemische Reaktion an, die das natürliche Gleichgewicht wiederherstellen könnten. Sie dimmen unseren Aktivitätsumsatz. Stell dir vor, zwanzig Prozent der Weltbevölkerung wäre zu schwach für Überkonsum und Leistungssteigerung. Keine Kraft mehr für Extremsportarten, Weltraumtourismus oder Krieg. Das wäre wie freiwilliger Verzicht – nur unfreiwillig. Die Erkrankung regelt unseren globalen CO_2-Ausstoß herunter. Das könnte die Lösung sein.«

Er hatte sie angestarrt, als würde er plötzlich das Ausmaß ihrer Geistesschwäche erfassen. Dann hatte er sie angelächelt und gesagt: »Schön, dass du es positiv sehen kannst.«

Um die Entfernung zu ihren Sitzplätzen erfolgreich zu überwinden, stützte sie ihm den Rücken und hielt seinen Ellbogen fest. Beinahe trug sie Gunnar. Es dauerte, bis er saß, doch die Zuschauer hinter ihnen hatten Verständnis. Sie waren mehrheitlich überaltert und selbst nicht mehr fit auf den Beinen. Probleme mit dem Bewegungsapparat wurden höflich übergangen. Man gab sich bereits mit der bangen Hoffnung zufrieden, dass niemand während der Vorstellung verschied oder die bereitstehenden Einsatzkräfte nicht in Erscheinung treten müssten. Es hing die Atmosphäre großbürgerlichen bis feudalen Selbstverständnisses im Saal, sich als Bollwerk gegen den Untergang abendländischer Kultur zu betrachten. Der solidarische Akt, großzügig über kleinere Gebrechen hinwegzusehen, schien angebracht.

Sobald die Beleuchtung abgedunkelt wurde, erstarb das Hüsteln und Rascheln. Gunnar suchte Rosas Hand und fand sie locker auf der Armlehne liegen.

»Danke«, flüsterte er nochmals und drückte kurz zu. »Der Moment erfüllt mich mit kindlicher Freude.«

»Scht«, machte jemand hinter ihnen.

Gunnar ließ ihre Hand wieder los. Das Publikum entspannte in der Dunkelheit, sank zurück in die Geborgenheit kollektiver Anonymität, übertrug die Aufmerksamkeit von sich auf den Scheinwerferstrahl, der ein Pult auf der Bühne beleuchtete. In den Lichtkegel trat der diesjährige Eröffnungsredner und wurde mit Applaus begrüßt.

Gunnar hatte nach den Hintergründen ihres Sinneswandels gefragt. Sie waren auf der ledernen Sitzgarnitur in seinem Wohnzimmer gesessen, zwei geschliffene Gläser und eine Flasche Kirschlikör am Couchtisch. Rosa hatte nur die Schulter gehoben, als entschuldigende Geste, die Gründe selbst nicht ausreichend zu kennen. Stattdessen gab sie ehrliche Auskunft über ihre bisherige tiefe Verachtung seines Lebensstils. Hier gelang es ihr, Motive anzuführen: Staubsauger, Spannteppich, Mikrowelle nebst anderer stromverbrauchender Dinge. Allen voran seine Miniatureisenbahn, die sie spießig nannte.

»Die ist nicht spießig, sondern nostalgisch!«, hatte er protestiert.

Danach hatte er von sich erzählt. Er deutete Enttäuschungen im Familienleben an, ohne auf allzu Privates einzugehen. Er habe Ausgleich in seiner Arbeit gesucht und Eingewöhnung ins Junggesellenleben versucht. Fertignahrung und Überstunden hätten ihm dabei geholfen. Er gestand, Rosa anfangs als völlig unzurechnungsfähig und latent gewaltbereit eingeschätzt zu haben. Erst als sie ihm das Leben gerettet hatte, indem sie ihn von einer im Hals stecken gebliebenen Fischgräte befreite, hatte er begonnen, differenzierter über sie zu denken.

»Ich betrachte Sie, als befände sich in Ihrem Inneren eine Lagerhalle voller Verbesserungsvorschläge für die Welt«, sagte er.

»Oh«, lachte sie, »eine sehr wohlwollende Personenbeschreibung.«

Auf der Bühne mahnte der Redner in dramatischen Bildern vor der drohenden Apokalypse, vor der größten Menschheitsgefahr und Krise des Planeten. Er erinnerte an aktuelle Kriege und die damit in Zusammenhang stehende Schwierigkeit moralischen Verhaltens. Dabei vergaß er den positiven Ausblick dank menschlicher Kreativität und Schaffenskraft nicht sowie die Rolle von Kunst und Kultur. Der erste Schritt in Richtung Morgen gehe über die Erkenntnis, dass wir handeln und gemeinsam an besseren Lösungen arbeiten müssten. Denn nur die Unwissenheit sei böse und destruktiv.

»Entschuldige«, flüsterte Rosa und deutete Gunnar an, auf die Toilette zu müssen. Er rückte seine Beine zur Seite, um sie aus der Sitzreihe zu lassen. Als sie am Gang stand, strich sie ihr Kleid glatt. Niemand im Publikum nahm Notiz von ihr. Sie setzte sich in Richtung des seitlichen Bühnenaufgangs in Bewegung, wo Stufen vom Parkett zum Podium führten. Lautlos und unbemerkt wie eine schwarze Katze schlich sie im Schlagschatten des Scheinwerfers auf das Pult zu. Erst als sie neben dem Vortragenden erschien, sah man sie. Doch da ihr der Redner seinen Kopf zuwandte und sie mit einem Nicken begrüßte, glaubten alle, die sich nicht ihrem gerechten Verdauungsschlaf hingegeben hatten, dass Rosa eine autorisierte Akteurin war, die den Ton korrigieren oder ein Wasserglas reichen sollte. Womöglich haftete ihr noch immer die Unauffälligkeit ihres ehemaligen Berufsstands an, dem oft Unsichtbarkeit nachgesagt wird. Oder man erkannte *Dunkelrosa* in ihr und dachte, sie sei die nächste Vortragende. Jedenfalls brandete Applaus auf, als sie den Eröffnungsredner sanft vom Mikrofon abdrängte.

»Mir reicht es! Ich kann diese Sprüche von fünf vor zwölf nicht mehr hören. Wir wissen, dass es spät ist. Lassen Sie mich lieber von etwas Erfreulichem reden. Sprechen wir über Erfolg.«

Sie hielt das Smartphone hoch, das ihr Vorgänger auf dem Pult vergessen hatte.

»Werte Damen und Herren, ich möchte Ihre Aufmerksamkeit auf dieses kleine Gerät in meiner Hand lenken. Das erste seiner Art wurde 2008 einer breiteren Öffentlichkeit vorgestellt, also vor knapp fünfzehn Jahren. Seither wurden Milliarden Exemplare und Modelle produziert, wozu, wie Sie wissen, die Bereitstellung kostbarer Rohstoffe aus entlegenen Weltgegenden zu organisieren war. In weniger als fünfzehn Jahren ist es gelungen, diese technische Errungenschaft über den gesamten Erdball zu verteilen. Eine ungeheure logistische Leistung. Darüber hinaus konnte durch fächerübergreifende Zusammenarbeit mannigfaltiger Disziplinen dieses Werkzeug einen zentralen Stellenwert im Leben moderner Menschen einnehmen. Von der Banküberweisung über Impftermine bis hin zur Partnersuche, nichts geht mehr ohne dieses Ding. In manchen Altersgruppen ist es zum Statussymbol geworden. Bei Entzug drohen einigen sogar Existenzängste. Wenn Sie an meinen Worten zweifeln, steigen Sie einfach in ein öffentliches Verkehrsmittel, kaum jemand wird Sie eines Blickes würdigen.

Aber ich will den erstaunlichsten Punkt in Zusammenhang mit dieser Technologie ansprechen. Ungeachtet von Geschlecht, Herkunft, Sprache, Ethnie, Bildungsstand, Alter, religiöser, sexueller oder politischer Orientierung konnte die technische Bedienung dieses handlichen Computers zumindest in Grundzügen weltweit vermittelt werden. Wertes Publikum, ich behaupte, diese Leistung stellt eine noch nie dagewesene Bildungsoffensive dar. Von beabsichtigtem Suchtverhalten, lückenloser Ortung oder Überwachung möchte ich nicht reden, aber globale Produktion, Distribution und Anwendung finde ich beachtlich.«

Rosa legte das Smartphone zur Seite und blickte ins Dunkel des Zuschauerraums.

»Ich frage mich und Sie, weshalb wir diese Leistungen vollbringen können, aber daran scheitern sollten, unsere Lebensgrundlage vor der Zerstörung zu bewahren. Wir wären nicht dazu in der Lage, Regenerationszeiten des Planeten (aber auch unsere eigenen) zu berücksichtigen und zugleich ein vernünftiges, freudvolles Leben für alle Menschen zu ermöglichen? Weshalb? Weshalb sollte uns misslingen, auf gütliche Weise mit allen Lebewesen die Erde zu bewohnen? Es klingt reichlich unglaubwürdig, dass unsere geistigen wie körperlichen Fähigkeiten zwar ausreichen, um die gesamte Welt in kurzer Zeit mit etwas wie einem Smartphone zu durchdringen, aber ungenügend sein sollen, wenn es um den Fortbestand unserer Spezies geht.

Ich habe lange über diese Diskrepanz nachgedacht. Wie können wir auf der einen Seite eine schier unglaubliche Leistung vollbringen, und gleichzeitig gelingt beim Umwelt- und Klimaschutz nicht der geringste Fortschritt im Sinne einer echten Verbesserung? Wie kann das sein?

Nun, ich habe die Antwort gefunden. Sie hat nichts mit mangelnden Fähigkeiten oder fehlendem Kapital, nichts mit großem Aufwand oder menschlichen Eigenschaften wie Gier oder Bequemlichkeit zu tun.

Es liegt einzig und allein an unserem Unwillen. Wir wollen nicht! So einfach ist das. Wir wollen keine Veränderung. Interessiert uns nicht. Wir wollen genauso weiterleben wie bisher, wenn möglich schneller, länger und mit mehr. Ist okay. Ich habe dafür Verständnis. Absolut. Aber dann ersparen wir uns doch die Lügen und ewigen Reden darüber, dass etwas getan werden muss.

Geben wir es einfach zu: Wir wollen unseren Lebensstil nicht aufgeben, komme, was wolle. Wir wollen unsere Wirtschaftsform, Macht- und Kapitalstruktur, Hierarchien, Abhängigkeiten und systemimmanente Ausbeutung und Unterdrückung bewahren. Sagen wir es gemeinsam: Uns geht der ganze Scheiß von wegen Klimaschutz und Verzicht am Arsch vorbei! Sagt es frei heraus: Wir scheißen auf die Zukunft. Wir scheißen auf künftige Generationen! Uns interessiert das alles nicht! Wir wollen weiterhin lukrative Geschäfte machen, denn mit entsprechendem Vermögen wird uns die Klimakatastrophe schon nichts anhaben. Gebt es doch endlich zu: Ihr schert euch einen Dreck um eure Kinder, um alle anderen, und was nach euch kommt sowieso.«

Rosa war überrascht, wie lange die gut trainierten Männer in Uniform auf sich warten ließen. Sie hatte zwar im Publikum ratloses Zischen und hinter den Kulissen nervöse Betriebsamkeit gehört, aber sich vorgenommen, das Mikrofon so lange zu nutzen, wie sie es für sich haben würde. Denn es wäre ihre letzte Wortmeldung. Eine Abrechnung.

Die Mitarbeiter vom Ordnungsdienst fassten sie an den Armen. Da sie fortfuhr, ins Mikro zu brüllen, griff ihr einer der beiden in den Nacken, drückte sie gegen das Pult und drehte ihr den Arm auf den Rücken. Sie versuchte zwar nach ihm zu treten, dennoch sah die Eskorte hinter die Kulissen elegant und widerstandslos aus. Ob Rosa erst in der Garderobe oder bereits im Korridor sediert wurde, ließ sich später nicht mehr rekonstruieren.

Ihre Augenlider fühlten sich wie auch der Rest ihres Körpers schwer an, dennoch waren sie das Einzige, was sie bewegen konnte. Zitternd klappten sie nach oben. Rosa sah ein steriles Zimmer in Weiß und Hellgelb. Sie versuchte zu schlucken. Ihr Mund war trocken, ihre Zunge klebte am Gaumen. Ihre Lippen bewegten sich träge schmatzend. Durst, dachte sie, Wasser. Mehr konnte das breiige Hirn nicht. Die Luft war überheizt. Sie schloss ihre Augen. Das Schauen überanstrengte sie. Mit der Sehnsucht nach Wasser schlief sie ein.

Sie erwachte, als jemand an ihr Bett trat. Ein Mann in weißer Kleidung fragte, ob sie einen Wunsch habe. Besteck und Geschirr klirrten. Sie spürte einen kühlen Lufthauch im Gesicht. Eine Hand schob sich vorsichtig unter ihren Hinterkopf. Ein kalter Gegenstand an ihren Lippen, Flüssigkeit lief über ihren Mund. Sie ließ den Unterkiefer locker und trank.

»Langsam«, sagte jemand. Sie öffnete die Augen, sah ein freundliches Gesicht, wollte danken, war zu schwach.

Sie schreckte hoch, als hätte ihr etwas in die Nasenlöcher geblasen. Es war Nacht. Ihr Herz raste. Allmählich gewöhnten sich ihre Pupillen an die Dunkelheit. Ein Lichtstreifen unter der Tür. Metallgitter an den Längsseiten ihres Krankenbetts. Ein Becher am Nachttisch. Sie trank und brauchte mehr. Sie hob eine Wasserkaraffe mit beiden Händen zu sich. Setzte sie an den Mund. Kippte sie. Leerte sich Wasser über Gesicht und Nachthemd. Die Karaffe fiel zu Boden. Rosas Bett war nass. Sie blieb durstig. Ihre Unfähigkeit machte sie wütend. Sie hasste sich in ihrer hilflosen Bedürftigkeit. Die Tür ging auf. Ganglicht schien ins Zimmer. Sanfte Spots in Bodennähe. Die Pflegerin fragte, ob alles gut sei. Sie bemerkte das nasse Bettzeug, sah die Karaffe am Boden. Rosa spürte Hantierungen. Nach kurzer Zeit war alles wieder trocken. Die Pflegerin stand als Schatten im Gegenlicht an Rosas Bett. Half ihr mit dem Trinkbecher. Hunger?, fragte sie, Suppe? Ja, bitte. Sie brachte den Geruch von Gemüse ans Bett, half Rosa dabei, sich aufzusetzen, führte eine Schnabeltasse an ihren Mund. Rosa trank. Der Geschmack war salzig und warm. Die Pflegerin senkte Rosas Kopfteil ab und wünschte erholsamen Schlaf.

Als sie aufwachte, stand die Tür weit offen. Irgendwo am Flur kam *Let it be* aus den Lautsprechern. Ein Pfleger hielt mit einem Servierwagen aus Edelstahl vor Rosas Zimmer.

»Guten Morgen«, sagte er und reichte ihr einen kleinen Plastikbecher mit Tabletten. Rosa kippte sich die bunten Pillen in den Mund. Der Pfleger half ihr zu trinken.

»Fühlen Sie sich schon besser?«, fragte er und ging zum Fenster, um den dunklen Vorhang zur Seite zu ziehen. Sommerlicht schien auf Rosas Fußende.

»Kann ich irgendetwas für Sie tun?«

Er lächelte. Sie blieb stumm.

»Das wird schon wieder. Ruhen Sie sich einfach aus. Ich schau später noch mal nach Ihnen. Wenn Sie etwas brauchen, einfach hier drücken.«

Er zeigte auf die Schwesternrufanlage, die am Galgen über ihrem Bett baumelte. Die letzten Takte von *Let it be* verklangen. Rosa spürte eine kurze Berührung an der Schulter, dann verabschiedete sich der Pfleger. Sie drehte sich zur Seite und hörte die Frühstückstabletts am Servierwagen scheppern.

Sie erwachte von einem seltsamen Surren. Es war finster. Sie blinzelte. Über der Tür leuchtete das grüne Notausgangsschild. Rosa merkte, dass etwas auf ihrer Bettkante saß und ruhig auf sie hinabsah. Es flimmerte wie das Bild eines alten Fernsehers und warf blasse Farben an die Zimmerwände. Rosa streckte ihre Hand danach aus. Sie fuhr durch eine grün-bläuliche Lichtgestalt, fühlte aber keinen Widerstand.

»Bist du ROSA?«, fragte es, wobei sein Gesicht starr blieb. Rosa wusste nicht, ob sie träumte. Sicherheitshalber nickte sie.

»Unser Emotiometer zeigte heftige Ausschläge. Gemeinsam mit archäologischen Funden und rekonstruiertem Datenmaterial vom fraglichen Zeitabschnitt müssen diese Erschütterungen von Untersuchungsgegenstand ROSA herrühren, doch wir können dessen Wertigkeit nicht bestimmen.«

Das Ding sprach, ohne seine Mimik im Geringsten zu verändern.

»Die außergewöhnlichen Messergebnisse stellen uns vor Rätsel. Bist du eine Prinzessin?«, fragte es.

Rosa verdächtigte die bunten Pillen, ihr den letzten Funken Verstand zu rauben.

»Eine Hohepriesterin im Besitz von Geheimwissen? Oder eine Kriegerin der Karboniummächte, schuld am Untergang der Menschheit?«

Rosa schüttelte den Kopf, war jedoch nicht sicher, ob sie das, was sie sah, auch wirklich sah.

»Oh, entschuldige, ich sollte mich zunächst vorstellen. Mein Name ist SUR. Ich bin so etwas wie ein Mensch. Wir nennen uns lieber Lebwes.«

Rosa griff sich ihren Trinkbecher, trank ihn leer. Womöglich war sie dehydriert, funktionierten ihre Synapsen im Kopf nicht richtig.

»Ich bin real. Eine reale Projektion«, sagte SUR.

Es trug eine weite Toga aus einem Stoff, der weich und zugleich fest wirkte. Der gesamte Körper war davon umhüllt, nur der haarlose Kopf mit freundlichem Gesicht ragte daraus hervor. Bei allem, was es sagte, blieb SURs Mund bewegungslos. Obwohl die Situation für Rosa äußerst verstörend war, fühlte sie sich in Gegenwart der Gestalt sehr wohl, geradezu geborgen.

»Mach dir keine Gedanken darüber, was ich bin. Geschlecht ist bei uns Privatsache, genau wie Haut- oder Haarfarbe oder die jeweilige Philosophie.«

Es kratzte sich am kahlen Kopf. Rosa spürte, dass eine geringfügige Verlegenheit von SUR ausging.

»Oh, das war wohl ein schlechter Vergleich, was? Ihr macht große Unterschiede bei den Farben, stimmt's? Ich muss mich entschuldigen, ich kann eure Jahrhunderte schlecht auseinanderhalten. Eure Kriege und Gräueltaten ähneln sich so schrecklich. Verbrennt ihr aktuell noch Hexenfrauen? Oder religiöse Existenzen? Leute mit Philosophie, speziellen Begabungen? Nein? Halt, ich weiß, die steckt ihr in Lager! Auch Menschen mit Farbe werden weggesperrt, gell? – Nein, warte! Mir fällt es gerade wieder ein, die erschießt ihr von hinten, richtig? Aber bei Vergewaltigungen sind sowohl Geschlecht, Alter als auch Farben egal, stimmt's? Oh nein, ich glaube, mich erinnern zu können, dass ihr selbst da feine Unterschiede macht, oder? Ich habe davon mal in einem Geschichtsseminar gehört, aber vielleicht verwechsle ich auch was.«

Rosa fragte sich, ob sie den Humor des Hologramms durch die Wirkung der eingenommenen Medikamente falsch interpretierte oder dadurch erst richtig verstand. Erneut versuchte sie das Flimmern zu berühren. Ihre Hand wurde dabei zwar vom Licht der Projektion beschienen, aber kein Körper war greifbar.

»Ist wie Kino ohne Leinwand«, erklärte SUR. »Du kennst doch Lichtspieltheater, oder? Gibt es die bei euch schon oder kommen die erst?«

Rosa wollte dem Wesen in die großen verschwommenen Augen sehen, doch die blieben wie hinter einem Schleier. Trotzdem empfand Rosa keinerlei Angst.

»Also Rosa, ich komme aus der fernen Zukunft. Ich bin hier, weil ich eine Wette verloren habe und Teil eines Forschungsteams bin.«

SUR streichelte sich über den kahlen Kopf.

»Die Technikabteilung behauptet, für Zeitportationen wären Glatzen notwendig. Ich vermute eher, das ist eine Bestrafung für meine verlorene Wette. Ein Scherz, den sie sich mit mir erlauben.«

Rosa spürte, dass SUR Bedenken bezüglich sexueller Attraktivität hatte und sah eine seltsame Vorstellung von kopulierenden Rieseneiern. Rosa presste kurz ihre Augen zusammen und schüttelte SURs Bilder aus ihrem Kopf. Sie setzte sich im Bett auf und versuchte sich zu konzentrieren. Sie wollte die Erscheinung genauer betrachten, doch sie blieb unscharf.

»Ich gehöre einer wissenschaftlichen Gruppe an, die Ursachenforschung betreibt. Genauer gesagt arbeite ich in der Kommunikationsabteilung. Ich bin für Verständigung zuständig. Zu meiner Hauptaufgabe gehört es, mich in einfachste Lebensformen einzufühlen.«

Es lächelte Rosa an, als wäre sie ein Geißeltierchen.

»Ich bin verantwortlich für den gegenseitigen Transfer von Wohlbefinden zum Zweck der Wiedergutmachung. Panbiosphärische Versöhnung lautet meine Agenda.«

SUR schlug die Beine unter, rückte sich auf Rosas Bett zurecht und zupfte an den Falten der Toga.

»Damit du dir die Zukunft besser vorstellen kannst: nach euch größtmöglicher Schaden. War sehr lange für sehr viele nicht sehr lustig. Trotz der Jahrhunderte, die seitdem vergangen sind, bringen uns alle Lebewesen nach wie vor mit euch in Verbindung, weil wir euch noch ein klitzekleines bisschen ähnlich sehen. Um uns begrifflich besser von euch abzugrenzen und die Gleichheit unter den noch existierenden Lebensformen zu betonen, verwenden wir die Bezeichnung Lebwes für uns. Wir wollen, so wie alle anderen Zellen und Zellformationen, nichts mehr mit Menschen zu tun haben. Aber genetisch betrachtet sind wir nun mal eure Nachfahren. Das ist eine ordentliche Bürde, sage ich dir. Der einzige Weg, mit dieser Last umzugehen, ist, aus euren Fehlern zu lernen und uns von euch wegzuentwickeln.«

Obwohl SURs Gesichtsausdruck unverändert blieb, spürte Rosa, dass es sie aufmunternd anlächelte.

»Dank euch haben wir somit einen Sinn im Leben. – Ihr habt doch immer nach einem Sinn im Leben gesucht, oder? – Also wir haben den jetzt, und der besteht darin, uns mit allen noch existierenden Spezies zu versöhnen.«

Rosa wurde von einer inneren Freude erfasst, war jedoch unsicher, ob dieses Gefühl nicht von ihren überreizten Nerven stammte.

»Rosa, ich will ehrlich mit dir sein, Menschen sind transplanetar das absolut Letzte, moralischer Abschaum, kapiert? Wegen euch müssen wir selbst im Marianengraben Klinken putzen gehen. Du willst gar nicht wissen, was ich mir unlängst von einem Pseudoliparis swirei in achttausend

Metern Meerestiefe anhören musste, obwohl die bei dem Desaster gar nicht mal so schlecht weggekommen sind. Wir räumen den Schutt weg, den ihr hinterlassen habt. Kapiert? Uns bleibt keine andere Möglichkeit, als unser Dasein der Wiedergutmachung und sofern möglich dem Ausgleich mit den Überlebenden zu widmen.«

Rosa spürte, wie SUR in ihren Körper eindrang, ihn völlig schmerzfrei erkundete.

»Als Menschnachfahre ist es meine Aufgabe, mich bei allen Existenzformen mittels empathischer Interaktion für eure Vergehen zu entschuldigen. Ich betreibe quasi PR für uns bei Amöben, Mikroben und Spulwürmern. Bei kontagiösen Einzelstrang-RNA-Viren ist unser Ansehen beinahe wieder auf vorkatastrophalem Niveau, aber die Einfühlung in Gräser und Bäume zeigt leider wenig Wirkung. Die sind noch immer ziemlich sauer wegen der großen Verluste, die sie durch euch erlitten haben. Die verstehen nicht, weshalb ihr alles ruiniert habt. Selbst euch. Die Ruhrbakterien meinen, ihr hättet es mit Absicht getan, um eurer Morbidität zu frönen und weil ihr es cool fandet.«

SUR faltete die Hände im Schoß. Rosa spürte, dass das kein Witz sein sollte.

»Also, ich habe mich um den Auftrag nicht gerissen, aber den kürzesten Strohhalm gezogen, deshalb bin ich bei dir.«

Plötzlich war Rosa innig mit SUR verbunden und konnte es nicht erwarten, behilflich zu sein.

»Wir Lebwes führen eine Art Gerichtsprozess mit allen Überlebenden. Ich bin hier, um nach Beweisen zu suchen. Ich soll herausfinden, ob ihr mit Vorsatz gehandelt habt. Ob ihr urteilsfähig wart und Richtig von Falsch unterscheiden konntet. Es grassieren nämlich etliche Theorien. Ihr wärt dem Schwarzmaterienkult verfallen, einem kultischen Zwang, alle Energie zu verbrennen, um eins mit ihr zu werden. Oder ihr wärt kognitiv und empathisch zu rudimentär entwickelt gewesen – was unter vorgehaltener Hand in wissenschaftlichen Kreisen inzwischen als Entlastungslüge verpönt ist.

Ich jedenfalls habe gegen euch auf schuldig gewettet. Das wäre zwar auch zu unserem Nachteil, aber basiert auf allen bisherigen Erkenntnissen und entspricht eben meiner Überzeugung. – Wie du merkst, lieben wir Lebwes es, zu wetten. Das beinahe einzige Laster, das uns von euch geblieben ist. Unsere unvorhersehbare Zeit eignet sich allerdings auch ganz vortrefflich für Wetten.

Wie dem auch sei, für unser Gutachten benötigen wir stichhaltige Beweise, Fakten, die eure geistige Zurechnungsfähigkeit belegen. Oder widerlegen. Habt ihr eure Verbrechen geplant? Oder lag es in eurer angeborenen Grausamkeit? Hatte der Kollaps systemische Ursachen? Oder habt ihr in gutem Glauben gehandelt? Wart ihr ahnungslos oder wissend? Denn ohne Wissen gibt es keine Schuld und keine Verantwortung. Auch nicht für uns. Verstehst du? Wärt ihr unschuldig, hätte ich zwar meine Wette verloren, aber die Lebwes würden den Prozess gewinnen. Denn dann wären die klimatischen Veränderungen und ihre verheerenden Folgen nur Zufall gewesen und eben dumm gelaufen. Kismet, Fatum, Pech. Kapiert? Dann dürfen weder Kieselalgen noch Mykorrhizapilze uns Lebwes die Schuld am Zustand der Welt geben, klar?«

Rosa nickte. SUR schloss plötzlich die Augen und Rosa war in einem lichtleeren Raum. Sie fühlte, dass SUR Antworten aufspürte, gründlich und sanft dem Wie und Was nachging. Nur die Frage nach dem Warum bohrte sich unnachgiebig schmerzhaft in Rosas Inneres. Rosa spürte größte Qualen, Todessehnsucht und abgrundtiefen Selbsthass, gefolgt von intensiver Verachtung. Sie stürzte in unendliche Sinnlosigkeit. Schrie vor Leid und Angst auf.

Als sie die Augen öffnete, schimmerte die Lichtgestalt noch immer im Schneidersitz auf ihrem Bett.

»Ich weiß es nicht«, weinte Rosa. »Tut mir leid, ich kann es nicht beantworten. Ich kann dir nicht sagen warum. Ich verstehe es selbst nicht. So vieles. Grausamkeit. Gewalt. Zerstörung. Ich kann es dir nicht erklären.«

Unendliche Schwere drückte sie nieder, schnürte ihr den Hals ab. Sie glaubte zu ersticken. Trauer über unsäglichen Verlust. Verlassenheit.

SUR beugte sich zu ihr. Oberflächlich spürte Rosa keine Berührung, doch sie fühlte die Feuchtigkeit ihrer Tränen auf SURs Hand. Für einen Moment erfasste sie SURs Weite, tauchte in Zellen und Zeit ein, ging in Unendlichkeit auf. Kurz darauf zog sie ein starker Sog zurück in ihren Körper. Rosas Zittern wandelte sich zu Glückseligkeit, drang als Wärme in jeden Winkel. Plötzlich die Gewissheit von Heilung.

»Dachte ich's mir doch, ihr könnt Mitgefühl und habt es gewusst. Nicht viel, aber genug. Somit wäre die Schuldfrage geklärt. Ich schätze, die Wette habe diesmal ich gewonnen. Unter uns gesagt, dass es nicht gut gehen kann, massenhaft Kohlenstoff zu verbrennen, Atomwaffen zu produzieren und Mitarten auszurotten, dafür braucht man ja auch nicht superschlau zu sein.«

SUR zwinkerte und war plötzlich verschwunden. Das Zimmer lag im Dunkeln, nur das grüne Notausgangsschild leuchtete.

»Lass es gut sein, Rosa!«, schwang SURs Stimme in ihrem Brustkorb nach.

Sie schlief bis spät in den Vormittag hinein, wachte erst durch das Piepsen eines Fieberthermometers an ihrem Ohr auf. Der Pfleger wünschte einen guten Morgen, sagte: »36,4«, deutete auf das Nachtkästchen, um sie auf ihr Frühstück aufmerksam zu machen. Auf dem Flur säuselte schon wieder ein Beatles-Song aus den Lautsprechern. Noch bevor sich Rosa aufsetzen konnte, um das Tablett mit Tee und Buttersemmel heranzuschieben, kam die diensthabende Ärztin zu ihr. Rosa grinste sie an, sagte aber kein Wort. Sie probierte, emphatisch Kontakt mit ihr aufzunehmen.

»Geht's Ihnen gut, Frau Steininger? Sie wirken heute so fröhlich.«

Die Ärztin hielt Rosas Handgelenk und maß den Puls. Rosa antwortete nicht. Sie setzte ihren Versuch fort, mittels Einfühlung und Telepathie oder dem, was sie sich darunter vorstellte, mit der Medizinerin in Verbindung zu treten. Die Ärztin ließ Rosas Hand sinken, kontrollierte den Pupillenreflex und fasste ihr kurz an die Stirn.

»Freut mich, dass Sie sich besser fühlen. Kann ich Ihre Genesung mit irgendetwas unterstützen?«

Rosa grinste. Da das mit der Empathie nicht lückenlos funktionierte, griff sie auf Worte zurück.

»Ich möchte nach Hause.«

Die Ärztin schaute, als hätte noch keine Patientin vor Rosa einen solch abwegigen Wunsch geäußert.

»Aber Frau Steininger, Sie sind freiwillig bei uns. Sie können gehen, wann immer Sie wollen.«

Wenn man sich selbst oder anderen etwas Gutes tut, geht es nicht nur um die Reduktion von Leid auf unserem Planeten, sondern auch um die Vermehrung von Freude.

Markus Gabriel:
Moralischer Fortschritt in dunklen Zeiten (2020)

7

Sie kam aus dem Kabinett, Bertram legte gerade frische Croissants in eine Holzschale auf dem Küchentisch.

»Hey Rosa! Gut geschlafen?«

Sie trug trotz sommerlicher Morgentemperaturen ihren Pyjama, die Füße steckten in Filzpatschen, sie gähnte.

»Okay, kenn mich aus«, sagte er und schenkte Getreidekaffee aus einer Thermoskanne in ihre Tasse, daneben stellte er ein Kännchen mit geschäumter Rohmilch. Er rückte Honig und Butter näher an ihren Platz und setzte sich. Da er sich weigerte, auf ihrem Herd zu kochen, nahm er die Mühe auf sich, alles von zu Hause mitzubringen.

»Willst du ein weiches Ei?«

Er deutete auf den Eierbecher, über den eine gehäkelte Eierkappe gestülpt war.

»Wenn nicht, dann esse ich es, kein Problem.«

Seit sie vor drei Wochen nach Hause gekommen war, hatte er sie täglich mit Frühstück, Mittag-, Abendessen und was sie sonst noch benötigte versorgt. Er vergaß nie zu betonen, dass das für ihn kein Aufwand sei, weil er sich gerne um sie kümmere. Außerdem käme er dadurch zu regelmäßigen Mahlzeiten. Er brachte ihr auch Bücher, wobei er auf Belletristik setzte. Er befürchtete, Sachbücher könnten Rosa zu sehr aufwühlen. Für seine Auswahl griff er auf die

Expertise seiner studentischen Mitarbeiterinnen zurück, die wiederum froh waren, ihr Fachwissen in Komparatistik endlich für einen guten Zweck einsetzen zu können.

Rosa lehnte am Türrahmen und beobachtete ihn. Sie sog den Duft von Getreidekaffee und frischem Gebäck ein. Der Küchentisch war üppig gedeckt, wie Bertram es liebte. In der Mitte stand eine Vase mit Sonnenblumen und Lavendel. Sie schlich sich von hinten an Bertram heran und umfing ihn an den Schultern.

»Danke schön«, flüsterte sie ihm ins Ohr.

»Komm, setz dich«, sagte er und reichte ihr die Holzschale. Sie nahm sich eine Scheibe Brot, schmierte Rohmilchbutter und selbst gemachte Marmelade darauf. Ihre Bewegungen waren von einer lähmenden Langsamkeit, die ihrer inneren Geschwindigkeit entsprach. Ein Fremder hätte das als körperliche Erschöpfung interpretiert, aber Bertram nahm sie als Ausdruck größtmöglicher Entspannung wahr. Während des Frühstücks erzählte er ihr Neuigkeiten aus aller Welt, speziell aus seiner, wobei sein Fokus auf positiven Nachrichten lag.

»Wenn du so weit bist und dich stark genug fühlst, könnten wir raus zu Lies und Lena fahren. Da gibt's junge Lämmer und Kälber.«

Lies hatte ihm Fotos vom Hofnachwuchs auf Instagram geschickt. Für Rosa zur Aufmunterung. Aber Bertram zeigte ihr die Bilder nicht, weil er sie von jeglicher Berührung mit Social Media möglichst lange fernhalten wollte.

»Klingt gut. Weißt du was? Lass uns kommenden Sonntag zu ihnen rausradeln.«

Rosa sprach mit vollem Mund und rührte Honig in ihren Milchkaffee. Bertram schöpfte mit dem Löffel eine Milchschaumhaube aus dem Kännchen und setzte sie auf ihre Tasse.

»Wenn ich mir schon die Mühe mache«, murmelte er dabei ganz leise.

Rosa wusste, dass er sich einen neuen Milchschäumer aus Edelstahl gekauft hatte, der sein aktuelles Lieblingsspielzeug war, und ließ ihn in ihrem Kaffee fuhrwerken.

»Das heißt, du fühlst dich echt schon so fit, um mit dem Rad zu ihnen zu fahren?«, fragte er, als er mit seiner Barista-Einlage fertig war. Sie biss vom Marmeladebrot ab und nickte.

Bertram hatte in den vergangenen Wochen versucht, Rosa von der Welt (der realen sowie der virtuellen) abzuschotten, aber die Welt war dennoch in ihre häusliche Isolation eingedrungen. Es brauchte dafür keine Medien, sie hatte Nachbarn. Auf dem Weg zu den Müllcontainern – den Abfall brachte eigentlich Bertram für sie raus, aber eines Tages wollte Rosa einfach kurz vor die Wohnungstür – stieß sie auf Rodriguez. Der freute sich, sie endlich wiederzusehen und kam ohne Umschweife auf die kruden Gerüchte zu sprechen, die über Rosa in Umlauf waren. Nach ihrem Auftritt bei den Festspielen, der für einige Zeit in jedem Nachrichtenblock als kurze Zuspielung wiederholt wurde, überschlugen sich in den Sozialen Netzwerken die Mutmaßungen zur Frau hinter *Dunkelrosa*. Sie sei Mitglied in einem Pornoring für Ultrareiche, der freilich nur unter höchster Verschwiegenheit agiere. Sie würde sich ausschließlich von Licht ernähren, wussten andere. Manche beriefen sich auf glaubwürdige Quellen, wonach sie an satanischen Blutritualen teilnahm und sich hauptsächlich mittels Lebendnahrung versorgte.

»Aber die Durchgeknalltesten behaupten, du wärst schon mal wegen schwerer Körperverletzung in der Irrenanstalt gesessen«, hatte Rodriguez amüsiert erzählt.

»Was du nicht sagst?«, hatte Rosa geantwortet.

Bertram wusste nichts über Rosas Informationsstand. Er behütete sie so gut er konnte und vertraute auf die kollektive Fähigkeit zur Amnesie. In spätestens einem Monat würde sich niemand mehr an Rosa Steininger erinnern, hoffte er. Er irrte sich. Denn bereits nach einer Woche hatte das aufschießende Interesse an Rosas Geisteszustand merklich nachgelassen. Am Ende der darauffolgenden Woche war es verschwunden. Die Gerüchte um Rosas Internierung in einer geschlossenen Anstalt wurden von der Aufregung um Dickpics, regierungsinterne Neubesetzungen, Rücktritte und weiteren Korruptionsskandalen abgelöst. Denn irgendwas war immer. Wer sollte sich das alles merken? That's social media life!

»Danke«, sagte Rosa und legte ihre Hand auf Bertrams Unterarm.

»Hey Rosa, Hauptsache es geht dir wieder besser. Es freut mich total, wenn ich dir helfen kann.«

Das Küchenfenster stand offen. Auf dem Fensterbrett stapelte sich Post, die Bertram gebracht, Rosa aber ignoriert hatte. Er hatte sich auch um ihre Wäsche gekümmert, die Wohnung geputzt und Rosa so gut er konnte unterhalten, während sie die meiste Zeit im Bett verbracht und vor sich hin geschwiegen hatte.

»Ja, ich denke, es ist ein gutes Gefühl, helfen zu können«, murmelte sie.

»Gern geschehen.«

Er gab ihr einen Kuss auf die Wange und schmierte sich Grünkernaufstrich auf sein Croissant.

»Ich hoffe nur, du kommst bald in eine veritable Midlife-Crisis oder elaborierst an einer langwierigen Krankheit, damit ich mich für deine Hilfe erkenntlich zeigen kann«, sagte sie und nahm ihm das Croissant aus der Hand. Er drehte ihr seinen Oberkörper zu und legte einen Arm um die Stuhllehne.

»Du, das ist gar nicht nötig. Ich gebe gerne und erwarte keine Gegenleistung dafür. Ich bin nämlich sehr altruistisch, weißt du?«

Rosa war erstaunt, wie unerhört gut er aussah, als posiere er für einen Werbekatalog für hochpreisige Designermöbel.

»Anstatt mir ein Unglück an den Hals zu wünschen, komm lieber heute zum Abendessen zu mir, dann erspare ich mir, das ganze Zeug hier anzuschleppen.«

»Ach, ich dachte, das machst du gerne?«

Sie lachte über sein Unvermögen, die Lüge der Selbstaufopferung lange aufrechtzuerhalten.

»Ich mache dir einen anderen Vorschlag: Du lässt mich heute einfach allein und machst dir einen schönen Abend mit wem auch immer«, sagte sie.

Er verzog sein Gesicht, als bezweifle er ihre Fähigkeit zur Selbstfürsorge.

»Bertram, ich bin kein rohes Ei, das du ausbrüten musst. Geh und amüsier dich, bitte!«

Seine Zahnreihe blinkte bei einem Lächeln, das selbst für ein Männermagazin zu viel gewesen wäre. Sein aufgekrempeltes Hemd und die Locken in der Stirn toppten ohnehin alles.

»Wieso wirst du eigentlich immer hübscher?«, fragte sie.

»Oh«, sagte er, »das kommt von den vielen Sorgen um dich. Die lassen mich reifer und männlicher wirken. Da stehen Frauen voll drauf.«

Er machte eine Kombination aus Zungenschnalzer und Augenzwinkern, wobei er nicht vergaß, seinen Kopf schräg zu halten.

Kurz darauf brach er zu seinem Laden auf. Vor dem Abschied fragte er erneut, ob er sie auch wirklich vierundzwanzig Stunden allein lassen könne, was Rosa ihm mit:

»Raus hier, aber sofort!«, versicherte. Er zog die Tür hinter sich zu. Sie hörte seine Schritte im Stiegenhaus verhallen. Sie trank ihren Getreidekaffee, sah zu den Sonnenblumen in der Vase, zum Fenster, zum Briefstapel am Fensterbrett. Rosa holte sich die Kuverts und setzte sich damit auf ihr Bett. Sie ging die Briefe durch, wobei sie die meisten ungeöffnet nach hinten reihte. Einige Wurfsendungen hatten es trotz des *Keine-Werbung*-Stickers ins Postfach geschafft. Gunnar hatte ihr geschrieben und auch das AMS. Beide Briefe blieben verschlossen.

Ich gratuliere zu Ihrem Medienecho, überflog sie das Schreiben des PR-Experten. *Bitte ignorieren Sie die wüsten Spekulationen um ihre Person. Ich versichere Ihnen, alle Anschuldigungen und Verdächtigungen, die rund um das als Deepfake eingestufte Video entstanden sind, konnten als haltlose Verleumdungen abgeschmettert werden. Ihr tadelloser Ruf ist wiederhergestellt – sofern er jemals beeinträchtigt war.*

Rosa dachte an Bertrams liebevolle Versuche, sie von den Gerüchten abzuschirmen. Sie entschied, ihn immer in dem Glauben zu belassen, er habe seinen Job erfolgreich gemeistert.

Auch die Angriffe von politischer Seite, wonach Sie Teil linker grüner Panikmache seien, um die Finanzierung des New Green Deals zu pushen, können Sie getrost vergessen.

Rosa wollte den Brief schon beiseitelegen, als ihr Blick an den Zeilen oberhalb der eingefügten Unterschrift hängen blieb.

Ich beglückwünsche Sie zu Ihrem medialen Rückzug. Da die Social-Media-Welt rasch vergisst, war das das Beste, was Sie tun konnten. Ich bedanke mich für die fruchtbare Zusammenarbeit und möchte mich mit einem zu Recht wohlbekannten Satz von Ihnen verabschieden:

Jede Publicity ist gute Publicity!

Rosa war erleichtert, mit der Sache nichts mehr zu tun haben zu müssen. Sie ging mit dem Brief in die Küche und stopfte ihn in den Brennraum des Tischherds. Noch vor der nächsten Mahlzeit würde der ganze Spuk in Flammen aufgehen.

Zurück im Bett öffnete sie Milas Brief.

Ich möchte mein Vorgehen erklären, werde mich dafür aber nicht entschuldigen. Ich brauchte einen überzeugenden Nachweis meines Könnens. Du weißt, mit einem Kurszeugnis allein bekommt man als Social-Media-Managerin keinen Fuß in die Bewerbungstür, da braucht es Referenzen. Du warst nicht leicht zu motivieren, sicher habe ich dich zu etwas gedrängt, das du ohne mich nie gemacht hättest, aber letztendlich bist du Schritt für Schritt allein gegangen und bist mein Signature Product geworden. Mit Dunkelrosa *habe ich bewiesen, binnen weniger Wochen eine unbekannte Marke launchen, verbreiten und als glaubwürdig branden zu können.*

Vom Deepfake-Video distanzierte sie sich. Sie verdächtigte politische Gegner dahinter oder – wie auch Bertram vermutet hatte – wirtschaftliche Akteure, die durch Rosas Angriffe finanzielle Einbußen befürchteten.

Dein Auszucker bei den Festspielen wäre nicht nötig gewesen. Aber thanx for that!

Milas Brief landete ebenfalls in der Brennlade. Nach dreiwöchiger Zurückgezogenheit war Rosas Bereitschaft zu menschlicher Interaktion damit schon wieder ausgeschöpft. Sie schlüpfte unter die Decke und musste sich erholen. So belastbar, wie sie gedacht hatte, war sie anscheinend doch noch nicht. Sie schob die restlichen Briefe an den Bettrand, dabei rutschten sie auseinander. Ihr Blick fiel auf ein Kuvert mit schwarzer Umrandung.

... In tiefer Trauer geben wir bekannt ... unsere geliebte Mutter, Großmutter, Uroma und Freundin ... wir bitten von Kranzspenden Abstand zu nehmen, las sie.

Während Rosas Klinikaufenthalt war Frau Hartman gestorben. Ihre Beerdigung hatte bereits stattgefunden.

Rosa sprang aus dem Bett, griff sich Hartmans Schlüssel und rannte ins Dachgeschoss hoch. Das Geräusch beim Öffnen der Tür war typisch für leere Wohnungen, klang aber ungewohnt. Im Vorzimmer hing noch Frau Hartmans Geruch. Rosa ging ins Esszimmer. Der Hall ihrer Schritte wurde von den nackten Wänden zurückgeworfen. Es war, als hätte eine Umzugsfirma gerade eben den letzten Karton abgeholt. Einige Möbel, wie Tisch und Kommode, standen zwar noch im Zimmer, aber es fehlten Inhalt und Dekoration. Das Schlafzimmer wirkte ohne Krankenbett und Fernseher besonders leer. Rosa öffnete eine Schranktür. Auch Hartmans Wäsche war weggeschafft worden. Nur der giftige Duft der Mottenkugeln war zurückgeblieben. Rosa dachte an das schwarze Cocktailkleid und war froh, wenigstens ein Erinnerungsstück zu haben.

Die klare Luft roch nach Kiefern und feuchtem Erdreich. Der gepflegte Kiesweg knirschte unter Rosas Sandalen und führte sie an Parzellen vorbei zu Frau Hartmans Urnengrab. Raben spazierten über den Friedhof, als würde er ihnen gehören. In der Reihe von Hartmans Grab wurde Rosa von einem von ihnen angekrächzt. Da sie sich nicht vertreiben ließ, flog er auf einen nahen Ast und beobachtete, was sie in seinem Revier vorhatte. Sie setzte sich mit verschränkten Beinen vor den begrünten Grabhügel, las die vergoldete Gravur im schlichten Kalkstein. Sophia Hartman, Geburts- und Sterbedatum. Dazwischen ein Leben, über das die Inschrift keine Auskunft gab. Auf dem Rasen stand eine Tonschale mit roten Gerbera. Rosa konnte nicht abschätzen, ob Sophia das Arrangement gefallen hätte.

»Na ja, soll nichts Schlimmeres passieren. Hauptsache, wir sind gesund«, hätte sie wahrscheinlich dazu gesagt.

Rosa überlegte, was Sophia für sie gewesen war. Ältere Freundin? Oder Großmutterersatz? Sophia Hartman hatte ihr ein Gefühl tröstender Leichtigkeit vermittelt. Denn wenn es jemand neun Jahrzehnte hier aushielt, konnte es nicht so schlimm sein. Jetzt war sie also doch von ihrer Dachgeschosswohnung ins Souterrain gezogen, dachte Rosa.

»Kinderl, das ist doch kein Malheur. Tun Sie sich deswegen nichts an«, hörte sie Sophia sagen.

»Rosa?«, rief jemand. Sie schaute auf, sah allerdings außer Grabsteinen und Buchsbäumen nur eine Meise und etliche Bockerl und Zapfen.

»Rosa, hier drüben!« Sie erkannte Gunnars Stimme, stand auf und klopfte sich den Staub von der Hose, was den Raben laut krächzend auffliegen ließ. Sie drehte sich in die Richtung, aus der Gunnars Stimme gekommen war. Ihr Blick suchte das Gelände ab und entdeckte seinen Arm hinter einem Baumstamm hervorwinken. Über den labyrinthartigen Kiesweg ging sie auf ihn zu, musste sich allerdings zwischen zwei Grabsteinen durchzwängen, um zu ihm zu gelangen. Er stand neben einer klaffenden Grube.

»Was machst du hier? Probeliegen?«, fragte sie.

»Fast. Der Platz ist frei geworden. Ich habe ihn für mich reservieren lassen.«

»Jetzt schon?«

»Reine Vorsorge und gute Gelegenheit«, erklärte er. »Ist doch ein schönes Plätzchen, oder? Ruhig und schattig.«

Sie begutachtete den Aushub neben dem Erdloch. Es roch modrig und feucht.

»Guter Humus«, sagte sie, aber ihr Gesicht verriet leichten Ekel.

»Reichlich Dünger, regelmäßige Bewässerung«, sagte er.

»Sehr überzeugend.«

Ein Regenwurm schlängelte sich aus einer Erdkrume. Rosa schaute Gunnar skeptisch, ein wenig fragend an. Er schien zufrieden mit Ausmaß und Beschaffenheit seiner künftigen Bleibe.

»Gut. Gehen wir?«, fragte er.

Sie gingen am Krematorium vorbei zum Ausgang. Rosas Rad stand vor dem Friedhofstor neben den Blumenständen. Sie holte es und begleitete Gunnar zur Haltestelle. Eine Straßenbahn fuhr stadtauswärts mit hoher Geschwindigkeit an ihnen vorüber und ließ den Boden vibrieren. Gunnar setzte sich ins Wartehäuschen. Im Vergleich zu seinem Zustand in Salzburg wirkte er kraftvoller. Trotzdem war er noch immer langsam, was in Friedhofsnähe nicht weiter auffiel.

»Rosa, ich habe dir schon in meinem Brief geschrieben, dass ich mir Vorwürfe mache. Ich hätte dir die Festspiele nicht zumuten dürfen.«

»Gunnar!«, unterbrach sie ihn. »Du kannst doch nichts für meinen albernen Auftritt, das war doch allein meine Entscheidung.«

»Aber es tut mir leid, dass du dich derart aufregen musstest. Du wolltest von Anfang an nicht, jetzt weiß ich warum. Ich hätte dich nicht drängen dürfen.«

»Gunnar, ich muss mich bei dir entschuldigen. Ich habe dich im Stich gelassen.«

Gunnar machte eine wegwerfende Handbewegung.

»Ach, weißt du, ich habe mich eigentlich erstaunlich gut zurechtgefunden und sehr viele hilfsbereite Leute kennengelernt. Ging besser als erwartet.«

Sie lächelte ihn an und sagte leise: »Danke. Vielleicht kann ich die Sache ja irgendwann einmal wiedergutmachen?«

Er dachte nach.

»Ja, vielleicht. Aber lass uns niederschwellig anfangen. Versuchen wir zunächst einen Besuch im Kaffeehaus. Wenn du Kaffee und Kuchen bestellen kannst, ohne abgeführt zu werden, probieren wir es mit Kino.«

»Lieber nur Kräutertee und ein kleines Programmkino!«

»Einverstanden.«

Eine Straßenbahn hielt in der Station. Gunnar machte keine Anstalten einzusteigen.

»Und was hast du jetzt vor, beruflich meine ich?«, fragte er, als die Garnitur weitergefahren war. Auf den schnurgeraden Schienen konnte Rosa in der Ferne schon die nächste Straßenbahn erkennen.

»Na ja, ich hatte Zeit, nachzudenken und habe da so eine Idee.«

»Sie wollte ich hier eigentlich nicht mehr sehen«, sagte die Beraterin vor dem offenen Fenster und zupfte an ihrem Kurzarmshirt. Sie hoffte, sich damit Kühlung zu verschaffen, was der Tischventilator nicht zustande brachte. Es war Ende August. Rosa trug ihr Leinenkleid und war froh über die hochsommerlichen Temperaturen. Von ihrem Kundinnensessel aus betrachtete sie das beengte AMS-Büro. Zu den Gruppenfotos an der Wand waren Ansichtskarten mit Urlaubsgrüßen und neue Sinnsprüche gekommen.

»Ich habe Ihre Influencer-Karriere mitverfolgt, Frau Steininger. Hab sogar Ihren Kanal abonniert. Anfangs hat ja alles ganz gut geklappt.«

Die Frau verzichtete darauf, das unrühmliche Ende von Rosas Laufbahn zu erwähnen. Stattdessen hob sie ihre Arme zu trägen Flugversuchen. Als sie merkte, dass ihre Bemühungen sie ins Schwitzen brachten, hörte sie damit auf.

»Haben Sie abgenommen? Sie kommen mir noch dünner als beim letzten Termin vor. Das ist unfair!«

Sie setzte sich genervt in ihren wippenden Schreibtischsessel und schaute auf den Bildschirm.

»Und Wallungen haben Sie wahrscheinlich noch immer keine, oder?«

Rosa schüttelte schuldbewusst den Kopf. Die Beraterin jagte die Computermaus über das Mousepad und scrollte energisch.

»So, und jetzt? Was machen wir mit Ihnen?«

Rosa wollte etwas sagen, aber die Beraterin musste ihr Bedürfnis nach Empörung noch ein wenig intensiver ausleben.

»Jünger sind sie nicht geworden, aber wenigstens haben Sie inzwischen bessere Computerkenntnisse.«

Sie schnaufte, dann sah sie endlich von ihrem Monitor auf und sprach Rosa direkt an.

»Also? Vorschläge?«

Ihr gerötetes Gesicht verriet, dass sie Rosa endgültig als Ladenhüterin eingeordnet hatte. Als weitere Stammkundin, die gemeinsam mit ihr alt werden und womöglich erst nach ihr in Pension gehen würde.

»Ich weiß jetzt, was ich machen will«, sagte Rosa.

»Na dann, schießen Sie los.«

»Ich will eine sinnvolle Arbeit, die keinen Schaden anrichtet. Das ist nicht leicht zu finden.«

In böser Vorahnung verschränkte die Beraterin ihre Arme vor der Brust und zog die Augenbrauen hoch. Sie spürte, wie die nächste Hitzewelle in ihr aufstieg.

»Ich möchte Pflegefachassistentin werden. Ich habe mich erkundigt, die Ausbildung dauert ein Jahr und ist berufsbegleitend.«

Die Beraterin zischte durch die Zähne. Eine Ladenhüterin hatte ihr nichts über Ausbildungszeiten zu sagen.

»Frau Steininger, es freut mich, dass Sie in dem von Ihnen vorzeitig beendeten Kurs wenigstens eine gewisse Orientierung erhalten haben. Aber ist Ihnen bewusst, dass Sie es in dem von Ihnen angestrebten Beruf mit Menschen zu tun haben werden? Pflegebedürftigen, womöglich dementen, inkontinenten, höchstwahrscheinlich unausstehlichen Menschen?«

Rosa lachte über den ihrer Meinung nach gelungenen Scherz.

»Empathie, Frau Steininger, wäre nötig. Auch Geduld könnte von Vorteil sein. Meine fünfundachtzigjährige Mutter beispielsweise beklagt sich mehrmals täglich über ihre rumänische 24-Stunden-Pflegerin, die angeblich ihr Hochzeitskleid gestohlen hat.«

Die Beraterin zog erneut die Brauen hoch. Diesmal wartete sie, dass bei Frau Steininger der Groschen fiel, der sie von ihrer Schnapsidee abbringen würde.

Unrealistische Ausbildungswünsche kannte die Beraterin zur Genüge. Hubschrauberpilot trotz zehn Dioptrien Kurzsichtigkeit. Goldschmiedelehre für eine Achtundfünfzigjährige mit fortgeschrittener Arthrose. Ballettunterricht für einen übergewichtigen Transmann. Sie hatte für alles Verständnis, motivierte ihre Kund*innen und wünschte gutes Gelingen bei der Umsetzung privater Ziele. Aber die Aussicht auf Finanzierung durch das AMS erdete die Beraterin auf direktem Weg.

Wissen Sie, wie viele arbeitslose Piloten / Goldschmiede / Balletttänzer [bitte wahlweise einsetzen] es gibt? Laut Richtlinie dürfen ausschließlich Ausbildungen mit guten Jobaussichten gefördert werden, lautete ihr schlagendes Argument. Das fiel natürlich bei Pflegefachassistentin flach, aber sie würde die Ladenhüterin dennoch von ihrem irrigen Plan abbringen.

»Es macht wenig Sinn, demente Menschen anzuschreien, Frau Steininger. So eine Aktion wie in Salzburg können Sie da nicht liefern. Verstehen Sie, worauf ich hinaus will? Glauben Sie denn wirklich, dass Sie für diesen verantwortungsvollen Beruf geeignet sind?«

Plötzlich begriff Rosa, welches Bild sich die Frau von ihr gemacht haben musste. Durch ihren Internetauftritt, die Medienberichte, ihre Entgleisung bei den Festspielen, nicht zuletzt wegen des abgebrochenen Kurses. Eher weniger *care and loving* als *riot and disaster.*

»Lassen Sie mich ehrlich sein, diese Ausbildung kostet viel Geld und muss von meiner Vorgesetzten genehmigt werden. Aber wie soll ich die von Ihrer Eignung überzeugen, Frau Steininger?«

Es gab Augenkontakt. Es war eine Prüfung. Rosa atmete tief durch. Sie verstand, dass sie sich öffnen und erklären musste. Sie begann zu erzählen. Von ihrem Spitalsaufenthalt, wie sie die Tage auf der psychiatrischen Station nannte. Dass sie am eigenen Leib erfahren hatte, wie gut es tat, umsorgt zu werden. Was Hilfe in Momenten größter Hilflosigkeit bedeutete. Wie wohltuend es war, professionell und zugleich freundlich betreut zu werden. Sie erzählte von Sophia Hartman. Wie glücklich es sie gemacht hatte, ihr geholfen zu haben. Wie sehr sie versucht hatte, die alte bettlägerige Frau zu unterstützen, zu begleiten, einfach für sie da zu sein.

»Und da habe ich begriffen, was ich machen möchte. Nützlich sein und Sinnvolles tun. Verstehen Sie? Ich will lernen, wie ich Menschen helfen kann, wenn sie Hilfe benötigen. Wie ich sie pflegen und ihre Schmerzen lindern kann.«

Plötzlich änderte sich etwas im geröteten Gesicht der Beraterin. Ein Hoffnungsschimmer glimmte auf. Ein Griff nach dem Strohhalm, der die Ladenhüterin doch noch in den Arbeitsmarkt katapultieren würde. Ihr fiel das neue Förder-Tool ein, Frauen 50+ von Langzeitarbeitslosigkeit bedroht. Frau Steininger schien wie geschaffen dafür. Die Beraterin rollte auf ihrem Schreibtischsessel hinter dem Computer hervor.

»Vorschlag«, sagte sie, und es klang nach Ultimatum. »Wenn Sie mir beweisen, dass Sie es ernst meinen, versuche ich das Okay von meiner Chefin zu bekommen.«

Rosa schaute ratlos.

»Ich nehme es sehr ernst, aber wie kann ich Sie davon überzeugen?«

Die Beraterin schob ihre Finger auf der vollgekritzelten Unterlage ineinander.

»Indem Sie sich für die dreijährige berufsbegleitende Ausbildung zur diplomierten Kranken- und Altenpflegerin verpflichten. Unmengen an Lernstoff und tägliche schwere Arbeit bei unterdurchschnittlicher Bezahlung (aber die könnte sich in Zukunft noch etwas verbessern). Dafür wartet garantiert eine Vollzeitstelle auf Sie. Ihr Pensionskonto wird es Ihnen auf alle Fälle danken.«

Sie legte eine dramatische Pause ein. Rosa wartete.

»Sollten Sie den Kurs allerdings abbrechen, müssen Sie nicht nur die gesamten Kosten zurückzahlen, sondern Sie bekommen es mit mir persönlich zu tun. Verstanden? Dann habe ich Sie bei Ihren Eiern, so vertrocknet können die gar nicht sein. – Und, noch immer interessiert?«

Es war Anfang Dezember. Die gezahnte Baggerschaufel und der böse Traktor setzten sich hinter Rosa zusammen. Kurz. Schon ging die automatische Glastüre wieder auf, weil Kunden in den 1er-Laden kamen. Rosa stand benommen im Eingangsbereich und wurde vom warmen Gebläse angepustet.

»Hey Rosa!«, rief ihr Bertram aus der Gemüseabteilung zu. Neben ihm hielt Gunnar Novotny einen Bund Mangold wie einen Blumenstrauß in der Hand. Beide schauten irritiert wegen Rosas Aufmachung. Sie trug Sophia Hartmans schwarzes Cocktailkleid, das sie an Knien und Schultern auf ihre Größe hatte anpassen lassen. Darunter rundeten ein naturweißer Rollkragenpullover, helle Strumpfhosen und ihre Winterstiefel das ungewohnte Outfit ab. Seit Monaten hatte sie ihre Haare nicht mehr geschnitten. Sie hingen im

Seitenscheitel bis auf Kinnlänge. Um besser nach Bertram Ausschau halten zu können, strich sie eine Strähne hinter ihr Ohr. Sobald sie ihn entdeckt hatte, ging sie wie von einem Leitstrahl gelotst auf ihn zu.

»Rosa?«, fragte er, weil ihn neben ihrem Styling vor allem ihre offensichtliche Verstörung beunruhigte. Er befürchtete eine Auflösung in Tränen oder einen Wutanfall.

»Die Baronin hat ihm das halbe Haus geschenkt. Für seine Liebesdienste. *Hart erarbeitet.* Jetzt weiß ich, was Sophia damit gemeint hat.«

Die beiden Männer schauten einander besorgt an.

»Rosa, ich fürchte, ich verstehe nicht ganz«, sagte Gunnar. Er legte den Mangold in seinen Einkaufskorb und verzichtete darauf, sie nach dem Grund ihrer Verkleidung als Audrey Hepburn zu befragen.

»Sie war Mehrheitseigentümerin. Hat den Margaretenhof von ihrem Vater geerbt.«

»Die Hartman?«, fragte Bertram.

»Ja. Ich war heute bei ihrer Testamentseröffnung. Sie hat mir lebenslanges Wohnrecht übertragen. Die Portiersloge, der Grundstock für das finanzielle Familienglück, ist mit einem Belastungs- und Veräußerungsverbot belegt. Ich darf in meiner Wohnung bleiben, aber muss nie wieder Miete zahlen. Sophias Tochter muss als Alleinerbin für die Betriebskosten aufkommen.«

»Hey Rosa, das ist spitze! Das müssen wir feiern«, rief Bertram und lief zur Feinkosttheke.

»Ich hab mich immer gewundert, dass sie in der großen Wohnung unterm Dach lebt und nicht auszieht. Ich dachte, das hängt mit dem niedrigen Kriegszins zusammen«, erzählte sie Gunnar weiter. Der hängte sich seinen Weidenkorb an den Unterarm und hörte ihr zu.

»Prost, Rosa!«, sagte Bertram, der mit einer Flasche Sekt und etlichen langstieligen Gläsern zurückkam. Er schenkte Gunnar und Rosa ein, nötigte auch vorbeikommenden Kundinnen Gläser auf. Es gäbe etwas zu feiern, sagte er, und Rosa war froh, dass er sich mit diesem Hinweis begnügte. Früher hätte er ihre Erbschaft im ganzen Laden ausposaunt, dachte sie.

»Was machst du für ein trauriges Gesicht? Freu dich doch!«

Er schmatzte ihr einen Kuss auf die Wange und trank Brüderschaft mit ihr.

»Hey Leute, Rosa hat soeben eine Erbschaft gemacht, ist das Leben nicht irre?« Er drückte zwei weiteren Kunden Gläser in die Hand. Also hat er sich doch nicht allzu sehr geändert, dachte Rosa. Bertram rief Tina hinter der Theke zu, sie solle doch bitte noch eine Flasche aufmachen, einige Brote mit Aufstrich bringen und sich unbedingt auch ein Glas genehmigen.

Es blieb freilich nicht bei einer Flasche. Im Nu fand eine Verkostung im 1er-Laden statt. Fremde Leute prosteten Rosa zu und beglückwünschten sie. Bertrams Großzügigkeit war so ansteckend, dass seine Kunden aus Dankbarkeit kistenweise Wein und Sekt kauften.

Gunnar und Rosa zogen sich vor der allgemeinen Heiterkeit in Bertrams Büro zurück, während er sein natürliches Verkaufstalent entfaltete. Sie setzten sich auf das Sofa und schauten zur offenen Bürotür hinaus auf die beschwingte Nachmittagsstimmung.

»Steht dir gut«, sagte Gunnar.

Sie blickte an sich herab und musste zugeben, dass sich jemand, dem das wichtig war, an den braunen Winterstiefeln zum kleinen Schwarzen stören könnte.

»Ich wollte Sophia damit die letzte Ehre erweisen. Den festlichen Anlass würdigen, wie sie es nannte«, rechtfertigte sich Rosa.

Als sie die Einladung des Notars im Postkasten vorgefunden hatte, erachtete sie das Schreiben als reine Formsache, wie einen Partezettel, den alle bekamen. Weil sie das Begräbnis versäumt hatte, sah sie die Testamentseröffnung als willkommenen Ersatz. Erst im Büro des Notars dämmerte ihr, dass es sich wohl um eine exklusivere Veranstaltung handelte, da außer Hartmans Tochter und Schwiegersohn nur sie anwesend war.

Die Räumlichkeiten des Notars hatten Rosa enttäuscht. Kein poliertes Mahagoni, keine dunkle Holzvertäfelung. Nicht wie in alten Schwarz-Weiß-Filmen, sondern sachlich, funktional, fad.

»Im Grunde war ich ziemlich overdressed«, sagte Rosa.

»Na, soll nichts Schlimmeres passieren«, sagte Gunnar.

»Das hätte jetzt auch von Sophia kommen können«, sagte sie und prostete ihm zu.

»Hey, alles okay bei euch?«, fragte Bertram. Er schaute zur Tür herein und schwenkte eine Flasche. »Wollt ihr noch?«

»Nein, danke, alles gut. Kümmere dich lieber um deine Kunden«, sagte Rosa.

Er winkte und war schon wieder weg.

»Und du lebst jetzt gesund, oder wie?« Sie deutete auf den Mangold in Gunnars Weidenkorb.

»Ich versuche es zumindest, schließlich will ich dir nicht früher als unbedingt nötig in die Hände fallen.«

»Oh, du hast von meiner Ausbildung gehört?«

Er nickte. Seit er Rosa nach ihrem Klinikaufenthalt besuchen wollte, aber von Bertram abgefangen und daran gehindert worden war, hatte er regelmäßigen Kontakt mit ihm. In letzter Zeit kaufte Gunnar sogar Gemüse im Bioladen. Er war ernsthaft darum bemüht, seine Nahrungsgewohnheiten zu ändern. Bei seinen wöchentlichen Einkäufen wurde er von Bertram über Rosas Lernfortschritte auf aktuellem Stand gehalten, weil Tratsch für Bertram nicht unter Datenschutz fiel.

»Und, wie gefällt's dir?«

»Überraschend gut. Ich muss mich weder präsentieren noch verkaufen. Ich sammle medizinisches Wissen und arbeite für Menschen, die meine Unterstützung brauchen. Macht wirklich große Freude. Jedenfalls habe ich bisher noch niemanden angeschrien oder schwerwiegend verletzt.«

»Sehr beruhigend.«

»Ich weiß schon, wo Pflegeschaum auf keinen Fall hinkommen darf, wie eine Dekubitus-Versorgung aussehen soll und dass ich erst nach erfolgreichem Abschluss Katheter setzen darf.«

»Ich kann den Moment kaum erwarten. Hoffentlich hilft der Mangold wirklich.«

»Keine Sorge, Gunnar, so gesund wie heute hast du überhaupt noch nie ausgesehen. Ich glaube, du wirst noch sehr lange auf meine Dienste verzichten können.«

Draußen klang die Jahrmarktstimmung langsam ab. Rosa sah, wie Bertram einem Kunden, der einen 6er-Karton Wein schleppte, auf die Schulter klopfte und schönen Abend wünschte. Danach kam er zu ihnen.

»Die Frohbotschaft ist spitzenmäßig eingeschlagen. Ich sag's ja immer wieder, Glück und Freude inspirieren.«

Er quetschte sich zwischen die beiden aufs Sofa und klatschte ihnen auf die Schenkel.

»Ich freu mich riesig, dass ihr hier seid.«

Rosa wollte seine gute Laune sofort nutzen.

»Bertram?«, fragte sie in einem Ton, dessen Wirkung sie vertraute.

»Ja, was kann ich für dich tun?« Er reagierte wie erhofft.

»Es dauert doch noch drei Jahre, bis ich mein Diplom habe.«

Er grunzte als Zeichen, dass er darüber bestens informiert war.

»Und du weißt, danach möchte ich mich als Altenpflegerin selbstständig machen. Autonomie und so.«

Sie hatte ihm von ihren Plänen erzählt. Wie einst als Putzfrau wollte sie künftig als Pflegerin mit dem Rad von Patientin zu Patient fahren, weitgehend unabhängig.

»Aber du weißt noch nicht, was ich mir bis dahin von dir erwarte.«

Er richtete sich auf und schaute sie eindringlich an.

»Sag es mir und verschone mich nicht!«

Sie schlug ihm leicht gegen den Oberarm, damit er ihre Idee ernst nahm.

»Hast du dir schon mal Gedanken über Pflegehilfsmittel gemacht? Einwegwindeln, Reinigungstücher, Vorlagen. Die bestehen vor allem aus Plastik und Verbundstoffen. Verpackung ohne Ende. Aktuell geben offizielle Stellen in Österreich jährlich 230 Millionen Euro dafür aus. Allein die Stadt Wien zahlt 45 Millionen für knapp 85 000 Pflegebedürftige. Nur für Hilfsmittel! Ohne Personalkosten. In zehn Jahren werden geschätzte 300 000 Wiener*innen über fünfundsechzig Jahre alt sein, viele davon werden tagtäglich Pflegemittel benötigen. Kannst du dir die Müllberge vorstellen? Das wird ein riesiges Problem.«

Jetzt lehnte sich auch Gunnar vor und befürchtete eine neuerliche, total irre Meldung von ihr.

»Bertram, du wirst mich mit ökologischen Pflegematerialien versorgen. Du treibst Produzent*innen von wiederverwendbaren Erwachsenenwindeln auf. Du stellst ein komplettes Pflegesortiment aus vollständig abbaubaren, recycelten oder nachwachsenden Materialien ohne Kunststoffverpackung zusammen. Du wirst mein Händler, ich die Ökopflegerin.«

Das Glitzern in Bertrams Augen steigerte sich von erfreut zu begeistert.

»Ich sage nur Wachstumsmarkt«, hauchte er.

»Genau, du Kapitalist. Und ich sage Müllvermeidung, Mehrwegprodukte, Langlebigkeit.«

»Hey Rosa, das ist eine Spitzenidee. Ich ruf gleich mal Rosemarie an, die arbeitet da bei so einer Kooperative für ...«

Noch im Reden lief er aus dem Hinterzimmer und fragte Tina, die scheinbar auch seine Büroleiterin war, nach dem Kontakt für Fairtrade-Stoffwindeln. Rosa lachte Gunnar an. Sie zuckte mit den Schultern, als wäre sie nicht schuld an Bertrams Elan und noch weniger an ihrem eigenen unstillbaren Drang, die Welt zu verbessern. Gunnar war verdattert über ihre gute Laune. Er hatte sie noch nie so aufgekratzt oder fröhlich erlebt. Er entschied, sich gern daran zu gewöhnen.

»Es soll uns nie schlechter gehen als heute«, sagte er und prostete ihr zu.

»Na, mal schauen«, sagte Rosa.

Liste der verwendeten Quellen

* Seite 160: modifiziertes Zitat nach Erlass Hitlers über den totalen Kriegseinsatz, Reichsgesetzblatt vom 25.07.1944. https://alex.onb.ac.at/cgi-content/alex?apm=0&aid=dra&datum=19440004&seite=00000161&zoom=2 (letztmalig abgerufen am 10.01.2023)

Hintergrundpapier zu Kipp-Punkten im Klimasystem, Umweltbundesamt, Juli 2008. https://www.umweltbundesamt.de/sites/default/files/medien/publikation/long/3283.pdf (letztmalig abgerufen am 17.01.2023)

Mike Berners-Lee: Wie schlimm sind Bananen? Midas, 2020

Ingolfur Blühdorn: Nachhaltige Nicht-Nachhaltigkeit. Transcript Verlag, 2020

Georg Franck: Ökonomie der Aufmerksamkeit. Hanser, 1998

Markus Gabriel: Moralischer Fortschritt in dunklen Zeiten. Ullstein, 2020

Iwan Gontscharow: Oblomow. Deutscher Taschenbuchverlag, 2003

Maja Göpel: Unsere Welt neu denken. Ullstein, 2020

Maja Göpel: The Great Mindshift. SpringerOpen, 2016

Donna J. Haraway: Unruhig bleiben. Die Verwandtschaft der Arten im Chthuluzän. Campus Verlag, 2018

Hans Jonas: Das Prinzip Verantwortung. Suhrkamp, 2020

Herman Knoflacher: Zurück zur Mobilität! Verlag Carl Ueberreuter, 2013

Dennis Meadows: Die Grenzen des Wachstums. Bericht des Club of Rome zur Lage der Menschheit. DVA Informativ, 1972

Thomas Piketty: Kapital und Ideologie. C.H.Beck, 2020

Jørgen Randers: 2052 – Der neue Bericht an den Club of Rome. Oekom Verlag, 2012

Katharina Rogenhofer, Florian Schlederer: Ändert sich nichts, ändert sich alles. Zsolnay, 2021

Josef Settele: Die Triple Krise. Edel Books, 2020
Greta Thunberg: Ich will, dass ihr in Panik geratet. S. Fischer Verlag, 2019
Laura Wiesböck: In besserer Gesellschaft. Verlag Kremayr & Scheriau, 2020

Nadja Bucher, geboren 1976 in Wien. Studium der Germanistik und Kunstgeschichte an der Universität Wien und der University of Sussex (UK). Auszeichnungen (Auswahl): Staatsstipendium für Literatur, Förderungspreis der Stadt Wien, Buchprämie der Stadt Wien. Zuletzt erschien ihr Roman »Die Doderergasse oder Heimitos Menschwerdung« (Milena Verlag, 2020). www.nadjabucher.at

Erste Auflage

www.editionatelier.at
Cover: Jorghi Poll
Druck: Grafički zavod Hrvatske, Zagreb
ISBN 978-3-99065-090-5
E-Book ISBN 978-3-99065-096-7

Klimaneutral
Druckprodukt
ClimatePartner.com/17936-2212-1003

Gefördert vom Bundesministerium für Kunst, Kultur, öffentlicher Dienst und Sport sowie der Stadt Wien Kultur

WIEN KULTUR

Bundesministerium
Kunst, Kultur,
öffentlicher Dienst und Sport

Stefan Loose Travel Handbücher

Wirdanken dem Team der Rough Guides in London, besonders Richard Trillo, Chloë Roberts und Philippa Hopkins.
Ein herzliches Dankeschön auch an unsere Leser, die mit ihren Zuschriften zum Gelingen dieses Buches beigetragen haben.

Schreiben Sie uns!
Wir freuen uns über Ergänzungen und Korrekturen, die uns helfen, dieses Buch zu verbessern und aktuell zu halten, am besten per E-Mail. Neue Adressen möglichst in einen Plan einzeichnen. Auch Anregungen, Lob und Kritik sind willkommen.
Besonders hilfreiche Leserbriefe belohnen wir mit einem Freiexemplar aus unserem Verlagsprogramm.

Zuschriften bitte an:
Stefan Loose Travel Handbücher
Zossener Str. 52/2, 10961 Berlin
✉ info@loose-verlag.de